MARGIT SANDEMO

Das böse Erbe

Buch

Tarjei Lind vom Eisvolk hatte seinem Großvater Tengel versprochen, das Wissen um die geheimen Arzneien und Rezepte des Eisvolks in die Hände eines würdigen und geeigneten Nachfolgers zu übergeben. Als es an der Zeit ist, einen neuen Schamanen zu ernennen, entscheidet er sich für Mattias, den jüngeren Halbbruder des verschlagenen Kolgrim. Doch kaum befinden sich die Geheimnisse des Eisvolks in seinen Händen, erwacht sein bis dahin verborgenes Erbe – und das Böse in ihm beginnt lichterloh zu brennen…

Autorin

Margit Sandemo ist die meistgelesene skandinavische Autorin. Ihre Bücher wurden weltweit mehr als 40 Millionen Mal verkauft. Neben der Saga vom Eisvolk hat sie noch weitere Romanserien geschrieben sowie diverse Einzelromane. Margit Sandemo wurde 1924 geboren und lebt in Norwegen.

Von Margit Sandemo bereits erschienen:

Der Zauberbund (Bd. 1; 36745)
Hexenjagd (Bd. 2; 36755)
Der Abgrund (Bd. 3; 36761)
Sehnsucht (Bd. 4; 36803)
Todsünde (Bd. 5; 36804)

Margit Sandemo

Das böse Erbe

Die Saga vom Eisvolk

Roman

Ins Deutsche übertragen
von Dagmar Lendt

Mit einem Nachwort
von Gabriele Haefs

blanvalet

Die norwegische Originalausgabe erschien 1982
unter dem Titel »Sagaen om Isfolket: Den onde arven«
bei Bladkompaniet, Oslo, Norwegen.

»Das böse Erbe« ist bereits 1999 im BKH-Verlag erschienen.
Dies ist eine überarbeitete und aktualisierte Ausgabe.

FSC
Mix
Produktgruppe aus vorbildlich
bewirtschafteten Wäldern und
anderen kontrollierten Herkünften

Zert.-Nr. SGS-COC-1940
www.fsc.org
© 1996 Forest Stewardship Council

Verlagsgruppe Random House FSC-DEU-0100
Das für dieses Buch verwendete FSC-zertifizierte Papier
Holmen Book Cream liefert Holmen Paper, Hallstavik, Schweden.

1. Auflage
Taschenbuchausgabe April 2008 bei Blanvalet,
einem Unternehmen der Verlagsgruppe
Random House GmbH, München.

Umschlaggestaltung: HildenDesign, München
Umschlagmotiv: Eigenarchiv HildenDesign
ES · Herstellung: Heidrun Nawrot
Satz: Uhl + Massopust, Aalen
Druck und Einband: GGP Media GmbH, Pößneck
Printed in Germany
ISBN: 978-3-442-36805-1

www.blanvalet.de

ERSTER TEIL

Kolgrim

1. Kapitel

Wer dem Gesang des Windes lauscht, kann so vieles heraushören. Doch nie zuvor hatte der Wind so bitter geklagt wie in jenem Jahr, als der Kummer Einzug hielt auf Gråstensholm. Auch auf Lindenallee hörte Are das eintönige Jammern der Linden, wenn der Wind durch ihre Kronen fegte.

Es war ein unbedachtes Wort von Tarald, das Kolgrims böse Kräfte endgültig durchschlagen ließ.

Eigentlich hatte der Junge die Absicht gehabt, die einfältige Gutmütigkeit der anderen auszunutzen und auf Gråstensholm zu bleiben, bis er halbwegs erwachsen war. Denn dort ging es ihm im Großen und Ganzen gut.

Aber nun brach in seinem Innersten eine gewaltige Lawine los.

Man schrieb das Jahr 1633, und Kolgrim war zwölf Jahre alt. Er war auf seine ganz eigene Art hübsch, aber die bernsteinfarbenen Augen, die so offen und kindlich dreinschauten, konnten sich in dem Moment verändern, in dem man ihm den Rücken zukehrte. Dann verfolgte sein Blick sein Gegenüber kalt und tückisch aus den Augenwinkeln, abschätzig, verächtlich.

Armes kleines Ding, sagten die Leute. Ich bin stark, viel stärker als ihr alle zusammen, dachte Kolgrim. Ich bin fügsam, so lange es mir nützt. Aber wartet nur, bis ich groß genug bin, um auf eigenen Füßen zu stehen!

Wie alle, die vom Fluch des Eisvolks heimgesucht waren, war er sehr einsam. Aber er empfand die Einsamkeit nicht als etwas Nachteiliges. Im Gegenteil, er suchte sie oft, denn er fand, dass sie ihm doppelte Kraft verlieh.

Außerhalb des friedlichen Norwegen war viel geschehen.

Der Religionskrieg wütete nach wie vor. Im Jahre 1631 hatte Schwedens König Gustav II. Adolf bei Breitenfeld einen glänzenden Sieg über Tilly errungen. Im Jahr darauf, 1632, fiel der Schwedenkönig in der Schlacht bei Lützen, aber sein Heer siegte ruhmreich über die vereinten Truppen der Feldherren Wallenstein und Pappenheim. Auch Pappenheim fand bei Lützen den Tod, und Tilly starb im selben Jahr in der Schlacht bei Lech; Wallenstein wurde wenige Jahre später von seinen eigenen Gefolgsleuten ermordet. Aber der Krieg ging weiter und weiter, nun mit anderen schwedischen Feldherren auf protestantischer Seite. Lennart Torstensson, Johan Banér und Hans Christofer von Königsmarck sollten in diesem ewigen Krieg mit ihren Taten in die Geschichte eingehen.

Christian IV. hatte sich endlich von Kirsten Munk getrennt, nachdem sich herausgestellt hatte, dass das jüngste Kind, Dorotea, äußerst zweifelhaften Ursprungs war. Auch hatte Frau Kirsten heimtückisch versucht, gewisse Arzneien unter die Speisen des Königs zu mischen, und sie hatte Karikaturen anfertigen lassen, die den König als Hahnrei verhöhnten. Da wurde es Christian zu viel. Er jagte sie »in tausend Teufels Namen« davon und verbot ihr, die Kinder jemals wiederzusehen, ein Verbot, das sie nicht besonders ernst nahm. Welche Standpauke Ellen Marsvin ihrer unbedachten Tochter hielt, nachdem die wertvolle Verbindung zum König abgebrochen war, ist nicht überliefert, aber nach außen hin ließ sie sich nichts anmerken.

Es war den beiden Damen gewiss kein Trost, dass Christian IV. sich eine neue Mätresse zulegte, nämlich Kirstens eigene Hofdame Vibeke Kruse, ein Musterexemplar an Vulgarität. Aber sie gebar ihm einen prächtigen Sohn, Ulrik Christian Gyldenløve, der später ein besserer Feldherr wurde, als sein Vater es jemals gewesen war.

Leonora Christine war im Alter von neun Jahren mit einem jungen, aufstrebenden Adligen verlobt worden, Corfitz Ulfeldt. Da geschah es eines Tages, dass die Haushofmeisterin, die die Kinder immer noch unter ihrer Fuchtel hatte, ihr eine solche Tracht Prügel verabreichte, dass sie viele Wochen lang nicht sitzen konnte und für alle Zeit einen Schaden zurückbehielt. Leonora Christine ging zu ihrem Verlobten und beklagte sich. Von Stund an war Schluss mit dem brutalen Regiment der Haushofmeisterin. Sie wurde hinausgeworfen und kam niemals wieder in königliche Dienste.

Der ältesten Tochter des Königs mit Kirsten Munk, der armen Anna Catherine, war kein langes Leben beschieden. Und dabei war sie so stolz gewesen auf ihren Verlobten, Frans von Rantzau. Doch 1632 war der junge Adlige bei seinem künftigen Schwiegervater zu Gast, um seine Ernennung zum Reichshofmeister zu feiern. Nun muss man wissen, dass einiges dazugehörte, dem Trinkvermögen des Königs standzuhalten. Der junge Rantzau berauschte sich dermaßen, dass er kopfüber in den Wallgraben fiel und ertrank.

Die kleine Anna Catherine wurde ernstlich krank. Manche sagten, es sei aus Kummer, andere meinten, es seien die Pocken. Sie verlangte, die Markgräfin Paladin solle bei ihr sein, und Cecilie ließ ihre fünf Jahre alten Zwillinge bei Alexander auf Gabrielshus und eilte zu ihr.

Mittlerweile braute sich ein Unwetter über Gråstensholm zusammen.

Eines Sommertages im Jahre 1633 geschah es, dass Tarald, der noch nie besonders aufgeweckt gewesen war, am Mittagstisch inmitten einer Reihe anscheinend harmloser Bemerkungen die verhängnisvollen Worte fallenließ.

»Übrigens habe ich heute einen Brief von Tarjei bekommen.«

»Du?«, sagte Liv zu ihrem Sohn. »Das ist ja wirklich ungewöhnlich! Er hat sich nach Erfurt beworben, nicht wahr? Und er ist dort von einem gelehrten Mann als Assistent angestellt worden. Was schreibt er?«

»Er ist mit einer ernsten Krankheit befasst. Pocken. Und er fürchtet, selbst angesteckt zu werden.«

»Ja, eine Ansteckung mit Pocken soll ungeheuer gefährlich sein, habe ich gehört«, sagte Yrja.

»Tarjei ist viel zu vorsichtig, um ein Opfer der Pocken zu werden«, sagte Dag. »Aber warum schreibt er *dir* davon?«

»Er hat mich gebeten, auf den geheimen Zaubermittelschatz des Eisvolks aufzupassen – für den Fall, dass ihm etwas zustößt. Dann will er uns im letzten Moment schreiben, wo die Sachen verborgen sind. Er möchte nämlich, dass Mattias sie erhält, wenn es so weit ist.«

Liv täuschte einen schrecklichen Hustenanfall vor, und auf einmal begriff ihr Sohn, was er gesagt hatte. Kolgrims Augen huschten blitzschnell von einem zum andern.

»Aber er hat sie jetzt natürlich bei sich in Deutschland«, sagte Tarald, um die Situation zu retten.

»Was sind das für Sachen?«, fragte der achtjährige Mattias mit den sanften Augen.

»Das erzähle ich dir, wenn du größer bist«, murmelte Tarald schnell.

Mattias gab sich damit zufrieden. Er war nicht neugierig. Was Vater sagte, war gut und richtig.

Aber in Kolgrim hatten die Worte ein Feuer entzündet.

Sie verheimlichten ihm etwas! Die geheimen Zaubermittel des Eisvolks? Und die sollte *Mattias* kriegen?

War Kolgrim etwa nicht der ältere der beiden Halbbrüder?

Die Wut brannte sich an diesem Tag immer tiefer in sein Herz. Es gab etwas, von dem er nichts wusste!

Bei Tarjei?

O nein, Großmutter Liv hatte den Vater gewarnt, das hatte er genau gemerkt. Also hatte Tarjei die Sachen wohl doch nicht bei sich. Die mussten *hier* sein!

Irgendwo auf Lindenallee …

Ach, all die Mühe, die Tarjei sich gemacht hatte, um die Existenz der Zaubermittel geheim zu halten, war jetzt umsonst. Einst hatte Tengel an der Wiege des neugeborenen Kolgrim warnend zu ihm gesagt: »Lass dieses Kind niemals, hörst du, niemals auch nur in die Nähe dieser Mittel kommen! Lehre ihn nichts! Absolut gar nichts!«

Nun hatte Tarjei sich in der Stunde der Not an den Vater des Jungen gewandt, seinen Cousin Tarald. Es war das Schlimmste, was er hatte tun können. Denn obwohl Tarald inzwischen ein verantwortungsvoller Familienvater geworden war, dachte er ungefähr so weit voraus wie ein frisch geschlüpftes Küken.

Und Kolgrim hatte die Worte gehört, die er unter gar keinen Umständen hätte hören dürfen!

Kolgrim war im Gegensatz zu seinem Vater ungeheuer scharfsinnig – auf die bösartigste Weise.

Er musste mehr über all das herausfinden.

Wen konnte er fragen?

Großvater und Großmutter nicht, die ließen sich nicht hinters Licht führen. Der Vater war zu weich, er würde nie wagen, seinen Eltern zu trotzen. Und die dumme Yrja wusste von nichts, darauf würde er jeden Eid schwören.

Mit intuitiver Sicherheit wusste Kolgrim, an wen er

sich wenden konnte. An einen der wenigen Hochbegabten in der Familie ...

Am nächsten Tag schlenderte er wie zufällig hinüber nach Lindenallee.

»Na?«, sagte Are freundlich. »Besuchst du uns auch mal wieder?«

»Ja, ich wollte Brand bitten, etwas für mich zu reparieren. Er ist so stark.«

»Bin ich das denn nicht?«

»Nicht so wie Brand.«

Are lachte gutmütig. »Da siehst du es, Meta, ich habe ausgedient.«

Meta schüttelte den Kopf. Sie war mager und knochig geworden, das Alter bekam ihr nicht gut. Ständig hatte sie Bauchschmerzen, und die Trauer um Trond hatte sie nie überwunden. Er war schließlich ihr Lieblingssohn gewesen.

Sie blickte Kolgrim nach. »Ich weiß nicht, Are, aber der Junge jagt mir jedes Mal einen kalten Schauer über den Rücken.«

»Unsinn! Er hat sich doch prima herausgemacht!«

»Meinst du?«, murmelte Meta.

Kolgrim fand Brand draußen auf dem Erbsenfeld. Nach ein paar einleitenden Sätzen fragte er mit entwaffnender Direktheit:

»Hast du jemals den heimlichen Schatz des Eisvolks gesehen?«

Brand setzte sich gemächlich an die Grabenkante. Er war jetzt vierundzwanzig Jahre alt und groß und schwer wie ein Bär. Außer ihrem Sohn Andreas hatten er und Matilda noch keine weiteren Kinder, aber Andreas war ein Sohn, auf den man stolz sein konnte, war er doch aus demselben Holz geschnitzt wie sein Vater und sein Großvater.

»Nein, den Schatz habe ich nie gesehen. Mein Bruder Tarjei hat ihn in Verwahrung, denke ich.«

Kolgrim kauerte wie eine kleine Eidechse neben dem jüngsten Cousin seines Vaters.

»Was ist das eigentlich für ein Schatz?«

»Hast du seine Geschichte nie gehört?«

»Nur teilweise. Ich weiß gar nicht, warum alle die Geschichte kennen, nur ich nicht.«

Alle waren sehr darauf bedacht gewesen, Kolgrim nicht allzu viel über das Eisvolk zu erzählen.

Brand atmete tief durch die Nase ein.

»Trond und ich waren schon immer der Meinung, dass sie dich ungerecht behandeln, Kolgrim. Mehr als jeder andere solltest du die Sage vom Eisvolk kennen.«

»Das finde ich auch«, sagte Kolgrim mit zitternder Unterlippe. Es gelang ihm tatsächlich, unglücklich und weinerlich auszusehen. »Ich habe natürlich von dem bösen Tengel gehört und von deinem Großvater Tengel und meiner Großmutter Sol, die zaubern konnte, aber mehr weiß ich nicht.«

Also erzählte Brand von all denen in der Sippe, die der Fluch zu Verdammten gemacht hatte, und Kolgrim lauschte andächtig, während seine Augen immer größer wurden. Er hielt sich nicht für einen Verdammten – seiner Ansicht nach war er ein *Auserwählter*!

»Hat sich der böse Tengel wirklich auf die Suche nach Satan gemacht? Wo?«

»Das weiß niemand.«

»Aber hat er das geschafft?«

»Er sammelte alle magischen Kräuter und Zaubermittel, die er kannte, in einem großen Kessel und kochte daraus ein Gebräu, das schrecklicher war, als ein Mensch sich vorstellen kann. Denn Tengel der Böse konnte eine Menge, das sage ich dir!«

»Trank er davon, als es fertig war?«

»Keiner weiß es. Vielleicht ja, vielleicht nein. Jedenfalls sprach er merkwürdige Beschwörungsformeln über dem Trank, um den mit dem Pferdefuß, du weißt, wen ich meine, heraufzubeschwören. Und das gelang ihm, sagt man. Großvater Tengel glaubte nicht daran, er meinte, es sei nur eine Eigenart der Sippe, das mit den Katzenaugen und den speziellen Fähigkeiten, die gewöhnliche Menschen nicht haben. Aber ich weiß nicht, ich weiß nicht!«

»Was denn?«

»Ob die Sage nicht doch wahr ist. Ich glaube, dass Satan selbst seine Hand im Spiel hat.«

»Jesses!«

»Du sollst nicht so lästerlich reden, das weißt du! Und einer der Nachkommen von Tengel dem Bösen soll der Sage nach der größte Hexenmeister werden, den die Welt jemals gesehen hat«, sagte Brand.

Das bin *ich*, das bin *ich*, dachte Kolgrim aufgeregt. Denn er hatte sofort gewusst, dass er einer der Verdammten war, wie Brand sie nannte. Das wusste er schon seit ganz langer Zeit. Er brauchte ja nur in den Spiegel zu sehen, um sich davon zu überzeugen.

Ja, er war ganz sicher, dass Tengel der Böse von dem Teufelsgebräu getrunken hatte. Und er, Kolgrim, würde das auch tun. Irgendwann. Wenn er nur wüsste, wie. Und wo…

»Hat Tarjei den Schatz bei sich, da, wo er jetzt ist, in Wie-heißt-das-noch?«

»In Erfurt? Trond hat gemeint, nein. Denn Trond war auch einer von ihnen, wusstest du das?«

Nein, davon hatte Kolgrim nichts gewusst. Wenn er es nur gewusst hätte, als Trond noch lebte! Dann wären sie beide zusammen ungeheuer stark gewesen. Unbesiegbar!

Brand, der einen Moment ganz versunken gewesen war in die Trauer um seinen toten Bruder, blickte auf. »Und in dem Schatz befindet sich unter anderem eine Alraune.«

Diese Zauberwurzel kannte Kolgrim. O ja, er kannte und wusste viel mehr, als irgendjemand ahnte. Denn genau diese Dinge interessierten ihn maßlos, und deshalb merkte er sich all das sehr genau.

Brand war viel zu gutgläubig, um zu begreifen, welche unheilvolle Saat er mit seinen Worten in Kolgrims kleiner schwarzer Seele ausgestreut hatte.

Das Erste, was der Junge tat, war, an einem Kirchgangssonntag so zu tun, als habe er Fieber. Also durfte er zu Hause bleiben.

Sogleich lief er hinüber nach Lindenallee und durchsuchte das gesamte Haus, den gesamten Hof, ohne jedoch etwas zu finden. Er brauchte die ganze lange Zeit des Gottesdienstes und schlich sich erst davon, als er hörte, wie das Gesinde sich dem Hof näherte. Er konzentrierte sich vor allem auf den alten Teil des Hauses. Aber nirgends gab es Anzeichen für einen Schatz. Wütend und enttäuscht kehrte er zurück in sein angebliches Krankenbett.

Erfurt war so weit weg, dass er nicht einmal ahnte, wo es liegen mochte. Es war unmöglich, dort hinzufahren und dem verräterischen Tarjei das Messer an die Kehle zu setzen.

Aber etwas anderes konnte er tun! Etwas, wozu er schon seit vielen Jahren Lust hatte...

Er konnte endlich den loswerden, der sein Rivale auf so vielen Gebieten war. Und jetzt auch noch sein Rivale um das Begehrenswerteste überhaupt: den Zauberschatz!

Sie sollten schon noch merken, wen sie da übervorteilt hatten!

Kolgrim bereitete alles äußerst sorgfältig vor. Vielleicht saß in ihm noch eine ferne Erinnerung an Ceci-lies Erzählungen über den Großen Troll, der es nicht duldete, dass die kleinen Trolle ihren jüngeren Geschwistern ein Leid zufügten. Auf jeden Fall zog er einen direkten Mord nicht in Betracht.

Aber es gab ja schließlich andere Wege.

Er bettelte so lange, bis er Großvater eines Tages im Juli nach Christiania begleiten durfte. Er nahm seine Sparbüchse mit, die er viele Jahre lang verborgen hatte. Sie war voller kleiner Münzen, die wohlmeinende

Tanten und Onkel ihm hin und wieder zugesteckt hatten.

Jetzt würde das Ersparte endlich von Nutzen sein können.

Er kaufte im Laden eines Silberschmieds eine feine Trachtenbrosche.

Aber die zeigte er niemandem.

In den nächsten Tagen traf er weitere Vorbereitungen. An einem Tag war er zum Beispiel viele Stunden zu Pferd unterwegs, ohne nähere Erklärungen. Er hörte das klagende Brausen des Windes in den Baumkronen und grinste böse.

Dann war er bereit.

Eines Abends, als die Halbbrüder in dem Raum, den sie miteinander teilten, in ihren Betten lagen, flüsterte Kolgrim dem kleinen Mattias zu:

»Hast du schon mal gesehen, wie die Fische tanzen?«

»Nein«, sagte Mattias nichtsahnend. »Können Fische denn tanzen?«

»Und ob! Willst du es sehen?«

Das wollte Mattias sehr gerne.

Kolgrim wisperte geheimnisvoll: »Aber es geschieht an einem verhexten Ort. Und nur zu einem bestimmten Zeitpunkt. Wir müssen uns hinschleichen. Und niemand darf etwas davon erfahren.«

Mattias zögerte: »Auch Mutter nicht?«

»Die schon gar nicht! Dann wäre alles umsonst!«

Der kleine Bruder nickte nachdenklich.

»Ich zeige dir die Stelle, wo sie tanzen. Morgen noch

nicht, dann sind sie nicht da. Übermorgen. Ich werde frühmorgens losreiten und nachsehen, ob es wirklich der richtige Tag ist, und du kommst hin und triffst mich am Waldrand an der großen Eiche um … sagen wir um neun Uhr. Weißt du, wann das ist?«

»Ich kann Papa fragen.«

»Nein, du Dummerjan, das sollst du doch gerade nicht! Wenn die Mägde anfangen, den Frühstückstisch abzuräumen, schleichst du dich hinaus. Keiner darf dich sehen, vergiss das nicht! Wir sind bald zurück, deshalb braucht niemand etwas davon zu wissen.«

»Ich mache alles so, wie du gesagt hast«, sagte Mattias mit dem reinen Herzen.

Am nächsten Tag sagte Kolgrim beiläufig zu seinem Vater:

»Kann ich morgen nach Christiania reiten, Vater? Als wir neulich dort waren, habe ich bei einem Silberschmied eine schöne Brosche gesehen. Ich möchte sie so schrecklich gerne Großmutter Liv schenken. Damit sie sich richtig feinmachen kann für den Gottesdienst am St. Olavstag.«

Kolgrim selbst machte sich nichts aus Kirchenbesuchen. Manchmal war er gezwungen hinzugehen, aber meistens fand er irgendeinen scheinbar einleuchtenden Grund, um daheim zu bleiben.

Gerührt über die Feinfühligkeit seines Sohnes sagte Tarald: »Aber du hast doch gar kein Geld dafür, Kolgrim?«

»Ich habe gespart«, lächelte der Sohn geheimnisvoll.

»Na schau mal einer an, das lob ich mir! Aber du

sollteſt nicht allein reiten. Vielleicht kann ich mir frei nehmen …«

»Vater, ich bin zwölf Jahre alt! Ich bin ein guter Reiter, das weißt du, und ich kann mich vor Räubern und Betrügern in Acht nehmen.«

Ja, davon war Tarald überzeugt. Zögernd willigte er ein.

Am nächsten Morgen winkte Kolgrim seiner besorgten Familie zum Abschied zu und machte sich auf den Weg nach Christiania.

Sobald er außer Sichtweite von Gråstensholm war, bog er vom Weg ab und ritt auf verborgenen Pfaden einen Halbkreis um das Kirchspiel.

Etwas später saß er hoch zu Ross neben der großen Eiche und beobachtete einen kleinen Jungen, der in eiligem Tempo über die Wiesen gestolpert kam, um die verabredete Zeit einzuhalten. Eine tiefe, eiskalte Ruhe erfasste Kolgrims Herz.

»Ich habe es geschafft«, keuchte Mattias atemlos. »Keiner hat mich gesehen. Ich hatte schon Angst, weil sie gesagt haben, dass du nach Christiania geritten bist, und ich nicht wusste, ob du wirklich hier bist. Aber das bist du«, strahlte er.

Dann zog ein bekümmerter Schatten über sein Gesicht. »Aber es gefällt mir nicht, Mutter anzulügen.«

»Hat sie dich denn gefragt?«, sagte Kolgrim scharf.

»Nein. Aber nichts sagen ist fast wie lügen, finde ich.«

Der große Bruder hatte solche Skrupel nie gehabt, deshalb verstand er das nicht. Außerdem machte er sich nichts aus seiner Stiefmutter Yrja, obwohl sie immer versucht hatte, ihm genauso viel Liebe zu geben wie ihrem eigenen Sohn Mattias.

»Wir sind so kurze Zeit fort, dass keiner etwas merken wird. Komm jetzt herauf, und setz dich hinter mich!«

Mit Kolgrims Hilfe kletterte Mattias mühsam aufs Pferd, und Kolgrim wendete das Tier.

Wie alle kleinen Geschwister vergötterte auch Mattias seinen großen Bruder. Er war der Held, der alles wusste und alles konnte. Kolgrim registrierte die Anbetung mit einer Spur Stolz, vor allem aber mit distanzierter Verachtung.

Als sie durch den Wald ritten, sagte Mattias aufgeregt:

»Wie spannend das ist! Ich habe heute Nacht überhaupt nicht geschlafen.«

Na wunderbar, dachte Kolgrim und grinste tückisch.

»Ich habe Butterbrote für uns mitgenommen«, fuhr der kleine Bruder fort.

»Was hast du?«, explodierte Kolgrim, riss sich dann aber zusammen und fügte beherrschter hinzu: »Hat dich jemand dabei gesehen?«

»Nein, ich habe mich in die Küche geschlichen, als keiner da war.«

»Gut! Ja, vielleicht kriegen wir Hunger.«

Dann ritten sie eine Weile schweigend weiter.

»Hör nur, wie es in den Baumwipfeln rauscht«, flüsterte Mattias. »Wie traurig sich das anhört! Wie bei einem Requiem in der Kirche.«

»Was ist ein Requiem?«, fragte Kolgrim, der sich im Labyrinth der Kirchenrituale nicht auskannte.

»Eine Seelenmesse.«

Na, das passt ja hervorragend, dachte der große Bruder.

»Ist es noch weit?«, fragte Mattias nach einer Weile zaghaft.

»Wir sind bald da«, versprach Kolgrim.

Noch eine Weile später sagte Mattias: »Ich will nicht jammern, aber mein Po tut schon arg weh.«

»Jetzt haben wir es gleich geschafft«, antwortete der große Bruder. Sein Herz begann vor Erregung heftig zu pochen.

Sie folgten einem Waldweg, der genauso grün war wie der Waldboden um sie herum, also waren in diesem Sommer noch nicht viele Menschen hier entlanggegangen. Falls Mattias hin und wieder Spuren von Pferdehufen sah, brachte er sie jedenfalls nicht mit Kolgrims Ausritt vor ein paar Tagen in Verbindung. Ab und zu ritten sie über kleine Lichtungen, die umrahmt waren von Dickicht aus Waldhimbeeren, und einige Male kamen sie an Ansammlungen von Hütten vorbei, die offenbar seit langer Zeit schon verlassen waren.

Dann wurde die Landschaft weiter und offener. Die Bergrücken waren zunächst mit Eichen bewachsen, später vorwiegend mit Espen und Erlen.

Sie näherten sich dem Strand.

Kolgrim lenkte das Pferd auf einen kleinen Pfad, der zu einem Steg führte. Dort sprang er ab und half seinem kleinen Bruder herunter.

»Oohh«, sagte Mattias. »Das ist ja das Meer!«

Ganz weit draußen, zwischen Holmen und Schären, glänzte der offene Fjord im Sonnenlicht.

»Na sicher ist es das Meer«, sagte Kolgrim. »Denn nur da tanzen die Fische. Sie sind sehr groß, und man nennt sie Delfine. Komm, ich habe ein Boot!«

»Du hast ein Boot?«, fragte Mattias mit großen Augen, während Kolgrim das Pferd an einem Baum festband.

»Aber ja. Schau, da liegt es.«

Sie stiegen hinein. Kolgrim zerschlug das Kettenschloss mit einem Stein und begann zu rudern. Wem auch immer das Boot gehören mochte – das dichte Erlengestrüpp versperrte jedem Menschen den Blick auf die Bucht.

Die Ruderblätter tauchten sachte plätschernd ins Wasser. Mattias hing über dem Bootsrand und folgte mit den Augen den Wirbeln, die die Ruderblätter hinterließen.

Kolgrim ruderte gemächlich, er wollte keinen langen Heimweg in Kauf nehmen. Vielmehr bemühte er sich um ruhige, einschläfernde Ruderzüge, und tatsächlich rollte sich der kleine Mattias schon bald auf der hinteren Bank zusammen. Seine Lider wurden schwerer und immer schwerer.

»Ja, ruh dich nur aus, du«, sagte Kolgrim mit hypnotisch beruhigender Stimme. »Ruh dich nur aus. Es ist noch ein ganzes Stück. Ich werde dich wecken, wenn wir da sind.«

Mattias nickte matt und machte es sich bequem.

Als sie die Landspitze erreichten, zog Kolgrim vorsichtig die Ruder ein und ließ das Boot sachte auf den Strand gleiten. Er vergewisserte sich, dass der kleine Bruder fest schlief, dann ließ er die Ruder vom Dollbord gleiten und beobachtete, wie sie auf den Wellen davontrieben. Lautlos stieg er an Land – und dann gab er dem Boot einen kräftigen, aber geschmeidigen Stoß.

Er hatte auch die Gezeiten in seinen Plan einbezogen. Zufrieden sah er, wie der Prahm durch das ablaufende Wasser unaufhaltsam hinaus auf das Meer gezogen wurde.

Im Boot selbst war keine Bewegung zu entdecken.

So schnell er konnte rannte Kolgrim am Ufer entlang, zurück zum Steg mit dem wartenden Pferd.

Keiner weiß, was für ein Instinkt diesen Gedanken durch seinen Kopf jagte: »Ich habe ihn nicht getötet. Getötet habe ich ihn nicht!«

Es hing vermutlich mit seinen frühen Kindertagen zusammen. Mit Cecilies Märchen über den Großen Troll, also den Teufel. Der seine ganz bestimmten Vorstellungen davon hatte, was kleine Jungen ihren kleineren Geschwistern antun durften und was nicht.

Eine andere Erklärung für Kolgrims »humane« Art, sich seinen lästigen kleinen Bruder vom Hals zu schaffen, gab es nicht.

Am Nachmittag kehrte er heim zu einer aufgeregten Familie.

»Kolgrim, hast du Mattias gesehen?«, fragte Liv.

Er sprang vom Pferd. In der Hand hielt er ein kleines Päckchen.

»Mattias? Nein. Ich war den ganzen Tag in Christiania.«

»Und heute Morgen?«

»Da hat er noch geschlafen.«

Kolgrims Gesicht war noch nie unschuldiger gewesen.

»Nein, er hat doch mit uns am Frühstückstisch gesessen«, gab Tarald den anderen zu bedenken. »Erst danach ist er verschwunden. Und da war Kolgrim schon lange fort.«

Yrjas Gesicht war wie tot, versteinert. »Aber Mattias hat Butterbrote mitgenommen. Für zwei, da bin ich ganz sicher!«

»Wie kannst du dir so sicher sein?«, fragte Tarald.

»Weil ich die Art wiedererkannt habe, wie Mattias das Buttermesser gebraucht. Die Reste überschüssiger Butter, die er am Rand vom Butterfass abgestreift hat. Und er hat Brote und Wurstbelag für mindestens zwei Leute mitgenommen.«

»Wo ist Großvater?«, fragte Kolgrim.

»Unterwegs, auf der Suche. Wir waren alle den ganzen Tag draußen und haben nach ihm gesucht«, sagte Liv mit angsterfüllten Augen.

Yrjas Gesicht verzerrte sich. Sie packte Kolgrim.

»Du weißt, wo er ist«, schrie sie. »Ich sehe es deinem Gesicht an, du weißt, wo er ist, du hundsgemeiner …«

Tarald ging dazwischen. »Aber Yrja, besinne dich! Wo du doch immer so lieb zu Kolgrim bist.«

Aber die Hysterie, die den ganzen Tag in ihr gebrodelt hatte, brach jetzt vollends aus. »Ich durchschaue ihn, ich weiß genau, was los ist, wenn er so unschuldig dreinblickt! Er hat etwas mit Mattias gemacht, ich weiß es, ich weiß es!«

Kolgrims Augen füllten sich gekränkt mit Tränen. »Aber ich war doch in Christiania! Um ein Geschenk für Großmutter zu kaufen. Sieh doch!«

Er öffnete die Schachtel mit der schimmernden Silberbrosche.

»Ach, Kolgrim«, sagte Liv gerührt. »Wie lieb von dir! Du musst Yrja verzeihen, eine Mutter kann einfach nicht klar denken, wenn ihrem Kind etwas geschehen ist.«

Yrja weinte und schluchzte hemmungslos. »Das einzig Gute, das ... i-hich auf ... di-hieser Welt zustande gebracht ha-abe, mein ... klei-heiner Mattias ... Er darf nicht weg sein, er darf ei-heinfach nicht *weg* sein!«

»Er ist auch nicht weg«, beruhigte Tarald sie. »Du wirst sehen, bevor es dunkel wird, ist er zurück.«

Aber Mattias kam nicht zurück. Und Gråstensholm versank in Kummer.

Tag und Nacht hörten sie Yrjas Rufe: »Mattias!« Wie oft sie den Wald durchkämmt hatte, wusste niemand. Manchmal wachte sie mitten in der Nacht mit einem Angstschrei auf, mit einem überwältigenden Gefühl der Panik: »Er braucht mich! Er ist einsam, er braucht mich!« Und dann stürzte sie wieder hinaus, in den Wald, über die Felder, fragte in den Hütten, suchte, suchte ...

Liv verlor ihre gelassene Ruhe, Kummer und Sorge ließen ihre Haare ergrauen. Dag, dessen Gesundheit ohnehin sehr angegriffen war, fiel immer mehr in sich zusammen, so dass alle sich aufs Äußerste sorgten, und Tarald biss seine Fingernägel bis aufs Blut ab. Äußerlich ließ er sich seine Verzweiflung nicht so sehr anmerken, aber wenn er allein war, ging er in Mattias' Zimmer und berührte seine Sachen, die jetzt so verlassen wirkten, und dann wurde er vom Weinen geschüttelt.

Das gesamte Kirchspiel hatte nach dem kleinen, lieben Jungen von Gråstensholm gesucht, und alle sorgten sich um ihn und trauerten mit den Angehörigen.

Einmal hatte Kolgrim sich vergessen und gewagt zu lachen – über irgendeine Kleinigkeit. Da hatte Yrja ihn angefaucht wie eine Furie, ihn geschüttelt und gerüttelt.

»Ja, du bist froh!«, schrie sie gellend. »Du freust dich, weil du endlich deinen Bruder losgeworden bist, so dass du alles allein erben kannst.«

Wie nahe Yrja damit der Wahrheit kam, konnte sie nicht ahnen. Nur im Hinblick auf das, was Kolgrim *wirklich* erben würde, irrte sie sich.

Ein glühender Hass erfüllte ihn. »Lass mich los, du Drecksweib«, flüsterte er lautlos mit katzengelben Augen. Dann hob er die Stimme zu einem gehässigen Murren. »Jetzt hast du dich verraten! Aus mir hast du dir nie etwas gemacht, nur aus deinem Goldjungen!«

Liv sagte scharf: »Jetzt reicht es, Kolgrim! Kein mutterloses Kind hat jemals mehr Liebe und Zuwendung erhalten, als du sie hier bekommen hast. Wir alle haben dich mit Liebe überschüttet. Alle, angefangen von deinem Großvater, dem Amtsrichter, bis hin zum jüngsten Stallburschen haben wir dich lieb gehabt und dich verwöhnt. Großvater und ich haben einmal um dein Leben gebettelt, als du gerade geboren warst und es hieß, du wärest zu ... zu schwach, um leben zu können. Wir haben dich *gewollt*, und wir haben dich immer lieb gehabt, nicht zuletzt Yrja! Ich glaube nicht, dass deine arme Mutter Sunniva dich inniger hätte lieben können. Das solltest du dir merken!«

Yrja hatte sich rasch wieder gefasst. »Verzeih mir, Kolgrim, ich weiß schon gar nicht mehr, was ich sage.«

»Ach, geh doch zum Teufel«, zischte er so leise, dass nur Yrja es hören konnte, und entfernte sich.

Aber Liv hatte bange Ahnungen. Sie schrieb an Cecilie. Über die abgrundtiefe Verzweiflung, die sie alle befallen hatte. Über die kleine, rasch dahinschmelzende Hoffnung, dass Mattias vielleicht doch noch am Leben sei. Über die Angst, dass er vielleicht irgendwo hilflos läge – und dass sie ihn nicht rechtzeitig finden würden.

Kannst Du nicht heimkommen, meine liebste Cecilie?, schloss sie. *In uns verstärkt sich immer mehr der Verdacht, dass Kolgrim etwas weiß. Du bist die Einzige, die einen Zugang zu ihm hat. Ich bitte Dich so sehr! Unser geliebter kleiner Mattias ist jetzt seit fünf Wochen fort, Yrja verliert ernstlich den Verstand, und auch wir anderen können diesen Zustand nicht länger ertragen.*

Cecilie war gerade von Anne Catherines Totenlager heimgekehrt und wünschte sich nichts sehnlicher, als sich bei ihrer eigenen kleinen Familie ein wenig zu erholen. Aber sie entschied sich sofort für die Reise.

»Nein, Alexander, ich nehme die Zwillinge nicht mit, nicht nach Gråstensholm. Auch ich habe den gewissen Verdacht, dass Kolgrim dahintersteckt. Und ich werde Gabriella oder Tancred unter keinen Umständen seinen raubgierigen Augen aussetzen!«

»Aber er wird doch sicher nicht…«

»Kolgrim hatte eine sehr enge Beziehung zu mir, wie du weißt. In seinen Augen habe ich ihn verraten, als ich eigene Kinder bekam. Ich habe seinem wohlwollenden Verhältnis zu Mattias sowieso nie recht getraut. Und du weißt, dass ich unsere Kinder niemals mitgenommen habe, wenn ich nach Hause fuhr, wie gerne ich es auch getan hätte. Vater und Mutter waren hier und haben sie gesehen, Tarjei auch, aber der Rest meiner Familie kennt unsere beiden Kinder nicht. Und das nur wegen Kolgrim.«

»Ich finde, du bist dem Jungen gegenüber ein wenig ungerecht. Aber du kennst ihn schließlich besser als ich. Nun gut, dann müssen wir dich eben noch eine Weile länger entbehren. Ich hoffe nur, du findest Mattias! Er war so ein lieber kleiner Junge.«

Cecilie seufzte. »Ach, wenn nur Großvater Tengel noch hier wäre! Oder Sol. Die beiden hatten die Gabe, verschwundene Menschen wiederzufinden. Obwohl Sol vielleicht ihr Enkelkind Kolgrim in Schutz nehmen würde. Wie auch immer, ich werde eine Woche dort bleiben, und anschließend *muss* ich mich ausruhen. Anne Catherines Tod ist mir doch sehr nahe gegangen. Und falls Mattias … Ach, der liebe kleine Mattias!«

Eine Woche später traf sie auf Gråstensholm ein. Sie war entsetzt darüber, wie tiefe Spuren Angst und Trauer bei allen hinterlassen hatten.

Schon am nächsten Tag ergab sich die Gelegenheit, mit Kolgrim zu sprechen. Aber er hatte seine Offenheit ihr gegenüber verloren. Er war viel zu sehr von einer gewissen Sache in Anspruch genommen, um sich mit ihr über Nebensächlichkeiten wie Mattias zu unterhalten.

»Wann kommt Tarjei?«, fragte er.

»Das weiß ich nicht. Er war ja schon lange nicht mehr daheim, also wird er wohl bald kommen. Magst du Tarjei?«

Kolgrims Augen flackerten durch den Raum. Tarjei? Was ging ihn denn dieser Tarjei an? Seine Zaubermittel, die waren es, die ihn interessierten.

»Oh ja!«, sagte er eifrig. »Tarjei ist so unheimlich klug.«

Danach sprach Cecilie mit ihrer Mutter Liv.

»Der Junge weiß etwas, da bin ich mir ganz sicher. Aber im Moment komme ich einfach nicht an ihn heran. Ich werde es in den nächsten Tagen versuchen, aber versprechen kann ich nichts.«

Cecilie musste unverrichteter Dinge wieder abreisen. Nie zuvor hatte Kolgrim einen so unschuldigen Gesichtsausdruck gehabt wie jetzt. Gerade deswegen war sie überzeugt, dass er viel mehr wusste, als er sich anmerken ließ.

Aus dem Sommer wurde Herbst.

Kolgrim fasste sich in Geduld und wartete seelenruhig auf Tarjeis Rückkehr. Denn jetzt war er, Kolgrim, der Erbe des Schatzes, der für ihn wertvoller war als alles Gold der Erde.

2. Kapitel

Aber Tarjei hatte zu dieser Zeit keinerlei Pläne, nach Hause zurückzukehren.

Er hatte ein glänzendes Examen an der Universität zu Tübingen abgelegt und konnte nun unter einer Vielzahl verlockender Angebote auswählen.

Da das Eisvolk nie unter Geldmangel gelitten hatte – denn Tengel der Gute hatte sein Einkommen als Medizinmann gehabt, und Siljes Wandmalereien waren zu höheren Preisen verkauft worden, als sie selbst es für richtig gehalten hatte –, brauchte Tarjei sich über die finanziellen Dinge keine Gedanken zu machen. Er konnte frei entscheiden.

Er schlug ein verlockendes Angebot aus, in Tübingen Medizin zu unterrichten, und entschied sich stattdessen – wer weiß, aus welchen diffusen Gründen – für eine geringer bezahlte Arbeit in Erfurt. Dort sollte er Gehilfe eines überaus gelehrten Heilkundigen sein, der verschiedene Krankheiten erforschte.

Für Tarjei hatte sich ein Kindheitstraum erfüllt: Johannes Kepler kennenzulernen. Er traf ihn in Tübingen, als der große Mathematiker und Astronom gegen Ende seines Lebens in die Stadt kam.

Sie führten ein langes, tiefes Gespräch, die beiden – bis weit in die Nacht hinein. Kepler war in den letzten Jahren ein desillusionierter Mann geworden, müde von der Ignoranz und Halsstarrigkeit der Menschen und schwer von Krankheiten geplagt. Das Gespräch mit dem jungen und idealistischen Tarjei hatte ihn aufgemuntert, und sie erörterten wissenschaftliche Themen, bis ihnen die Augenlider zufielen.

Fast sofort hatten sie eine Gemeinsamkeit entdeckt. Keplers Mutter war 1622 gestorben, nachdem sie dreizehn Monate im Gefängnis zugebracht hatte, angeklagt des Verbrechens, eine Hexe zu sein, und Tarjeis Verwandte Sol hatte ein ähnliches Schicksal gehabt. Deshalb hatten sie sich anfangs über die Hexenprozesse unterhalten, bis sie schließlich bei Keplers derzeitigen Steckenpferden landeten, Logarithmen und Lichtbrechungen.

Aber jetzt war Tarjei in Erfurt. Seine Arbeit gefiel ihm, obwohl sie mit deutlichen Risiken behaftet war – so wie bei der Pockenepidemie, die er jedoch unbeschadet überstand. Sein Arbeitgeber war sehr zufrieden mit ihm und sagte ihm eine große Zukunft voraus – wenn nur nicht die führenden Männer der Kirche und der Gesellschaft in ihrer Torheit auf den Gedanken verfielen, ihn wegen all seiner Fähigkeiten als Ketzer zu verbrennen. Hatten sie etwa nicht Jan Hus verbrannt und Galilei der Ketzerei für schuldig befunden? Tarjei musste vorsichtig sein!

In Mußestunden besuchte er hin und wieder seine alten Freunde auf Schloss Löwenstein.

Comtesse Cornelia Erbach zu Breuenberg war zu einer sehr willensstarken und selbstbewussten jungen Dame von siebzehn Jahren herangewachsen. Überaus entzückend und mittlerweile wesentlich schlanker.

Ihre liebe Tante und ihr Onkel wollten sie mit dem Sohn eines abgedankten deutschen Herzogs vermählen.

Das wollte Cornelia nun aber überhaupt nicht!

Die kleine Marca Christiana war jetzt acht Jahre alt, ein liebes Kind mit einem wachen Verstand. Sie hielt sich gerne bei Tarjei auf, wenn er zu Besuch kam, setzte sich still an seine Seite und lauschte der unverständlichen Konversation zwischen ihm und ihren Eltern. Cornelia dagegen mischte sich oft in die Unterhaltung ein, mit felsenfesten Behauptungen, die Tarjei zum Schmunzeln brachten.

Eines Tages sagte Cornelia zu ihrem Onkel:

»Tarjei hat eine große Zukunft, nicht wahr?«

»Eine strahlende, möchte ich meinen.«

»Dann wäre er also eine gute Partie?«

»Für das passende Mädchen aus seinem Stand, ja. Aber nicht für dich, wenn es das ist, woran du denkst.«

»Aber warum nicht?«

»Weil du eine Gräfin bist, liebe Cornelia. Und Tarjei ist nicht einmal adelig.«

»Aber der Name Lind vom Eisvolk würde doch jeden der alten Mummelgreise täuschen, die über die Eintragungen im Gothaer Adelsalmanach entscheiden.«

»Cornelia, eine Ehe zwischen dir und Tarjei kommt auf keinen Fall in Frage! Hat er dir denn einen Antrag gemacht?«

»Nein, aber …«

»Da siehst du! Vielleicht will er dich nicht einmal!«

»*Natürlich* will er! Gut, dann brenne ich eben mit ihm durch.«

»Sei nicht töricht, Cornelia! Damit würdest du nur seine Zukunft zerstören.«

»Aber könnt denn nicht Ihr, Onkel, ihn in den Adelsstand erheben?«

Der Graf zu Löwenstein und Scharffeneck schüttelte den Kopf. »Das kann nur ein fürstliches Oberhaupt tun.«

»Fürstlich?«, fragte Cornelia nachdenklich. »Tarjei hat eine Cousine, deren Gemahl ein Fürst ist.«

»Tatsächlich?«

»Ja, oder jedenfalls beinahe, um ganz ehrlich zu sein. Er heißt Paladin und ist wohl eher ein Markgraf. Aber seine Großmutter oder so war eine Fürstin.«

Der Oberkommandant von Erfurt nickte. »Paladin ist ein guter Name. Das müsste das Fürstenhaus Schwarzburg sein.«

»Ja, genau! Ich werde ihn fragen.«

Ihr Onkel lächelte. »Ich glaube nicht, dass er viel tun kann. Und wäre es nicht besser, du fragtest zuerst Tarjei?«

»Das werde ich tun, da könnt Ihr sicher sein!«

Aber Tarjei waren ihre Pläne ziemlich gleichgültig.

»Warum in aller Welt sollte ich denn in den Adelsstand erhoben werden?«

Cornelia war baff. Einen Moment lang hatte sie sogar die Sprache verloren.

Nichtsahnend fuhr Tarjei fort:

»Und Alexander kann ich schon gar nicht mit einem solchen Ansinnen kommen, das versteht Ihr doch sicher! Selbst wenn er seine fürstlichen Verwandten des Hauses Schwarzburg überreden *könnte*, würde ich mich über eine so dreiste Bitte zu Tode schämen! Also wirklich, Comtesse Cornelia, ich verstehe Euch nicht.«

Wütend machte sie auf dem Absatz kehrt. »Oh, wie seid Ihr dumm! So dumm!«, schluchzte sie beinahe und marschierte davon, bebend vor Zorn.

»War ich denn jemals etwas anderes für Euch als dumm?«, rief er ihr nach.

Danach sprach sie viele Wochen lang nicht mit ihm, zeigte sich auch nicht, wenn er zu Besuch kam. (Obwohl sie oben auf der Galerie stand, hinter einem Vorhang verborgen, und ihn heimlich beobachtete.)

Ein Unglück kam ihr zu Hilfe.

Tarjei wusste eigentlich gar nicht recht, warum er sich auf Löwenstein so wohlfühlte. Er verstand auch nicht, warum er die letzten Male so irritiert gewesen war, begriff nicht, was er vermisste. Das wurde ihm erst klar, als das Unglück geschah.

Ein großer Haufen von ehemaligen Söldnern Wallensteins, die ihrer Tatenlosigkeit überdrüssig geworden waren und nun kampflustig und plündernd umherstreiften, kam nach Erfurt. Der Oberkommandant rief eilig die Schutzwehr der Stadt zusammen und rückte aus, den marodierenden Truppen entgegen.

Damit überließ er Löwenstein schutzlos ihrem Angriff.

Er hatte nicht damit gerechnet, dass sie diesen Weg nehmen würden. Das Schloss lag weit außerhalb der Stadt, von der er annahm, dass sie das lohnende Ziel ihres Raubzuges wäre.

Löwenstein war praktisch ohne Verteidigung. Nur eine Handvoll Bedienstete und seine eigene Familie befanden sich dort.

Die Landsknechte fielen wüst über das Schloss her. Gräfin Juliana versteckte sich mit den Kindern und einigen anderen Frauen in einem der Schlosstürme, aber Cornelia war nicht unter ihnen. Juliana schickte ein Dienstmädchen aus, um nach der Nichte zu suchen, aber zu ihrem Entsetzen hörte sie, wie die Landsknechte sich das Mädchen griffen und sich an ihr vergingen. Sie selbst konnte Marca Christiana nicht allein lassen.

Tarjei befand sich auf dem Weg zum Schloss, als er bemerkte, dass er nicht allein dorthin wollte. Der Söldnerhaufen lärmte auf der Straße vor ihm. Ein Junge von etwa fünfzehn Jahren hatte sich erschrocken in den Graben geworfen.

»Rasch, nimm mein Pferd«, rief Tarjei. »Reite zum Oberkommandanten, er ist jetzt bestimmt in der Stadt. Sag ihm, dass die Landsknechte auf dem Weg nach Löwenstein sind und dass ich tun werde, was ich kann. Ich heiße Tarjei.«

Der Junge saß bereits auf dem Pferd und galoppierte in Richtung Stadt.

Tarjeis Herz hämmerte. Er hatte nie große Lust verspürt, den Helden zu spielen – intellektuelle Herausforderungen sagten ihm mehr zu. Und es waren viele Söldner. Sie waren schon durch das Schlossportal verschwunden. Er war allein …

Aber er dachte an die Unglücklichen dort drinnen. Obwohl er nur äußerst wenig für sie tun konnte, war es doch seine Pflicht, es zu versuchen.

»Nur Mut, Tarjei«, ermahnte er sich selbst und holte zitternd Atem.

Es war nicht schwer, ungesehen hineinzukommen. Er konnte das Grölen der Söldner schon von weitem hören – anscheinend waren sie dabei, den Rittersaal zu plündern.

Tarjei schlich an der inneren Schlossmauer entlang. Wäre er nicht so aufgeregt gewesen, hätte er sich ziemlich albern gefühlt.

Er versuchte jemanden von den Bewohnern zu finden. In dem Moment hörte er den verzweifelten Schrei eines jungen Mädchens.

»O mein Gott, Cornelia!«, flüsterte er entsetzt.

In diesem Augenblick wurde ihm die Ursache seiner tiefen Angst bewusst. Cornelia … das arme, hilflose Geschöpf.

Cornelia, meine Liebste, meine Liebste, hämmerte es in ihm, während er in Richtung der Schreie lief.

Wenn er genauer hingehört hätte, wäre ihm wohl aufgefallen, dass diese klagenden, ängstlichen Schreie nicht von Cornelia stammen konnten.

Aber Tarjei war wie von Sinnen vor Angst.

Er war jetzt in unmittelbarer Nähe, in einem langen Gang mit Holzdielen. Und er war nicht so dumm, sich einzubilden, dass er allein etwas gegen die Landsknechte ausrichten könnte, bei allem Mut, den er in sich fühlte, wenn es um Cornelias Leben und Ehre ging. Stattdessen griff er nach einer Hellebarde, die als Dekoration an der Wand hing, und pochte damit auf den Dielenboden, während er mit den Stiefeln aufstampfte, so dass es sich in dem hallenden Gang anhörte wie viele trampelnde Füße.

»Hierher, Herr Oberkommandant«, rief er. »Hier ist das Gesindel. Schießt sie nieder – ohne Gnade!«

Es gelang ihm tatsächlich, die Söldner zu erschrecken, die kopflos durch den Rittersaal rannten und dabei riefen und schrien.

»Der Oberkommandant mit seinen Männern! Wir müssen raus!«

Tarjei stampfte noch eine Weile energisch mit den Füßen, bis er annahm, dass die Luft rein war, und zu dem Mädchen stürzte, das weinend auf dem Boden lag.

Er entdeckte seinen Irrtum sofort, aber die Erleichterung, die er unwillkürlich verspürte, ertrank in Mitgefühl.

»Mein liebes Kind«, sagte er. »Komm, stütz dich auf mich. Wo ist deine Herrin?«

»Im Turm«, schluchzte sie.

»Sind alle dort?«

»Nein. Comtesse Cornelia nicht. Ich sollte sie suchen, und dann … sind die gekommen.«

»Rasch, lauf zum Turm, ich werde die Comtesse finden«, sagte Tarjei, und die Angst zerriss ihm schier die Brust.

Er konnte sich denken, wo Cornelia war. Sie hatte ihm einmal ihr heimliches kleines Versteck in der zweiten Etage des Schlosses gezeigt, unmittelbar neben der großen Wendeltreppe, die hinauf zum Wehrgang führte.

Tarjei hetzte wie ein Wahnsinniger durch das Schloss, nahm sich nicht einmal Zeit, einen Blick hinaus zu werfen. Sonst hätte er sehen können, wie die fliehenden Söldner den Männern des Oberkommandanten mitten auf der Brücke über den Schlossgraben in die Arme liefen. Denn der Graf hatte die Nachricht bereits erhalten und sich eilig auf den Weg zum Schloss gemacht – und als er den jungen Reiter traf, der ihm die Botschaft von Tarjei überbrachte, trieb er seine Männer zu noch größerer Eile an.

Die Söldner versuchten kehrtzumachen, aber einer der Schlossdiener hatte rasch das eiserne Brückengitter heruntergelassen, und nun waren die Landsknechte auf der Brücke gefangen. Viele sprangen in den Schlossgraben, aber nur wenige kamen bei dem Kampfgetümmel mit dem Leben davon.

Einige Landsknechte befanden sich allerdings immer noch im Schloss – sie waren zu weit entfernt gewesen, um die Alarmrufe zu hören. Als Tarjei sich Cornelias Versteck näherte, hörte er eine beißend zornige, zeternde Frauenstimme, und diesmal war kein Irrtum möglich. Das war Cornelia, wie sie leibte und lebte.

»Nimm sofort deine haarigen Affenpfoten weg«, sagte sie in einem Ton, der eiskalte Wut ausdrücken sollte, aber vor lauter Ekel ins Falsett kippte. »Glaubst du etwa, ich lasse mich von so etwas Hässlichem und Schmutzigem anfassen? Und das gilt auch für dich!«, fügte sie noch ätzender hinzu. »Deine Mutter muss eine Sau angestarrt haben, als sie mit dir schwanger ging, du Missgeburt von einem Tier!«

Du liebe Güte!, dachte Tarjei, als er sich der Tür zum Treppenzimmer näherte. Wenn das ihre vornehme Tante Juliana gehört hätte!

Tarjei stürzte unüberlegt hinein, um die Jungfrau in Not zu beschützen. Aber das Glück ist mit dem Tapferen, wie es so schön heißt, obwohl es in diesem Fall wohl eher mit dem Dummen war …

Ohne sich dessen bewusst zu sein, hatte er die schwere Hellebarde die ganze Zeit mit sich herumgeschleppt, und als er in den großen Treppensaal stürmte, sah er ziemlich furchterregend aus, wie er mit der Hellebarde um sich schlug.

Die beiden Landsknechte – die weder hässlich noch missgestaltet waren – ergriffen die Flucht, aber das lag wohl eher daran, dass der eine zufällig einen Blick auf die Schlossbrücke geworfen hatte, und weniger an der Furcht vor Tarjei.

Cornelia allerdings sah den Helden in ihm und warf sich sofort in seine Arme. »Oh Tarjei, Ihr seid gekommen! Ich wusste, dass Ihr kommen würdet!«

Was ist das für ein Schmierentheater, dachte er leicht irritiert und ziemlich amüsiert, nun, wo die Gefahr vorüber war. Aber er brachte kein Wort heraus. Denn Cornelia so unerwartet und hingegossen in seinen Armen zu halten, hatte ihm vollkommen die Sprache verschlagen. Und sie zögerte keine Sekunde, die Situation auszunutzen. Mit angeborener weiblicher List gelang es ihr, die Dinge so zu drehen, dass Tarjei glaubte, er habe sie geküsst und nicht umgekehrt. Derartige Kniffe beherrschen die Frauen, seit es Menschen auf der Welt gibt.

Und Tarjei war weit davon entfernt, sich zu sträuben.

In Wirklichkeit hätte der gestrenge Herr Wissenschaftler sich nie träumen lassen, dass er jemals etwas so Seliges erleben würde! Als er einmal angefangen hatte, konnte er nicht wieder aufhören, und Cornelia war keine Frau, die einen solchen Kuss vorzeitig beendete.

Widerwillig erwachte er bei dem Klang einer wohlbekannten Stimme.

»Ich muss schon sagen«, sagte Oberkommandant Georg Ludwig Eberhardssohn zu Löwenstein und Scharffeneck.

Tarjei rang entsetzt nach Luft und befreite sich aus Cornelias verführerischer Umklammerung.

»Oh, Onkel!«, zwitscherte sie hingerissen. »Jetzt hat Tarjei mich kompromittiert! Aber als echter Kavalier hat er natürlich ehrbare Absichten.«

»Nein, halt, warte mal«, sagte Tarjei überrumpelt.

»Du musst natürlich um meine Hand anhalten«, soufflierte Cornelia ihm deutlich hörbar.

»Deine Hand? O, nein! Ich binde mir doch keinen Klotz ans Bein!«

»Wie bitte?«, japste sie entgeistert, während der

Oberkommandant die beiden mit einem belustigten Lächeln beobachtete.

Tarjei setzte noch einen drauf. »Aus eigensinnigen kleinen Mädchen werden eigensinnige Ehefrauen«, sagte er.

Ausnahmsweise sah Cornelia vollkommen hilflos aus. Ihre letzte Chance war vorüber. Wenn nicht einmal Tarjei wollte…!

Ihr kindlich-enttäuschtes Gesicht bewirkte mehr als all ihre Willenskraft. Tarjei erbarmte sich und strich ihr über die Wange.

»Ich habe es nicht so gemeint, Cornelia«, sagte er reuevoll und überstürzt. »Ich wollte dich nur necken.«

Überzeugt, ein Nein zu hören, wandte er sich an ihren Onkel. »Herr Oberkommandant, ich bitte Euch hiermit um die Hand Eurer Nichte.«

Aber schau einer an! Der Graf hatte auf einmal eingesehen, dass der Einzige, der Cornelia einigermaßen im Zaum halten konnte, Tarjei war. Und er war ein Mann mit einer glänzenden Zukunft. Sein Name hatte einen adeligen Klang. Und er war ungewöhnlich redlich und anständig.

Warum also nicht?

Damit saß Tarjei in der Falle.

Am Anfang war die Ehe sehr glücklich. Beide waren bis über die Ohren verliebt. Tarjei arbeitete abends nicht mehr so lange, wie er es früher getan hatte; er beeilte sich, nach Hause zu kommen, denn er sehnte sich unsagbar nach Cornelia. Nie hätte er sich träumen lassen, dass das Leben so herrlich sein konnte, er, der früher immer den Kopf darüber geschüttelt hatte, wie närrisch verliebte Leute sich aufführten.

Und als Cornelia schwanger wurde, schien ihrer beider Glück kein Ende nehmen zu wollen.

Es dauerte tatsächlich ziemlich lange, bis Tarjei die Augen aufgingen, wie dominiert, um nicht zu sagen tyrannisiert er in Wirklichkeit wurde.

Dann erhielt er einen sehr verspäteten Brief von daheim. Er war im Spätsommer 1633 abgeschickt worden, und jetzt war es schon Herbst 1634. Er las die erschütternden Nachrichten über Mattias' Verschwinden mit grenzenlosem Kummer. Und setzte sich sofort nieder, um nach Hause zu schreiben.

Zu seiner Frau sagte er: »Cornelia, ich muss sofort heimfahren. Einer meiner Verwandten ist verschwunden. Ich muss heim, um zu sehen, ob man ihn wiedergefunden hat – und um seine Eltern zu trösten.«

Und noch ein weiterer Gedanke rumorte in seinem Hinterkopf: Mattias hätte den Schatz des Eisvolks erben sollen. Wenn er verschwunden blieb, wer sollte dann an seine Stelle treten?

Aber Cornelia war vollkommen außer sich. Hatte er wirklich vor, sie jetzt allein zu lassen, wo sie doch in wenigen Monaten niederkommen würde? Dachte er denn immer nur an sich selbst?

Noch in vielen anderen Dingen war sie ganz unmöglich geworden. Sie wohnten im Schloss, denn sie konnte sich nicht vorstellen, in eine ärmliche Arztwohnung umzuziehen. Sie sonnte sich im Glanz seiner Berühmtheit, die sich langsam einstellte, aber sie wollte nicht, dass er tagsüber zur Arbeit ging, er sollte zu Hause bei ihr sein. Oder sie hatte einen lustigen Ausflug geplant, den sie *unbedingt* machen mussten, gerade wenn er mitten in einer Forschungsarbeit steckte. Oder sie gab vor, krank zu sein. Damit hörte sie allerdings recht bald wieder auf, denn Tarjei hatte die unangenehme Fähigkeit, sich auf Krankheiten zu verstehen – auch auf vorgetäuschte.

Es gefiel ihr, ihn eifersüchtig zu machen, denn es war so spaßig, seine Reaktion zu sehen. Manchmal tat sie so, als sei sie selbst eifersüchtig, und genoss seine Beteuerungen, dass sie in dieser Hinsicht nichts zu befürchten habe. Und sie zettelte zu gerne kleine eheliche Streitigkeiten an, nur wegen der anschließenden Versöhnung – und es war immer Tarjei, der den ersten Schritt dazu tun musste, nach einem solchen Zwist, wegen nichts und wieder nichts. Wenn er schließlich um Verzeihung gebeten hatte, war sie weich und zärtlich wie ein Kätzchen und sagte, dass niemand auf der ganzen Welt glücklicher sein könne als sie beide.

Und Tarjeis Nerven beruhigten sich dann langsam wieder. Aber jedes Mal brauchte es dazu ein wenig länger.

Er schrieb alle Launen ihrem Zustand zu, aber in seinem tiefsten Innern war ihm sehr wohl bewusst, dass Cornelia so *war*, schon seit dem allerersten Tag ihrer Begegnung – als sie noch ein kleines Kind gewesen war. Genauso eigensinnig und selbstbewusst war sie schon damals gewesen.

Also änderte er seinen Brief und schrieb stattdessen, dass der Zustand seiner Frau es ihm unmöglich machte, sie allein zu lassen, dass er aber zutiefst hoffte, dass Mattias wieder aufgetaucht sei. Und dass sie sein vollstes Mitgefühl hätten, dass er Tag und Nacht an sie und den kleinen Jungen dachte. Sie sollten auf jeden Fall sofort antworten.

Natürlich hatte er nach Hause geschrieben und von seiner Eheschließung berichtet und darüber, dass sie bald Familienzuwachs bekommen sollten, aber ob die Briefe angekommen waren, das wusste er nicht.

Diesmal allerdings ging es schneller mit der Post. Er bekam einen neuen Brief, von seinem Vater Are.

Es war ein besinnlicher Brief, aber trotzdem nahm er Tarjei sehr mit. Mattias war nicht wieder aufgetaucht. Yrja war teilnahmslos und apathisch, nicht in der Lage, sich noch über irgendetwas zu freuen. Aber Kolgrim war ihnen eine große Hilfe; jetzt war er es, in den alle auf Gråstensholm ihre Zuversicht setzten. Nach den ersten heftigen Ausbrüchen und Verdächtigungen gegen ihn hatten sich die Gemüter wieder beruhigt, und für Yrja und Tarald war er nun ihr einziger Sohn. Aber der Kummer saß auf Gråstensholm in jeder Ecke.

Womöglich noch schlimmer stand es auf Lindenallee. Denn zusätzlich zu dem Verlust von Mattias war nun auch noch Meta ernsthaft krank geworden. Ob Tarjei nach Hause kommen könnte? Jetzt hatten sie nur noch ihn, auf den sie bauen konnten.

Heimfahren, das konnte er nicht. Es waren nur noch wenige Wochen, bis das Kind geboren werden sollte, und Cornelia ging es wirklich ziemlich schlecht – obwohl sie natürlich ihre Leiden bis ins Groteske übertrieb. Aber anschließend würde er fahren, ganz egal, was sie dann davon hielt. Denn jetzt brannte die Unruhe in ihm. Meta, mit der er eigentlich nie viel gemeinsam gehabt hatte, war immerhin seine Mutter, und er liebte sie sehr.

Und der kleine Mattias ... er hatte ihn immer so fröhlich und liebevoll gestimmt.

Nein, es tat zu weh, daran zu denken!

Aber Cornelia sagte nichts dazu, dass er abreiste, nachdem die Geburt vorüber war. Cornelia sagte überhaupt nichts mehr.

Denn als Tarjeis kleiner Sohn zur Welt kam, verlosch die Mutter wie eine stille kleine Kerzenflamme. Tarjei mit all seiner ärztlichen Kunst konnte nichts dagegen tun. Sie starb ihm einfach unter den Händen weg, und es gelang ihm nie, die Ursache herauszufinden. Aber er vermutete, dass ihr Herz zu schwach gewesen war.

Erst da begriff er, wie sehr er sie geliebt hatte. Ihr naseweises Geplauder, ihren Humor, ihre liebevollen Hände und Arme, die sich träge und zärtlich um ihn schlangen, und sogar ihre verwöhnten Manieren ...

Und er begriff, dass sie im Laufe der Zeit alle Willenskraft aus ihm herausgesaugt, dass sie seinen Forschergeist ruiniert und sein Leben bitter gemacht hätte.

Trotzdem war er nach ihrem Tod untröstlich.

Cornelias Tante Juliana kam ihm zu Hilfe.

»Fahr heim, Tarjei«, sagte sie sanft. »Fahr heim, und

kümmere dich um deine kranke Mutter! So geht es nicht weiter, du trauerst dich noch um Sinn und Verstand. Cornelia ist unter der Erde. Ich werde mich solange um deinen kleinen Sohn kümmern. Welchen Namen willst du ihm übrigens geben?«

Tarjei, der sich kaum die Zeit genommen hatte, das kleine Geschöpf auch nur anzusehen, erwachte.

»Namen? Ich weiß nicht. Mikael, denke ich, nach meiner Mutter Meta. Und noch Cornelius. Mikael Cornelius ... Ja, so soll er heißen!«

»Gut!«, sagte Juliana. »Fahre du nur, mein Junge! Du warst Cornelia ein guter Mann. Sie war glücklich bis zum Schluss und wusste nicht, dass sie sterben müsste.«

Also reiste Tarjei ab. Reiste dem Kummer davon, in den Kummer hinein.

Als das Schiff durch das Kattegatt pflügte, hörte er den Wind in den Rahen und Tauen jammern, und der Laut war wie ein Echo aus seinem Innern, so dass er zum Schluss nicht mehr wusste, wo der Laut seinen Ursprung hatte. Vielleicht war das jammernde Heulen des Windes nur ein Ausdruck seiner eigenen Gemütsverfassung?

Erst auf der Fahrt über das Meer begannen seine Gedanken um das Neugeborene zu kreisen. Mikael Cornelius Lind vom Eisvolk. Er versuchte sich zu erinnern, wie er ausgesehen hatte ...

Dunkelhaarig, natürlich, denn beide Eltern waren dunkel. Dicke, schwarze Haare, aber mit dem kleinen Stich Kupfer, den Silje in die Familie gebracht hatte und der hartnäckig immer aufs Neue in den folgenden Generationen auftauchte. Obwohl Tengel als Angehöriger des Eisvolks rabenschwarze Haare gehabt hatte und folglich dominant hätte sein müssen, was die Farbe betraf. Die blonden Haare und blauen Augen von Dag und Meta hatten kaum eine Chance, sich bei den Nachfahren durchzusetzen.

Der kleine Mikael hatte, soweit Tarjei sich erinnerte, ein Gesicht ähnlich wie alle anderen Säuglinge, ohne besondere Kennzeichen. Jetzt bereute er, den Jungen nicht öfter auf den Arm genommen, ihm nicht die Liebe gegeben zu haben, die er aufrichtig für seinen Sohn empfand.

Aber wie sollte er mit einem kleinen Kind zurechtkommen – alleine?

An einem verregneten Tag im April 1635 traf er daheim auf Lindenallee ein. Er kam zu spät, um noch etwas für seine Mutter tun zu können; sie hatte bereits die Grenze überschritten, bis zu der Rettung möglich gewesen wäre. Aber sie war überglücklich, ihn wiederzusehen, und wurde von neuer Hoffnung erfüllt. Tarjei konnte alles schaffen!

Während er dafür sorgte, dass sie ihre letzten Tage schmerzfrei zubringen konnte, betrachtete er ihre kleine, schmale Gestalt im Bett. Meta – vor langen Jahren einmal die einsame, unglückliche Tochter einer Dorfhure, die Sol aus dem kleinen Dorf in Schonen mitgebracht hatte. Später dann eine gute und tüchtige Bäuerin auf dem wohlangesehenen Hof Lindenallee. Drei

Söhne hatte die kleine zähe Frau geboren. Zwei davon hatten sich prächtig herausgemacht – einer als Bauer und der andere als Arzt und Wissenschaftler. Der dritte, den sie am meisten geliebt hatte, war dem ewigen Fluch des Eisvolks erlegen.

Als Meta unter der Erde lag, nach einem stattlichen Begräbnis, das ihr sicher gefallen hätte, wandte Tarjei sich der Tragödie um Mattias zu.

Er bekam die ganze Geschichte zu hören – obwohl, viel gab es nicht zu erzählen, da sie ja nicht wussten, was sich zugetragen hatte.

Dann hatte er ein Gespräch mit seiner Tante Liv und seinem Onkel Dag.

»Ich muss einen neuen Erben für den geheimen Schatz des Eisvolks bestimmen«, sagte er. »Ich dachte an …«

»Schscht«, sagte Liv leise, obwohl sie wusste, dass alle draußen auf den Feldern bei der Frühjahrsbestellung waren. »Sage nicht laut, wen du ausgewählt hast!«

»Warum nicht?«, fragte Tarjei mit gerunzelter Stirn.

Also erzählte Liv von Taralds schicksalhaften Worten damals bei Tisch, nachdem er Tarjeis Brief erhalten hatte.

»Seitdem haben wir den schrecklichen Verdacht, dass Kolgrim tief gekränkt darüber war, dass Mattias und nicht er zum Erben des Zauberschatzes bestimmt worden war. Und dass dies *vielleicht* der Grund dafür war, dass der kleine Junge verschwand. Aber ein solcher Verdacht ist zu schwerwiegend, als dass man ihn laut aussprechen dürfte. Obwohl ich das jetzt gerade tue.«

Tarjei war erschüttert. »Gütiger Gott, wollt ihr damit sagen…? Ja, es war furchtbar dumm von mir, Tarald das zu schreiben. Ich hätte wissen müssen, dass er in dieser Hinsicht nicht der klügste und zuverlässigste Mitwisser ist.«

Nun hatte Tarjei etwas, worüber er sich den Kopf zerbrechen konnte.

War Kolgrim deshalb seit seiner Heimkehr so eifrig darauf aus, um seine Zuneigung zu werben? Überall, wo Tarjei sich aufhielt, tauchte der Vierzehnjährige auf, diensteifrig und mit leuchtenden Augen.

Ihm schauderte. Tarjei hatte einmal gesehen, was der Fluch des Eisvolks aus einem Verdammten machen konnte. Kolgrim war einer von ihnen, daran bestand kein Zweifel, obwohl es vorläufig noch keine Anzeichen gab, dass er im Besitz übernatürlicher Kräfte war.

Und Kolgrim selbst? Was glaubte er?

Er glaubte nicht mehr daran, dass er den begehrten Schatz erben würde. Stattdessen beobachtete er Tarjei genau, um herauszufinden, wo das alles verborgen war. Er hatte bereits entdeckt, dass Tarjei eine Reisetruhe besaß, in der sich viele aufregende und interessante Dinge befanden – aber das konnte noch nicht alles sein. Irgendwo, an irgendeinem Ort, vielleicht direkt vor seinen Augen, waren die Gegenstände, um die sich Kolgrims heiße Träume rankten: Jene Dinge, die in ihm die Macht erweckten, in deren Besitz er sich wusste!

Tarjei blieb das ganze Frühjahr daheim. Juliana schrieb, dass es dem Jungen gutgehe und dass er sich keine Sorgen machen solle. Er solle sich lieber ausruhen; die letzten Jahre hatte er hart gearbeitet, und der beinahe zeitgleiche Tod von Cornelia und der Mutter war sicher ein harter Schlag gewesen.

Dem stimmte Tarjei zu. Er fühlte sich sehr müde und sehr traurig.

Der Winter auf Gråstensholm war hart gewesen. Der Schnee hatte schwer auf den Dächern und Bäumen gelegen, der Wind heulte und klagte unter den Dachfirsten. Yrja quälte sich die ganze Zeit mit dem Gedanken, dass irgendwo an einem namenlosen Ort der Körper eines kleinen Jungen unter dem Schnee lag, einsam und verlassen, ohne ein Grab …

Tarald hatte versucht, solche Gedanken zu verdrängen. Aber sie kamen doch immer wieder, und dann musste er schwer schlucken und tief durchatmen, um die Fassung wiederzufinden.

Am ersten Weihnachtstag hatte Yrja eine Kerze für Mattias angezündet. »Heute wäre er zehn Jahre alt geworden«, sagte sie still.

Liv und Dag taten sich ebenso schwer, obwohl sie stärker waren, besonders Liv. Sie beobachtete voller Angst, wie einer der Lindenbäume immer dürrer wurde, und sie wusste sehr wohl, wessen Linde das war …

Auf Lindenallee war alles so still, so still. Are wanderte beinahe hilflos umher, brachte nichts mehr zuwege, seit Meta nicht mehr da war, die alles gelenkt und geordnet hatte. Brand und Matilda hatten es besser, sie hatten den kleinen Andreas, acht Jahre war er jetzt, über den sie sich freuen konnten. Ein pummeliger kleiner Junge, gutmütig wie sein Vater und sein Großvater, und ein problemloses Kind.

Tarjei fühlte sich einfach nur hilflos.

Der Einzige, der mit dem Leben zufrieden schien, war Kolgrim. Natürlich strebte er rastlos danach, das verborgene Geheimnis zu finden, aber dann, eines Tages in diesem Frühjahr 1635, widerfuhr ihm etwas.

Er fand nicht den Schatz. Aber er fand etwas anderes!

Er hatte oben auf dem Dachboden von Gråstensholm herumgekramt. Und dort, in einer Ecke, hatte er eine Eisenkiste gefunden. Die hatte er aufgebrochen, und in der Kiste lag etwas, das er zunächst für bedeutungslos hielt.

Aber dann hatte er es genauer untersucht …

Er blieb den ganzen Tag auf dem Dachboden. Am nächsten Tag ging er wieder hinauf. Und als er herunterkam, spielte ein Lächeln um seinen Mund, ein Lächeln, das Liv ganz unheimlich vorkam. Er sah genauso aus wie eine Katze, die gerade eine große Ratte verspeist hatte.

Und er fing an, noch eifriger nach dem Schatz zu suchen.

Zu dem Zeitpunkt waren fast zwei Jahre vergangen seit dem Tag, an dem Mattias verschwunden war.

Wie oft wanderten die Gedanken seiner Eltern zurück zu dem Sommer, als er noch bei ihnen war.

Dem Sommer 1633 …

3. Kapitel

Ein kleiner Hirtenjunge saß am Ufer des Skagerrak. Die Schafe weideten friedlich im struppigen Gras am Fuß der Klippen. Er selbst saß ganz oben auf einem Felsen, so dass er sowohl die Schafe als auch das glitzernde Meer beobachten konnte.

Er hatte sich eine Weidenflöte geschnitzt, aber es war schon zu spät in diesem Jahr und das Holz zu trocken, so dass er keinen Ton hervorlocken konnte, nur ein heiseres Wispern. Denn die Rinde war nicht ordentlich abgegangen, und alles war nur Flickwerk.

Neben sich hatte er den dicken Stock, sein einziger Schutz gegen wilde Tiere, falls sie seine Schafe anfallen wollten. Aber die Gefahr war nicht groß; hier am offenen Meer war er ziemlich sicher.

Eine ganze Zeit schon hatte er den dunklen Gegenstand beobachtet, der hier und da zwischen den glitzernden Meereswellen auftauchte.

Jedes Mal war der Gegenstand größer geworden. Er wurde wohl von der auflaufenden Flut Richtung Land getrieben.

Als er das nächste Mal über das Wasser blickte, hatte sich der Gegenstand aus dem Sonnenstreifen herausbewegt, so dass er ihn nun deutlich sehen konnte.

Es war ein kleines Boot. Und es sah nicht so aus, als ob sich jemand darin befand.

Ein schöner kleiner Prahm war das, wie er eine Weile später erkannte. Er hatte die Schafe inzwischen vergessen, aber es passierte ihnen sowieso nichts.

Ein Prahm, der sich losgerissen hatte, vielleicht kam er von so weit her, dass man den Besitzer nicht ausfindig machen konnte?

Der Hirtenjunge hatte sich immer ein Boot gewünscht, war er doch am Meer geboren. Aber das war natürlich nur ein Wunschtraum. Er, der erbärmlichste und armseligste der Armen, konnte nicht im Ernst darauf hoffen, jemals ein Boot zu besitzen.

Und deshalb wollte er diesen Prahm nur zu gerne haben!

Aber der würde nie und nimmer an Land kommen, das sah er jetzt. Er würde vorbeitreiben, weiter hinaus auf das offene Meer.

Er warf einen raschen Blick zu den Schafen hinüber.

Sie konnten nicht weglaufen.

Und wenn er sich den Kahn vom Bauern gleich nebenan ausborgte?

Niemand würde es merken.

Kurz darauf ruderte er mit raschen Schlägen auf den Prahm zu. Hin und wieder warf er einen Blick über die Schulter zurück, um zu sehen, ob er die Richtung hielt.

Als er das nächste Mal schaute, zuckte er zusammen.

Plötzlich saß jemand dort in dem Boot.

Zuerst war er zutiefst enttäuscht, aber dann begriff er, dass hier nicht alles mit rechten Dingen zuging.

Es war eine schmächtige Gestalt, die dort saß – mit sehr geradem Rücken und die Hände zu beiden Seiten fest um das Dollbord geklammert – und ihn mit großen Augen ansah.

Der Hirtenjunge konnte nirgends Ruder entdecken.

Er ruderte schneller, so dass sich die Wellen am Bug brachen.

Als er beinahe bei dem Prahm angekommen war, stand er auf und ging an die Spitze des Kahns, um einen Zusammenstoß zu verhindern.

Der kleine Junge im Prahm war jünger als er selbst, aber nicht viel. Er hatte hübsche kupferrote Locken und schrecklich vornehme, ziemlich beschmutzte Kleider. Sein zartes Gesicht war überzogen von getrockneten Tränenspuren.

»Wie gut, dass du gekommen bist«, sagte der Kleine höflich, aber mit zitternder Stimme. »Ich bin nämlich ganz schön durstig und hungrig.«

Der Hirtenjunge half ihm herüber und band dann den Prahm am Heck des größeren Ruderbootes fest.

»Ich hatte einige Scheiben Butterbrot«, sagte der Junge in seiner vornehmen Sprache. »Und ich habe Kolgrims so lange aufgespart, wie ich konnte, aber dann *musste* ich sie einfach aufessen. Doch sie haben mir nicht besonders geschmeckt, weil ich wusste, dass sie nicht für mich waren.«

Seine Augen füllten sich mit Tränen, die er zu trocknen versuchte.

»Entschuldige, ich bin ein wenig traurig«, sagte er mit schüchternem Lächeln. »Denn Kolgrim ist fort.

Wir wollten zuschauen, wie die Fische tanzen, weißt du, und ich habe sie auch gesehen, aber Kolgrim war nicht da. Ich bin im Boot eingeschlafen, und als ich aufwachte, war er fort. Er ist nicht gekommen, obwohl ich nach ihm gerufen habe. Der arme Kolgrim!«

Seine Unterlippe zitterte.

Der Hirtenjunge wusste nicht, was er denken oder sagen sollte. Er fühlte sich so armselig und ungebildet angesichts dieses zarten Wesens mit den sanften Augen.

»Ist das lange her?«, fragte er mit heiserer Stimme.

»Es ist dreimal Nacht geworden, seit er verschwand. Glaubst du, dass er ertrunken ist?«

Der Hirtenjunge glaubte das, wagte aber nicht, es laut zu sagen. »Nein, das muss nicht sein. Vielleicht ist er an Land gegangen, und das Boot ist ihm davongeschwommen.«

»Meinst du? Ach, das hoffe ich so sehr!«

»Ja, denn du wärst bestimmt aufgewacht, wenn er über Bord gegangen wäre und um Hilfe gerufen hätte.«

»Ja, bestimmt«, sagte der Kleine getröstet.

»Wie heißt du?«

»Mattias. Mattias von Meiden. Und du?«

Da grinste der Hirtenjunge. »Fast genauso. Ich heiße Mads.«

»Wie seltsam«, lachte Mattias. »O, jetzt sind wir am Ufer!«

Das Boot lief mit einem solchen Ruck auf den Strand, dass sie alle beide das Gleichgewicht verloren. Da mussten sie wieder lachen.

Aber als Mattias an Land gehen wollte, zeigte sich, dass er zu erschöpft war. Nachdem er drei Tage und drei Nächte ohne etwas zu trinken in dem Boot gelegen hatte, waren seine Beine ganz schwach. Aber er hatte immer tüchtig Wasser geschöpft, so dass der Boden des Prahms beinahe trocken war, und seine Kleider waren nicht nass. Außerdem hatte er unglaubliches Glück mit dem Wetter gehabt. Kein Regen, kein Sturm.

»Man könnte meinen, du hast einen Schutzengel gehabt«, lachte Mads.

Er half dem bleichen Jungen an Land und zog seinen Proviant hervor. Viel war es nicht; Wasser aus dem Bach und ein harter Kanten Brot. Aber Mattias erschien es wie die Mahlzeit eines Königs!

»Natürlich kannst du das Boot behalten«, sagte er großzügig. »Kolgrim hat es gefunden, es gehört also niemandem.«

Mads wagte kaum, seinen Ohren zu trauen. Dieser Junge war ein Glücksbringer.

»Aber es hat keine Ruder«, sagte Mattias.

»Pah, Ruder! Die schlage ich mir aus ein paar Erlenstämmen zurecht.«

»Aber jetzt muss ich wohl heim zu meiner Mutter«, sagte Mattias unsicher und schaute landeinwärts. »Sie macht sich bestimmt schon Sorgen um mich. Und um Kolgrim. Hoffentlich ist er daheim, ich habe solche Angst um sein Leben.«

»Wo wohnst du denn?«

»Auf Gråstensholm.«

Diesen Namen hatte Mads noch nie gehört.

»Du hast noch nie von Gråstensholm gehört?«, fragte Mattias. »Ich habe gedacht, das kennen alle.«

»Du bist aus dieser Richtung angetrieben gekommen«, sagte Mads und zeigte dorthin.

»Ja, ich habe die ganze Zeit die Küste gesehen. Jetzt brauche ich also nur am Meer entlang zurückzugehen.«

Darüber mussten sie wieder lachen.

»Ich bringe dich zur Landstraße.«

Auf halbem Weg begegneten sie dem Brotherrn von Mads, und Mattias musste ihm erklären, dass der Prahm wirklich ein Geschenk an Mads war. Weil er ihn davor gerettet hatte, weiter hinaus aufs Meer zu treiben. Der Hirtenjunge war zutiefst dankbar, dass sein Geschenk vor den Ohren des Bauern noch einmal ausdrücklich bestätigt wurde, sonst hätte er wohl fürchten müssen, dass ihm der Prahm nicht lange gehören würde.

Der Bauer kratzte sich am Kopf. Gråstensholm? Nein, den Namen kannte er auch nicht.

Mattias, der fand, dass sie einen fürchterlichen Dialekt sprachen, bedankte sich höflich für all die Hilfe und begann, die Straße in Richtung Norden zu gehen.

»Das war ja mal ein feiner kleiner Junge«, sagte der Bauer. »Komisch, ich fühle mich so unbeschwert, als hätte ich einen Engel Gottes getroffen.«

Das war Mattias nun nicht. Aber in seinen Augen und seinem Lächeln lag etwas, das eine positive Wirkung auf die Menschen ausübte. Es war genauso, wie

Liv gesagt hatte: Sie gewannen ihren verlorenen Glauben an das Gute zurück.

Aber Mads war überzeugt, dass Mattias ein Engel gewesen war. Man stelle sich vor, ein ganzer Prahm! Und drei Tage lang hatte der Junge weder Regen noch Sturm gehabt.

Dass der Prahm gestohlen war, konnte Mattias ja nicht wissen.

Außerdem war der Besitzer des Prahms kürzlich gestorben, und die Erben waren sich deswegen schon in die Haare geraten. Also war der Diebstahl für niemanden eine Katastrophe. Vielmehr löste er die Erbstreitigkeiten auf eine sehr effektive Weise.

Und nachdem Mads ihn frisch geteert und nach bestem Geschmack verziert hatte, hätte nicht einmal sein Vorbesitzer ihn wiedererkannt, selbst wenn er noch gelebt hätte und jemals so unglaublich weit in den Süden gekommen wäre wie sein Boot.

Also gehörte der Prahm Mads, daran bestand nicht der geringste Zweifel!

Die kurzen Beine von Mattias waren müde. Er war den ganzen Tag gegangen, fast ohne jemals ein Haus zu sehen, und das Einzige, was er gegessen hatte, waren Himbeeren und Brombeeren, die am Wegesrand wuchsen. Einen schönen Stock hatte er auch gefunden, für den Fall, dass ihm Raubtiere begegneten.

Gegen Abend sah er ein Lagerfeuer auf einer Lichtung im Wald. Er ging hin und fragte die fünf Männer höflich, ob er sich eine Weile aufwärmen dürfte.

Die Männer sahen nicht sehr freundlich aus, aber sie lachten und fragten sich, was für ein seltsamer kleiner Kerl er wohl sein mochte.

Er erklärte höflich – wie er es gelernt hatte –, dass er Mattias von Meiden hieß und acht Jahre alt war, und dass er heim nach Gråstensholm wollte.

Auch diese Männer hatten den Namen nie gehört, aber sie wiesen ihm einen Platz auf einem Baumstubben am Feuer.

Sie waren bärtig, abgerissen und schmutzig. Einer von ihnen, schrecklich anzusehen mit seinem einen Auge, rückte dicht an ihn heran und befummelte mit dreckigen Fingern seine Samtjacke. Der Mann pfiff leise.

»Wo hast du die Sachen gemopst, Bürschchen?«

»Das sind meine«, sagte Mattias erstaunt. »Vater und Mutter haben sie für mich nähen lassen.«

»Sooo«, sagte der Mann misstrauisch. »Was für ein hohes Tier ist dein Vater denn?«

»Papa? Der ist kein hohes Tier. Er ist nur der Eigentümer von Gråstensholm. Aber Großvater ist Amtsrichter in Akershus. Und wir sind Barone, alle drei. Mein Bruder auch, aber der ist fort.«

Wieder füllten sich seine Augen mit Tränen über Kolgrims unglückliches Schicksal.

Der Mann war beim Wort »Amtsrichter« unwillkürlich von ihm abgerückt.

»Was du nicht sagst! Und was machst du hier, wenn du doch in Akershus wohnst?«

Mattias antwortete treuherzig und wohlerzogen, erzählte die ganze traurige Geschichte von dem Boot und den Fischen und Kolgrims tragischem Verschwinden.

»Und wo ist dein Prahm jetzt?«

»Den habe ich verschenkt.«

Die Männer sahen enttäuscht aus.

Einer von ihnen sagte mit einem Grinsen, das freundlich wirken sollte: »Jetzt schlaf nur, mein Junge. Komm, leg dich ans Feuer, wir werden schon auf dich aufpassen.«

Mattias gehorchte artig, wollte nicht zeigen, dass er hungrig war. Es wäre unhöflich gewesen zu klagen, so freundlich, wie die Männer waren.

Er schlief sofort ein, getröstet von der Überzeugung, dass er auf dem Weg heim zu Vater und Mutter war. Das Letzte, was er hörte, war das klagende Seufzen des Windes in den Baumkronen …

Mattias erwachte nicht ganz, dazu war er viel zu müde. Aber im Halbschlaf spürte er, dass jemand ihn auszog.

Mutter, dachte er mit einem Lächeln. Ich bin daheim bei Mama, und sie zieht mich aus, weil ich einfach so eingeschlafen bin.

Jetzt zieht sie mir mein Nachthemd an. Aber das riecht heute nicht besonders gut. Am besten setze ich mich wohl hin. Nein, ich schaffe es nicht.

Er hörte Stimmen. Flüsternde, heisere Stimmen. Und Mutter hatte vergessen, das Fenster zu schließen. Es zog kalt herein. Aus weiter Ferne klang ein trauriges Lied herüber, es hörte sich an wie in der Kirche.

Nein, es war kein Lied, es war etwas anderes, ihm fiel nur im Moment der Name nicht ein.

»He, ist doch klar, dass wir den abmurksen müssen«, sagte eine der Stimmen; sie hörte sich nicht sehr nett an, fand er. »Der hat uns doch gesehen.«

»Aber das ist so ein kleiner Wicht«, sagte eine Stimme in derselben Mundart, wie Mattias sie sprach. Die anderen Stimmen redeten so wie Mads. Mads? Wer war das noch gleich?

»Haste nicht kapiert, Olaves! Dem sein Opa ist Amtsrichter.«

»Dann könnten wir doch vielleicht Finderlohn fordern?«, sagte ein anderer.

»Blödmann! *Wir* können doch wohl kaum zu irgendeinem Amtsrichter gehen! Nu macht schon, so ein kleines Hahnenküken wie der hat einen dünnen Hals. Kann man leicht umdrehen.«

»Nein, wartet«, sagte die Stimme, die Olaves gehörte. »Warum verkaufen wir ihn nicht an Nermarken? Der zahlt gut.«

»Nermarken? Der ist doch meilenweit weg! Meinst du etwa, wir sollen das Bürschchen bis dahin mitschleppen?«

»Hast ja recht«, sagte die Stimme von Olaves. »Dann los, gib ihn mir! Ist lange her, dass wir Küken zum Halsumdrehen hatten. Ich brauch ein bisschen was zum Üben!«

Mehrere Stimmen lachten. Mattias hielt es für einen unangenehmen Traum und wollte gerne aufwachen. Stattdessen versank er noch tiefer in Schlaf …

Jemand schüttelte ihn.

»Wach auf«, flüstere eine Stimme. »Und sei still! Schnell, bevor die anderen wach werden!«

Mattias gehorchte, verwirrt und schlaftrunken. Die Nacht war finster, das Feuer fast herabgebrannt, und überall lagen Männer und schnarchten. Der Wind klagte nicht mehr.

Eine energische Hand zog ihn mit sich. Sie hasteten auf die Landstraße zu und liefen so schnell es ging, bis der Mann nicht mehr konnte. Er verlangsamte das Tempo, und Mattias war ihm dankbar dafür. Die Beine versagten ihm fast den Dienst.

»Warum rennen wir?«, sagte er verwundert.

»Weil sie dir Böses antun wollen.«

Mattias dachte nach. »Heißt Ihr Olaves?«

»Ja. Woher weißt du das?«

»Ich habe euch heute Nacht gehört. Ich dachte erst, es wäre ein Traum. O! Wo sind meine Kleider?«

Er hatte nur ein paar zusammengebundene Fetzen am Leib. Von ihnen stammte der Gestank, den er die ganze Zeit gerochen hatte. Und sie stachen und kratzten.

»Sie haben deine Kleider genommen. Wollen sie verkaufen.«

»Die armen Männer! Wie bedürftig sie sein müssen! Und mir wollen sie etwas antun? Warum? Ich kann es nicht glauben.«

»Die Welt ist nun mal so, Junge. Das Gesetz des Lebens. Töten oder getötet werden.«

»Aber warum habt Ihr mir geholfen? Mich gerettet?«

»Du hast so seltsame Augen, Kleiner! Irgendwie anziehend. Ich weiß auch nicht, was in mich gefahren ist, denn ich bin nicht gerade ein braves Kind Gottes, aber ich will gut zu dir sein.«

»Tausend Dank, Herr Olaves!«

»Herr?«, lachte der Mann meckernd. »Dass mir das einer sagt, nee wirklich!«

»Bringt Ihr mich heim? Nach Gråstensholm?«

»Nach Akershus? Bewahre! Das ist viel zu weit. Nein, ich nehme dich mit zu einem netten Kerl, der Nermarken heißt. Er wird dir Arbeit geben, dann kannst du Geld verdienen, um nach Hause zu fahren. Denn du musst ja unterwegs auch von irgendwas leben.«

»Ist es weit bis Akershus?«

»Weit, fragst du? Könntest ebenso gut versuchen, auf blankem Zahnfleisch in den Himmel zu kriechen. Nein, mein lieber, Nermarken ist der Einzige, der dir helfen kann.«

Mattias dachte nach. »Dann sage ich Euch tausend Dank für Eure Freundlichkeit, Olaves!«

»Wir gehen also zu Nermarken?«

»Ja, das tun wir.«

Olaves machte ein zufriedenes Gesicht.

Sie gingen weiter. Als der Morgen dämmerte, bekam Mattias Olaves erstmals zu sehen.

Er sah nicht gerade gut aus. Vierschrötig, unrasiert, verlaust und abgerissen. Seine Augen huschten unruhig hin und her, hielten Mattias' Blick nie stand, und seine Hände hatten sicher seit Jahr und Tag kein Wasser gesehen, so sehr hatte sich der Dreck in die Falten gegraben. Jedenfalls bei der einen Hand. Die andere Hand fehlte völlig.

Aber er hatte dem Jungen das Leben gerettet.

Sie wanderten den ganzen Tag lang. Nachdem sie eine kleine Stadt mit einem Marktplatz passiert hatten, quollen plötzlich Würste und Brot und Gemüse unter Olaves' Hemd hervor, und Mattias fragte sich begeistert, ob er wohl zaubern konnte. Sie speisten königlich neben einem Bach und setzten mit frischen Kräften ihren Weg fort, bis der Abend kam. Da suchten sie sich einen Schlafplatz, und gegen Ende des folgenden Tages waren sie angekommen.

Mattias schien es schon lange her zu sein, dass sie das Meer gesehen hatten. Aber das letzte Stück Weges waren sie an einem Fluss entlanggegangen.

Unterwegs hatte Olaves aus seinem armseligen Leben erzählt. Wie er als Kind hatte lernen müssen, zu betteln und zu stehlen. Wie viele ungezählte Male er Backpfeifen bekommen hatte. Seine Hand hatten sie ihm als Strafe für einen Diebstahl abgehackt. Und den Pranger? Ja, den hatte er zur Genüge kennengelernt! Er wurde jetzt wohl bald vierzig, nahm er an, und er glaubte selbst nicht, dass er ein langes und glückliches Leben haben würde.

»Aber warum sucht Ihr Euch keine Arbeit?«

»Pah! Was glaubst du wohl, wer mich in seine Dienste nehmen würde? Die Hand verrät mich doch.«

»Armer Olaves! Und Nermarken, wenn der so nett ist? Kann er denn nicht …?«

Aber das schlug Olaves sofort in den Wind. Nein, er konnte doch Nermarken nicht mit seiner jämmerlichen Person belasten! Das konnte er doch nun wirklich nicht tun! Aber nun waren sie angekommen.

Mit großen Augen erblickte Mattias einige Holzhütten und merkwürdige Türme und Gerüste. Ein tiefes Loch klaffte in der Erde, wie er bemerkte. Das sah unheimlich aus. Und weiter hinten war ein großes Rad, das Wasser aus der Tiefe heraufschöpfte.

Sie gingen in eine der Holzhütten. Dort saß ein großer, fetter Mann, so fett, dass er über den Stuhl quoll. Das war Nermarken.

Er wandte den Kopf hin und her, um sich zu vergewissern, dass niemand sie hörte.

»So, so, du bist also gekommen, um in den Silbergruben von Kongsberg zu arbeiten, junger Mann?«, sagte er butterweich zu Mattias, und seine Schweinsaugen versanken in den Fettwülsten.

»Ich muss Geld verdienen, damit ich nach Hause zu meiner Mutter reisen kann. Sie wartet auf mich.«

Olaves hatte ihm eingeschärft, dass er auf keinen Fall seinen Großvater, den Amtsrichter, erwähnen dürfte. Sonst würde Nermarken noch denken, dass er zu fein wäre, um in einer Grube zu arbeiten, und dann würde er ihn nicht nehmen.

Nermarken lachte so sehr, dass sein ganzer Körper wabbelte. »Aber ja, über den Lohn werden wir uns schon einig. Du kannst sofort anfangen. Komm nur mit mir!«

Olaves räusperte sich auffordernd, und Nermarken

legte ihm ein paar Münzen in die Hand. Rasch und still verschwand Olaves, ohne sich die Zeit für einen Abschiedsgruß zu nehmen.

Nermarken blickte hinaus. Als er sah, dass die Luft rein war, gab er Mattias ein Zeichen, dass er ihm folgen sollte. So schnell es der massige Leib zuließ, eilte Nermarken auf das große Loch in der Erde zu. Dort kletterten sie eine lange Leiter hinunter, bis sie an einen unterirdischen Gang kamen. Da standen ein paar brennende Kerzen bereit. Nermarken nahm eine davon.

»Komm«, murmelte er geheimnisvoll und zog Mattias mit sich in eine finstere, unbekannte Tiefe.

Mattias bekam es mit der Angst zu tun. Es war so unheimlich finster überall, und unsichtbares Wasser tropfte unaufhörlich hernieder.

Er sträubte sich. »Ich glaube, ich möchte doch nicht…«

Die große, fette Hand packte fester zu. »Komm jetzt, Junge, und mach kein Spektakel! Du bist hier angeheuert, begreifst du, und nun ist es zu spät für Gewissensbisse.«

Mattias schluckte den Kloß in seinem Hals hinunter und sagte nichts mehr.

Sie gingen lange. Jedes Mal, wenn ihnen jemand entgegenkam, schirmte Nermarken die Kerzenflamme ab und zog Mattias mit sich in einen dunklen Seitenstollen.

Schließlich waren sie angekommen. Das musste das tiefste Innere der Erde sein, dachte Mattias.

Es war ein großer Raum, schwach erleuchtet durch einige wenige Pechfackeln. Ein Mann ging herum und brüllte die Arbeiter in schlechtem Norwegisch an.

»Hauber, kümmere dich um den hier«, raunzte Nermarken. »Er ist klein und schmächtig und ein guter Ersatz für den vorigen.«

»Was für ein dünnes kleines Bürschchen«, brummte Hauber ärgerlich. Er sah nicht sehr umgänglich aus. »Aber der hier wird schon noch, wenn ich ihn erst eine Weile in der Mangel habe.«

»Das ist der Steiger«, sagte Nermarken zu Mattias. »Ihm musst du blind gehorchen, andernfalls kennt er genug Mittel, mit solchen Würstchen wie dir fertig zu werden.«

Er verschwand, ohne noch ein Wort zu sagen.

Sehr schnell fand Mattias heraus, welche Arbeit von ihm erwartet wurde. Ihn selbst eingerechnet, waren vier Jungen hier unten in diesem Grubenschacht. Sie wurden in enge, frisch gehauene Stollen oder Strossen geschickt. Diese Stollen waren meist zu schmal, als dass erwachsene Männer hätten hineinkriechen können. Dass die Arbeit für kleine Jungen furchtbar gefährlich war, begriff Mattias zunächst noch nicht.

Er fand es nur schrecklich unheimlich dort. Er stellte sich vor, dass entsetzliche Kröten oder Schlangen oder sogar Trolle in der finsteren Tiefe säßen, in die hineinzukriechen man ihm befahl. Sie hatten ihm eine kleine Hacke gegeben, und mit der sollte er Proben für die erwachsenen Männer schlagen, damit sie sehen konnten, ob der Ort es wert war, ausgebrochen zu werden. Auch bei einem Schlagwetter war ein schlanker, flinker Jungenkörper nützlich – er konnte sich durch schmale Ritzen oder Felsspalten zwängen. Es fehlte nie an Arbeit für die Jungen.

Am ersten Abend erfuhr er mehr darüber. Er wusste zwar nicht, dass es Abend war, aber er ahnte es, weil die Erwachsenen nach Hause gingen.

Er machte seinen schmerzenden Rücken gerade und wollte ihnen folgen.

»He, du, nix da«, sagte der Steiger Hauber. »Wofür hältst du das hier, für eine Art Zeitvertreib, oder was? Du wohnst da, zusammen mit den anderen.«

Er zeigte auf eine Einbuchtung im Stollen, der an dieser Stelle wie eine kleine Halle aussah.

Verwundert ging Mattias hin. Er kam in einen kleinen Raum, in dem ein Ofen knisterte und bullerte und eine behagliche Wärme ausstrahlte. Ein Schornstein führte hinauf zur Felsendecke, also waren sie wohl doch nicht so weit unter der Erde, wie er zuerst geglaubt hatte. Dieser Ofen wurde im Laufe des Tages für vielerlei Dinge gebraucht, und in der Nacht diente er als Wärmequelle für diejenigen, die in der Grube übernachteten.

Und das waren die kleinen Jungen.

Die drei anderen Jungs waren auch dort. Sie blickten Mattias abwartend an, während er die große Rückenschürze auszog, die mit einer Kapuze über dem Kopf anfing und bis ganz hinunter zu den Kniekehlen reichte.

»Jesses«, sagte einer von ihnen, ein ziemlich unsympathischer Junge von vielleicht elf Jahren. »Nehmen sie jetzt schon Säuglinge, oder was?«

»Wie heißt du?«, fragte der Größte von ihnen, der schon im Stimmbruch war. Aber seine Stimme klang freundlicher als die des anderen, fand Mattias.

»Mattias von Meiden«, antwortete er, und seine Stimme zitterte ein wenig. »Ich bin acht Jahre alt. Wie heißt ihr?«

Der Unsympathische hieß Søren, der Große hieß Kaleb. Ein merkwürdiger Name, dachte Mattias, ohne zu ahnen, dass er ebenso biblisch war wie sein eigener. Und der dritte, der einen Verband um Hände und Füße trug, hieß Knut.

»Knut ist dreizehn«, erklärte Kaleb. »Er ist am längsten von uns hier. Er hat die Gicht und kann nicht mehr laufen, und er sieht schlecht. Brustkrank ist er auch.«

»Das tut mir leid«, sagte Mattias mitfühlend. »Kannst du denn nicht zu einem Arzt gehen?«

Er war verblüfft über das bittere Gelächter, das seine einfache Frage hervorrief.

»Letzte Woche waren wir noch vier«, sagte Kaleb mit der ruhigen, vertrauenerweckenden Stimme. »Aber deinen Vorgänger hat es böse erwischt.«

»Früher oder später erwischt es alle«, sagte Søren kalt. »Sie schicken dich in einen Stollen, der ihnen unsicher erscheint, und dann, peng, schnappt die Falle zu.«

»Du meinst … alles bricht zusammen?«

»Ganz genau, ja! Hier gehen ziemlich viele kleine Jungs drauf.«

»Aber sie dürfen doch nicht …«, begann Mattias entsetzt.

»Nein, dürfen tun sie das nicht«, sagte Kaleb. »Aber keiner von denen, die was zu sagen haben, weiß von uns. Und wer es wagt, darüber zu sprechen, bezieht Prügel. Ein Unglück passiert so leicht in einer Grube. Jetzt iss die armseligen Essensreste, die sie uns zuwerfen, als ob wir Hunde wären!«

»Und wann dürfen wir wieder nach oben?«, fragte Mattias mit bebender Unterlippe.

»Nach oben?«, sagte Knut bitter. »Ich habe seit drei Jahren kein Tageslicht mehr gesehen! Und du siehst ja, wie ich jetzt aussehe!«

»Aber …« Mattias kämpfte hart mit den Tränen. »Ich wollte doch nur arbeiten und Geld verdienen, damit ich nach Hause zu meiner Mutter kann. Sie sorgt sich bestimmt schon, wo ich bin. Meine arme, liebe Mutter!«

»Den Lohn kannst du vergessen«, sagte Søren höhnisch. »Sei froh, wenn du am Leben bleibst! Und immerhin haben wir es hier unten warm und gemütlich. Hier kriegt dich jedenfalls kein Landeshauptmann.«

»Landeshauptmann?«, sagte Mattias mit großen Augen. »Aber der ist doch nett! Das ist ein Freund von Großvater.«

»Was? Gut Freund mit dem Landeshauptmann? Das kann ja wohl niemand sein! Was bist du eigentlich für ein kleiner, scheinheiliger Schleicher, hä?«

»Na, na!«, sagte Kaleb scharf. »Hörst du nicht, dass dieser Junge einem anderen Stand angehört als wir?

Geht jetzt schlafen, Jungs, morgen müssen wir hart ran.«

Mattias bekam eine Matte, auf der er liegen konnte, und versuchte zu schlafen. Aber seine Fingernägel schmerzten, zersplittert wie sie waren, die Fingerspitzen waren wund und blutig, und er hatte ein Gefühl, als wäre sein Rücken durchgebrochen. Und die Knie brannten von aufgeschürften Wunden. Die Lumpen an seinem Körper waren sicher voller Läuse oder Flöhe, denn es juckte ihn überall. Weich waren sie auch nicht. Und seine Haare waren voller Steinstaub.

Er konnte nichts dagegen tun, dass ihm ein paar jämmerliche Schluchzer entwichen. Vergeblich versuchte er, sie zu unterdrücken.

Kaleb hörte es und kroch zu ihm herüber.

»Nun weine doch nicht, Kleiner, es wird schon alles wieder gut. Wir werden es schon schaffen, dass du wieder zu deinen Eltern nach Hause kannst.«

Mattias hob den Kopf. »Aber wie denn nur?«, sagte er tränenerstickt.

»Tja, mhm, genau weiß ich das auch nicht. Aber ich werde mir etwas ausdenken.«

»Und du selbst?«

»Ach, ich war dumm genug, in allzu jungen Jahren hinaus in die Welt ziehen zu wollen, um Geld zu verdienen. Wir waren vierzehn Kinder daheim, weißt du, und nur einer von uns konnte den kleinen Fetzen Land erben. Wir übrigen, wir wurden einer nach dem anderen mehr oder weniger rausgeschmissen. Ich bin gegangen, bevor sie mich vor die Tür setzen konnten. Und dann bin ich hierhergekommen …«

»Zu Nermarken?«

»Zu dem Lump, ja! Er sagte mir, dass ich viel zu jung wäre – ich war damals erst dreizehn –, aber ich war mager und konnte mich durch die schmalen Stellen zwängen. Und hier bin ich nun. Ohne dass irgendjemand dort oben davon weiß.«

»Bist du schon zwei Jahre hier?«

»Nein, ich bin noch nicht ganz fünfzehn. Sagen wir mal, gut ein Jahr. Ich habe aufgehört zu zählen. Für mich ist es wie ein ganzes Leben.«

»Wir haben jetzt Sommer 1633.«

»Was? Aber dann *bin* ich ja schon fünfzehn! O Gott, was für eine lange Zeit.«

»Du hältst dich wacker, scheint mir.«

»Weil ich stark bin, ja, und weil mich kein Unglück erwischt hat. Søren ist auch stark, und er *will* hier sein.«

»Hat er was Schlimmes gemacht?«, flüsterte Mattias.

»Das kann man wohl sagen«, lächelte Kaleb. »Wenn er nach oben kommt, wartet der Pranger auf ihn – mindestens! Schlimmstenfalls …«

Er machte eine Handbewegung quer über die Kehle.

»Aber er ist doch noch ein Kind«, sagte Mattias schockiert.

»Er hat zwei Männer getötet. Um sie ausrauben zu können. Und in dem Fall kümmert man sich nicht um das Alter des Täters.«

»Oh«, sagte Mattias matt. »Und Knut?«

Kaleb seufzte nur.

»Er ist doch wohl nicht vor dem Landeshauptmann weggelaufen?«

»Nein, nein. Er hat keine Eltern mehr, und da hat man ihn ganz einfach eingefangen und hierher gebracht, weil hier damals zwei Jungs auf einmal gestorben waren. Aber du bist der Jüngste, den wir jemals hier hatten. Ich finde es schrecklich, dass sie dich genommen haben. Du gehörst überhaupt nicht hierher.«

Mattias sagte nachdenklich: »Wenn ich herauskomme, werde ich Großvater davon erzählen! Dann kommt er und rettet euch.«

»Und bestraft Nermarken und Hauber?«

»Ich finde Bestrafung nicht gut«, sagte Mattias zögernd. »Großvater sagt, Vorbeugung ist besser als Bestrafung – was immer er damit meint. Aber Großvater hat immer recht.«

»Wer ist eigentlich dein Großvater?«

Mattias flüsterte: »Ich durfte es gegenüber Nermarken nicht erwähnen. Aber dir kann ich es ja sagen. Er ist Amtsrichter in Akershus.«

Kaleb blieb eine Weile stumm. »Gütiger Gott«, flüsterte er. »Was haben sie nur getan? Erzähl das bloß keinem anderen! Denn sonst passiert dir ein Unfall, verlass dich drauf! Du würdest ihnen allzu lästig werden.«

»Aber die Männer, die hier arbeiten, die sind wohl nett?«

»Doch, doch, aber sie müssen an ihre eigene Arbeit denken. Hauber hat sie unter seiner Knute. Viele von denen sind Ausländer, die verstehen unsere Sprache nicht. Andere wiederum sind zwangsverpflichtete Bauern, die tageweise hier arbeiten. Einige der Hauer, wie man die Bergleute nennt, sind in Ordnung. Du wirst schon herausfinden, welche. Den Steiger kennst du, das ist Hauber, und er ist der Teufel in Person. Die Scheider wirst du nie treffen, sie reinigen das Erz außerhalb der Grube. Die können uns also nicht helfen…«

»Kaleb, ich glaube, ich habe Läuse!«

»Die hast du bestimmt.«

»Ach, was wird Mutter nur dazu sagen? Und Großmutter erst, die immer so genau mit allem ist!«

Kaleb schluckte. »Wir werden morgen versuchen, deine Kleider zu waschen und dich selbst auch, von Kopf bis Fuß, wenn es geht.« (Woran er erhebliche Zweifel hatte.)

»Ich fühle mich so miserabel.«

»Was du nur alles für Wörter kennst«, lächelte der ältere Junge. »Aber jetzt musst du schlafen.«

»Mhmm… Du, Kaleb?«

»Ja, was ist?«

»Ich will nicht kindisch oder lästig sein, aber könntest du vielleicht meine Hand halten? Nur heute Nacht?«

»Klar, kann ich machen.«

Mattias fühlte, wie eine große Hand sich um seine kleine schloss. Eine große, starke Hand, schartig und rau von der Arbeit und von schlecht verheilten Wunden.

Armer kleiner Wurm, dachte Kaleb.

4. Kapitel

Mattias bekam schnell Schwielen an den Händen und dickere Haut an den Knien. Das Fluchen, das gewöhnte er sich nicht an, denn er wusste, dass es Sünde war, aber ansonsten versuchte er, sich seiner Umgebung anzupassen, so gut es irgend ging.

In der ersten Zeit weinte er sich jeden Abend in den Schlaf. Er dachte an alle Lieben daheim, wie besorgt sie sein mussten, und er sehnte sich, sehnte sich hinauf in das Licht und die Freiheit.

Später lernte er, sein Los zu akzeptieren. Aber er resignierte nicht. Natürlich bekamen sie zu essen. Obwohl die Tagesration so knapp bemessen war, dass sie nicht annähernd satt machte. Es gab dünne, kalte Suppe oder Brei und alte, fast verschimmelte Brotkrusten. Niemals warmes Essen. Aber der Körper gewöhnte sich bald daran, mit wenig auszukommen.

Die erwachsenen Arbeiter wagten nicht, mit den Jungs zu sprechen. Sie wussten, dass die Kinder in aller Heimlichkeit hier arbeiten mussten, weil sie so wertvoll für den Betreiber der Grube waren, und dass es gefährlich war, mit ihnen zu reden.

Aber der kleine Neuankömmling versetzte sie in großes Erstaunen. Noch nie hatten sie eine hellere und freundlichere Stimme gehört – und dann die feine Sprache! Es war sehr dunkel hier unten in der Grube, die Pechfackeln verbreiteten nur wenig Licht, und die Gesichter der Jungs waren schwarz von Steinstaub – aber die Augen des Kleinen rührten sie.

Es war genauso, als lasse sich etwas Warmes und Gutes in ihnen nieder, wenn sie in diese Augen blickten. Und immer hatte er ein tröstliches Wort für einen, der sich verletzt hatte, immer begrüßte er sie morgens so begeistert.

Einer der Männer drückte es so aus: »Wenn das nicht das reine, unschuldige Lamm Gottes ist, fress ich 'nen Besen.«

Sie steckten ihm Brot oder Wurststücke zu, die er sogleich mit den anderen teilte.

Und alle zusammen fanden es falsch, dass er hier unten war.

Aber versuchen, etwas zu ändern … Nein, das wagten sie nicht. Sie wagten nicht einmal, den Jungen daheim zu erwähnen, um nur nicht bei Hauber oder Nermarken in Ungnade zu fallen. Denn die, die mit den Jungen in Kontakt kamen, waren bloß Ausländer oder einfache Hauer, die keinerlei Einfluss hatten. Mattias hatte einmal einen von ihnen gebeten, eine Nachricht nach Gråstensholm zu senden, aber da war der Mann so hastig fortgerannt, als wäre ihm der Leibhaftige auf den Fersen. Steiger Hauber hatte seine scharfen Augen überall. Und er war gefährlicher als eine Kreuzotter.

Den Gesprächen der Arbeiter entnahmen die Jungen, dass es Winter geworden war. Aber unten in der Grube veränderten die Temperaturen sich nicht viel. Dort herrschte immer dieselbe grimmige Kälte. Nur in der Nähe des Ofens war es warm. Ein wenig kälter wurde es aber doch im Winter – ob das von dem Wind kam, der durch die Stollen fegte, oder ob der Frost sich in dem Gebirge festgesetzt hatte, wussten sie nicht.

Knuts bellender Husten hallte durch die Nächte, und seine Gelenke wurden von der Gicht gepeinigt. Mattias kümmerte sich jeden Abend um seine aufgerissenen Hände und Füße und versorgte die großen, schmerzenden Wunden, so gut er es vermochte.

Søren schaute voller Verachtung zu und schimpfte, es sei nutzloser Unfug. »Was du da tust, hilft doch sowieso nicht!« Aber Kaleb half mit und ermutigte Mattias. Knut war immer schon schwächlicher als die drei anderen gewesen, er hatte den Strapazen nichts entgegenzusetzen.

Sie sprachen oft darüber, von hier fortzulaufen, aber meist nur, wenn Søren nicht dabei war. Denn obwohl er nicht mehr ganz so begeistert darüber war, sich hier unten verstecken zu können, trauten sie ihm nicht so richtig. Er riskierte seinen Kopf, wenn er sich oben zeigte – und wenn die anderen es versuchten, würde er sie sofort verraten, das wussten sie. Das hatte er ihnen glaubhaft versichert.

Aber sie hatten einen Plan gefasst, einen ganz und gar wilden und unmöglichen Plan, der ihnen trotz allem Zuversicht gab und ein Gefühl von Freude, wenn sie darüber fabulierten. Nur Søren durfte keinen Wind davon kriegen.

»Ach, wenn ich doch nur nach oben an die Sonne könnte«, seufzte Knut, »wenn ich nur ihre hellen, warmen Strahlen spüren dürfte. Dann würde ich nie wieder um etwas bitten.«

»Wir *werden* hier rauskommen«, sagte Mattias. »Wir kommen hier raus, das verspreche ich dir.«

Aber es kam nie jemand, mit dem sie hätten sprechen können. Wenn Inspektoren die Grube besuchten, wurden die Jungen eingesperrt, und die fremden Herren kamen niemals so nahe heran, dass es geholfen hätte, zu rufen oder gegen die Tür zu hämmern.

Trotzdem gab es, wie Kaleb gesagt hatte, ein paar Arbeiter, die freundlich zu den Jungen waren. Sie hielten sie auf dem Laufenden über alles, was oben in der Welt passierte, sagten Bescheid, wo Hauber sich gerade aufhielt, und Ähnliches mehr.

Viele Male hatten die drei Jungen überlegt, ob sie nicht einfach weglaufen sollten, wenn Hauber nicht da war. Einmal hatten sie es versucht. Unten an der Leiter wurden sie von einem ausländischen Wachtposten aufgehalten, und als Hauber zurückkam, gab es so viele Peitschenhiebe, dass ihre Wunden noch lange danach schmerzten, und Knut ging es so schlecht, dass sie schon Angst hatten, er würde sterben.

Mattias weinte in den Nächten immer noch viele Stunden lang. Er hatte großes Heimweh nach dem hellen, freundlichen Gråstensholm, Lindenallee und all den Lieben daheim. Und er hatte jedes Mal eine Todesangst, wenn er in einen engen Stollen kriechen und Erzstücke losbrechen musste; er fühlte, wie das enorme Gewicht des Berges seinen Rücken aufschürfte, und ihm war, als müsse er ersticken. Er wusste, dass jeden

Augenblick ein falscher Steinbrocken herunterbrechen könnte, und dann würde alles ganz schrecklich und furchtbar sein – und schließlich aus und vorbei. Viele Male hatte er sich die Lippen blutig gebissen, um nicht vor Angst und Panik laut zu schreien.

Aber der Gedanke daran, eines Tages hier herauszukommen, ließ ihn durchhalten.

In der Zeit, seit er hier unten war, waren zwei neue Jungen dazugekommen, aus der ärmsten und erbärmlichsten Schicht der Bevölkerung. Beide waren zu ängstlich und ungeschickt gewesen und hatten einen Steinschlag ausgelöst. Niemand verlor noch ein Wort über sie …

Ab und zu schoss Wasser in die Grube, wenn die Männer auf eine Wasserader gestoßen waren. Dann hieß es schnell sein, sich auf einen höher gelegenen Vorsprung retten, damit man nicht vom Wasser eingeschlossen wurde. Zwar lag ihre Schlafhöhle mit dem Ofen ziemlich hoch, aber bei solchen Überschwemmungen quoll die Feuchtigkeit immer aus allen Spalten und Ritzen.

Es wurde wieder ein wenig wärmer. Sommer, sagten die Männer.

Knut war fast blind. Bisher hatte er wenigstens im Dunkeln sehen können. Inzwischen ging selbst das nicht mehr.

»Bleib bei mir, Mattias«, sagte er des Abends oft. »Du hast so eine warme Stimme. Und so sanfte Hände.«

»Du solltest erst mal seine Augen sehen!«, murmelte Kaleb.

»Kaleb umsorgt dich doch genauso gut«, sagte Mattias zu dem blinden Jungen.

»Ja, das ist wahr. Danke, lieber Gott, für Kaleb«, flüsterte Knut.

Eines Tages nahmen Kaleb und Mattias all ihren Mut zusammen und sprachen Hauber an.

»Knut muss nach oben zurück«, sagten sie. »Er hält nicht länger durch. Und er kann auch nichts mehr sehen.«

»Na und? Wozu braucht der hier unten sehen zu können?«, schnarrte Hauber.

»Aber …«

»Na, das wäre ja noch schöner. Dass *der* nach oben kommt! An die Arbeit, ihr Faulpelze, oder wollt ihr wieder die Peitsche schmecken!«

Im Spätherbst geschah ein Unglück. Ein Hauer geriet unter einen herabstürzenden Steinblock.

Niemand konnte etwas für ihn tun. Es hätte Tage gedauert, den Felsbrocken wegzuschaffen.

»Kann ich mit dem kleinen Mattias sprechen?«, flüsterte der Mann.

Hauber murrte, aber die anderen holten Mattias.

»Bete für mich«, wisperte der Mann. »Bete für meine arme Seele! Und wenn du vor unseren Herrgott trittst, und das wirst du bald müssen, mein Junge, dann bitte um Gnade für mich!«

Mattias war ein wenig überrascht über die Bitte, aber er faltete die Hände und betete das Vaterunser zusammen mit dem Mann, der kaum noch sprechen konnte. Die anderen standen stumm dabei und sahen zu.

Mattias schloss: »Und nimm diesen Mann zu Dir, lieber Gott, denn er hat so große Schmerzen, und er hat schwer gearbeitet und war immer freundlich zu uns.«

»Amen«, sagten die anderen.

Als der Mann tot war, schloss Kaleb ihm die Augen. Mattias schluchzte untröstlich an Kalebs Schulter.

»Genug!«, schnauzte Hauber, und aus irgendeinem Grund brüllte er lauter und heftiger als sonst. »An die Arbeit! Wollt ihr hier den ganzen Tag vertrödeln, oder was?«

Die Jungen vergaßen niemals ihren Großen Plan. Auch wenn sie keine Möglichkeit sahen, ihn in die Tat umzusetzen, fantasierten sie wilder als jemals zuvor über die Freuden, die sie erwarteten, wenn ihnen die Flucht gelingen sollte.

Obwohl sie eigentlich nicht recht an ihren Plan glaubten, begannen sie mit kleinen, heimlichen Vorbereitungen. Beispielsweise fragten Kaleb und Mattias eines Tages einen der freundlichen Hauer:

»Wie sieht es eigentlich über uns aus? Das haben wir uns schon oft gefragt. Da, wo der Schornstein rauskommt. Ist das vielleicht mitten in der Stadt Kongsberg?«

»Bewahre, nein«, lachte der Mann. »Dieser Schornstein kommt tief im Wald heraus!«

»Bei der Grube?«

»Aber nein! Da ist weit und breit kein Haus in der Nähe!«

Das wussten sie also nun.

Jetzt war es beinahe fest beschlossen, dass sie den Plan durchführen wollten. Aber das verlangte großen Mut. Und sie hatten schreckliche Angst, dass Søren etwas davon mitkriegen könnte.

Deshalb zögerten sie.

Aber dann passierten zwei Ereignisse zur selben Zeit.

Knut ging es schlechter. Er hustete Blut. Konnte nicht mehr aufstehen.

Aber niemand unternahm etwas, um ihn nach oben zu bringen. Man ließ ihn einfach liegen.

»Damit er stirbt«, sagte Kaleb. »Sie wagen nicht, ihn hinauszulassen, sonst würden die Leute ja von uns erfahren.«

Er und Mattias spürten einen angstvollen Schmerz im Bauch.

Und dann … passierte ein Unglück.

Diesmal traf es Søren.

Er war gerade in einem engen Kriechstollen, als die Decke, die hauptsächlich aus Erde bestand, herunterkam und ihn begrub. Als sie ihn endlich herausgezogen hatten, war er tot.

Das entschied die Sache. Am selben Abend sprach Kaleb mit den beiden anderen.

»Morgen Nacht muss es passieren. Bevor sie wieder so einen armen Jungen herunterschicken. Und Knut *muss* jetzt raus.«

»Ja, o lieber Gott, lass mich raus! Ganz egal wie, wenn ich nur ein einziges Mal nach oben kann!«, betete Knut.

»Ich habe mit einem der Hauer gesprochen. Es ist Ende März, und das Wetter ist gut. Der Schnee ist schon fast weg. Du weißt, was wir tun, Mattias?«

Der Junge nickte. Er war fast zwei Jahre älter als damals, als er in die Grube gekommen war, und er kam gut zurecht, hatte sogar mehr Kraft in den Armen bekommen. Aber schließlich floss ja auch das Blut des Eisvolks in seinen Adern…

»Eigentlich ist es schrecklich«, sagte er nachdenklich. »Ich meine – dass Søren sterben musste, damit wir unseren Plan durchführen können.«

Die anderen nickten. Sie hatten alle drei einen ohnmächtigen Kummer und Zorn verspürt, als Søren starb, aber bald hatten sie auch die Vorteile entdeckt, die sein Tod für sie bedeutete. Sie verstanden genau, was der kleine Mattias meinte.

Kaleb sammelte sich. »Und du, Knut? Glaubst du, dass du es durchstehen kannst?«

»Um hier rauszukommen, würde ich alles Mögliche durchstehen. Und die Hände kann ich immer noch gebrauchen. Glaube ich.«

»Wir wissen ja noch gar nicht, ob es sich überhaupt durchführen lässt«, sagte Kaleb. »Aber du, Knut, hast alle Zeit, die du brauchst. Wir sind da, um dich zu stützen. Mattias vorneweg, und ich hinter dir.«

Knut nickte. »Wir überlassen alles Gottes Hand«, sagte er ernst.

Kaleb antwortete nicht darauf. Vielleicht dachte er, dass die allerhöchste Instanz gerne schon ein bisschen früher hätte eingreifen können.

Schon früh am nächsten Nachmittag begannen sie mit den Vorbereitungen. Sie legten nur ein paar dünne Stöckchen in den großen Ofen, um den Anschein zu wahren, und als die Männer ihren Arbeitstag beendeten und die Jungen einschlossen, hörten sie ganz auf, das Feuer zu schüren.

Dann setzten sie sich hin und warteten.

Ganz ohne Beschäftigung waren sie nicht. Aus ihrem armseligen Bettzeug hatten sie eine Art Hängekorb geknüpft, in den Knut sich setzen sollte. Denn obwohl es Mattias gelungen war, die Wunden an Knuts Füßen einigermaßen in Schach zu halten, stand es um seine Gesundheit so schlecht, dass er keine Kraft mehr in den Beinen hatte.

Sie versuchten die Stunden zu zählen, aber sie hatten keinen Anhaltspunkt, nach dem sie sich hätten richten können. Der Ofen war immer noch zu heiß.

Mattias war müde nach dem langen Arbeitstag.

»Sing!«, forderte Kaleb ihn auf. »Sing, dann bleibst du wach!«

Und Mattias sang. Schreckliche Lieder, die er in der Grube gelernt hatte und von denen er nicht das Mindeste verstand. Er sang, während die beiden anderen den Takt mit den Füßen stampften und über seine unschuldige Kinderstimme lachten. Es war nur gut, dass die Familie auf Gråstensholm sein jetziges Repertoire nicht kannte. Sie hätten wohl Augen und Münder aufgesperrt! Oder sich gar die Ohren zugehalten …

Langsam begannen die Jungen nervös zu werden. Der Ofen wollte und wollte nicht abkühlen. Sie würden lange brauchen, um hier herauszukommen, und in ihrer aufgeregten Stimmung glaubten sie, dass der Morgen bereits graute. Außerdem wurde es langsam bitterkalt in dem Höhlenraum.

Und die Männer würden früh zur Arbeit kommen …

»Wir müssen es jetzt einfach versuchen«, sagte Kaleb. »Sonst schaffen wir es nicht mehr rechtzeitig.«

Mattias kroch durch die große Tür in den Ofen hinein.

»Wie ist es?«, fragte Kaleb.

Mattias' Stimme klang hohl aus dem Innern des Ofens. »Die Steine sind noch heiß. Und die Rußklappe ist dicht. Aber der Rauch ist weg. Es müsste gehen.«

»Wenn du nach oben schaust, siehst du was? Licht?«

»Nein. Gib mir eine Fackel!«

Kaleb reichte sie ihm.

»Soweit ich sehen kann, ist er breit genug. Aber ich kann das Ende nicht erkennen. Wir werden auf jeden Fall tüchtig schwarz«, sagte er mit einem kleinen Lachen.

»Und wenn schon«, sagte Kaleb leichthin. »Also was ist, sollen wir?«

»Ja«, kam es von den beiden anderen wie aus einem Mund.

»Wir wissen nicht, ob man auf diese Weise überhaupt nach draußen kommt«, sagte Kaleb. »Es könnte plötzlich zu eng werden. Oder zu breit, das wäre genauso schlecht. Oder etwas versperrt uns den Weg. Oder es liegt etwas Schweres auf der Öffnung.«

»Jaja, oder wir fallen runter«, sagte Mattias. »Hast du noch mehr auf Lager?«

»Nein«, grinste Kaleb. »Bist du bereit, Knut?«

»Und ob!«

Nachdem Mattias sich mit einiger Mühe in die Esse hochgezogen hatte und den Griff des Hängekorbs sicher in der Hand hielt, und nachdem Knut sich ein Stück mit den Armen hochgehievt hatte, so dass Kaleb in den Ofen kriechen konnte, begannen sie ihren mühevollen Aufstieg durch den Schornstein. Sie waren sich erst nicht ganz sicher gewesen, ob Kaleb besser als Vordermann gehen und Knut hochziehen sollte, aber dann hatten sie beschlossen, dass er als der Stärkere von unten mehr ausrichten konnte. So konnte er Knut hochdrücken und ihm das Klettern erleichtern. Für die beiden anderen war es auch ein besseres Gefühl, nicht als Letzte zu kommen, sich nicht der Gefahr auszusetzen, zurückgelassen zu werden.

»Wie sieht es aus, Mattias?«, fragte Kaleb.

»Bis jetzt ganz prima«, keuchte Mattias atemlos, aber guten Mutes.

Sie hatten keine Fackel mitgenommen, denn die hätte den Ruß an den Schornsteinwänden entzünden können. Es war auch so schon warm genug, und der Gestank des Rauches biss in ihre Lungen, obwohl das Feuer schon lange aus war.

Mattias stemmte Hände und Füße gegen die rauen Schornsteinwände und schob und zog sich langsam aufwärts. Wie Knut es schaffte, nur mit den Händen, konnte er nicht begreifen. Er fragte ihn.

»Ich gebrauche Rücken und Hintern«, lachte Knut. »Und Kaleb ist ja auch noch da.«

Mattias' Griff um den Henkel des Tragekorbes war nicht von großem Nutzen, das merkte er selbst. Die Last, die auf Kaleb ruhte, musste enorm sein.

So arbeiteten sie sich still aufwärts. Machten Pausen, holten Atem, setzten erneut an…

Knut begann zu husten.

»Pause!«, rief Kaleb.

Es wurde eine lange Rast für sie, eingeklemmt auf halbem Weg ins Unbekannte, bis Knut abgehustet hatte. Dann machten sie weiter.

Nach einer Weile sagte Kaleb: »Also jetzt gehen wir nicht mehr zurück!«

»Auf gar keinen Fall!«, sagte Knut. »Lieber sterbe ich hier hängenden Leibes!«

»Wie sieht es aus, Mattias?«

»Es kommt mir so vor, als ob der Kamin sich verändert. Ja, tatsächlich! Jetzt geht's ums Ganze!«

»Was für eine Veränderung?«

»Er neigt sich etwas zur Seite. Deshalb haben wir wohl auch kein Licht gesehen.«

»Bleibt er so breit?«

»Das weiß ich noch nicht. Auf jeden Fall wird das Klettern leichter sein, wenn es nicht mehr senkrecht nach oben geht«, sagte Mattias, und seine Stimme hallte seltsam wider in dem Schornstein.

»Wenn es nur so wäre«, keuchte Knut. »Denn jetzt bin ich… zu Tode erschöpft.«

»Dann ruhen wir uns aus«, entschied Kaleb.

Mattias saß am Eingang des schrägen Rauchabzugs und stützte sich mit dem Rücken ab, und er spürte ein warmes Gefühl der Zuneigung zu den beiden Jungen unter ihm.

»Los, weiter«, sagte Kaleb.

Aber als Mattias in den schrägen Rauchabzug hineinkriechen wollte, stieß er einen jammernden Laut aus.

»Was ist? Hast du dich verletzt?«, fragte Knut.

»Nein. Es ist nur so eng! Das schaffen wir nie!«

Die anderen stöhnten enttäuscht auf.

»Bist du sicher?«, rief Kaleb.

»Ich selbst würde wohl durchkommen«, antwortete Mattias. »Aber was sollte ich da draußen ohne euch?«

Typisch Mattias, dachten die beiden und lächelten, aber es war ein bitteres Lächeln.

Alle drei wussten, was passieren würde, falls einer von ihnen es nach draußen schaffte und die anderen nicht. Selbst wenn Mattias so schnell er konnte heim nach Gråstensholm liefe und sein Großvater alles daransetzte, das Verbrechen gegen die Kinder aufzudecken, wäre es doch zu spät. Wenn die Untersuchungskommission einträfe, würden weder Kaleb noch Knut in der Grube sein. Jedenfalls nicht lebend. Dafür würden Hauber und Nermarken schon sorgen! Nein, sie mussten es alle drei schaffen – und zwar jetzt!

»Wenn du es schaffst, dann schaffen wir es auch«, versprach Kaleb.

»Wenn nur der Gang nicht noch schmaler wird«, murmelte Knut.

Mattias biss die Zähne zusammen. »Ich versuche es!«

»Gut!«, sagte Kaleb. »Gib uns die ganze Zeit Bescheid, wie du vorankommst!«

Eine Gefahr fürchteten sie mehr als alles andere: den Morgen. Und die Arbeiter, die kommen und entdecken würden, dass der Ofen kalt und die Jungen weg waren. Und sie würden hier festsitzen, bis man sie entweder herunterholte – oder mit einem lodernden Feuer ausräucherte …

Das Herz klopfte Mattias bis zum Hals, als er sich durch die enge Öffnung zwängte.

»O!«, rief er freudig. »Es ist nur der Einstieg, der so schmal ist. Dann wird es wieder breiter!«

»Gut, dann schaffen wir das auch. Nicht wahr, Knut?«

»Na klar!«

Aber die beiden anderen hörten, wie erschöpft er war. In seiner Lunge rasselte und pfiff es unheilvoll.

Mattias, der inzwischen besseren Halt gefunden hatte, zog und zerrte an dem Tragetuch, und Kaleb half mit, indem er Knuts Kleidung zusammenraffte, damit sie ihn nicht noch zusätzlich behinderte. Aber als Knut erst seine Schultern hindurchgezwängt hatte, ging der Rest ziemlich einfach. Er schürfte sich Hüften und Schultern auf, aber er würde hinterher ausruhen können, und das war die Hauptsache.

Schwieriger war es bei Kaleb. Aber nachdem er jeden einzelnen Kleiderfetzen ausgezogen und sich dann durch die Öffnung gezwängt hatte – mit der Gefahr, für ewig dort festzustecken –, waren sie alle drei glücklich durch. Sie warteten, bis Kaleb sich wieder angezogen hatte.

»Jetzt gibt es keinen Weg zurück«, sagte Knut.

»Nein«, erwiderte Kaleb still.

Mattias sah nach oben.

»O!«, sagte er.

»Was ist?«

»Ich sehe einen schwachen Lichtschein! Schräg über uns. Es ist immer noch Nacht.«

»Ausgezeichnet, ausgezeichnet! Wir werden den Tag sehen, Jungs! Oder die Nacht, natürlich.«

»Aber …«

»Was denn?«

»Ich weiß nicht. Das Licht sieht so *winzig* aus. Und ich glaube, da oben liegt etwas über der Öffnung.«

»Was meinst du?«

»Ein Netz oder so was. Ein Gitter.«

»Damit niemand hineinfällt, das kann man sich doch denken. Wollen wir weiter?«

»Ja, natürlich! Wo wir schon so weit gekommen sind …«

Es ging jetzt viel leichter, nachdem alle drei es in den schrägen Rauchabzug geschafft hatten. Sehr groß war die Neigung des Schachtes nicht, aber es reichte, dass alle sich ein wenig sicherer fühlten. Und es müsste schon mit dem Teufel zugehen, um nach einem Fehltritt durch den engen Einstieg zurückzufallen, jedenfalls was die beiden größeren Jungen betraf.

Aber jetzt sahen sie alle, dass die Lichtöffnung vor ihnen schrecklich eng war. Ein kleines Rechteck, durch das nicht einmal Mattias kriechen könnte!

Langsam wurden sie wirklich nervös. Die Enttäuschung brannte ihnen in der Brust.

Aber dann entdeckten sie die Ursache. Erneut machte der Kamin eine Biegung, so dass er das letzte Stück wieder senkrecht nach oben führte. Sie hatten bisher nur die halbe Öffnung gesehen.

Doch Mattias hatte recht. Es lag tatsächlich ein grobes Gitter über dem Schacht.

Er versuchte daran zu rütteln.

»Es sitzt fest«, sagte er mit kläglicher Stimme.

Die Spalten waren viel zu schmal, um hindurchzukommen, ohne das Gitter zu entfernen. Die beiden, die unter ihm warteten, spürten den kalten Nachtwind, der durch den Kamin fegte. Und sie lauschten den unheilvollen Windstößen, die klagend mit den Gitterstäben spielten und sich heulend in dem Schlund unter ihnen verloren. Kaleb schauderte.

»Versuch es«, sagte er zu Mattias.

Mattias rüttelte mit aller Kraft.

»Nein, ich schaffe es nicht. Aber ich glaube, dass es eigentlich gehen müsste. Vielleicht schaffst du es, Kaleb?«

Kaleb wollte es gerne versuchen, aber wie sollten sie in dem engen Schacht die Plätze tauschen, mit dem hilflosen, völlig erschöpften Knut zwischen sich?

»Wir müssen zurück«, entschied Kaleb.

»Den ganzen Weg?«, stöhnten die beiden anderen entsetzt.

»Nein, nein. Nur bis dahin, wo die Schräge anfing. Da war der Gang breit genug, da können wir uns besser bewegen.«

Es gab keine andere Möglichkeit. Es war bitter, das matte Nachtlicht und die erste frische Luft seit Jahren hinter sich zu lassen, aber ohne weitere Worte krochen sie zurück.

Tatsächlich war der Weg nach unten viel schwieriger. Die Gefahr abzurutschen schien viel größer, vor allem weil Knut inzwischen offenbar beinahe bewusstlos war. Jedes Mal, wenn er einen Arm hob, schien er bleischwer zu sein, und seine Lunge arbeitete angestrengt.

Aber sie brauchten nicht so weit zurückzugehen, wie sie befürchtet hatten. Nachdem sie die Hälfte der Schrägung hinter sich hatten, meinte Kaleb, dass es jetzt wohl gehen müsste.

»Komm du zuerst herunter, Mattias!«

Er gehorchte sofort. Nervös wand er sich zuerst an Knut vorbei, der nun nur an seinen Armen hing, von den Kameraden gestützt, und dann am kräftigen Kaleb.

»Jetzt musst du Knut allein stützen, Mattias, bereite dich auf die Last vor!«

»Ja«, antwortete er zitternd und stemmte sich in den Schacht, so fest er konnte.

O Hilfe, war Knut schwer! Ich darf nicht abrutschen, ich darf nicht, dachte Mattias. Denn ich bin klein genug, um durch die enge Öffnung unter mir zu fallen. Und dann geht es senkrecht nach unten bis auf den Boden. Ein freier Fall aus der Höhe…

Und dann *dorthin*! In die verhasste Grube!

Nein, nein, nein, er wollte gar nicht daran denken!

Aber dann war Kaleb an Knut vorbei und hatte den Griff des Tragekorbes gepackt, und der Druck wurde leichter. Langsam ging es wieder aufwärts.

»Ich kann ... nicht mehr«, wisperte Knut.

Sie hielten an. Der Himmel schimmerte so verlockend über ihnen. Sollten sie niemals nach oben kommen? Nie, nie mehr?

Denn alle drei wussten, dass dies ihre letzte Chance war. Andernfalls würde die Grube ihr Grab werden. So wie für Søren.

Armer Søren, dachte Mattias. Es hätte ebenso gut einen von uns treffen können.

Sie nahmen all ihre Kraft zusammen. Und dann waren sie wieder oben. Mattias und Knut suchten sich die beste Stellung, um auszuruhen – oder die am wenigsten schlechte –, während Kaleb sich an die Arbeit mit dem Gitter machte.

Sie hörten, wie er alle seine Kraft einsetzte. Wenn Mattias hätte mithelfen können, wäre es wohl gegangen, aber das war ganz ausgeschlossen. Sein Platz war bei Knut.

»Wie geht es?«, fragte Mattias.

»Wenn ich nur irgendein Werkzeug hätte, dann ...«

»Ich habe die kleine Hacke mitgenommen«, sagte Knut. »Damit wir uns wehren könnten, wenn es notwendig werden sollte.«

»Knut, du bist ein Engel«, sagte Kaleb.

»Nein, aber ich bin wohl auf dem besten Weg, einer

zu werden«, keuchte Knut, während er dem Freund die Hacke hinaufreichte.

»Was machst du, Kaleb?«, wunderte sich Mattias.

»Ich kratze den Mörtel fort. Jungs, ich glaube es geht! Aufgepasst, mir ist ein Stein heruntergefallen!«

Der Stein traf Knut an der Schulter, aber er gab nur ein halbersticktes Stöhnen von sich und ließ den Stein weiterfallen. Mattias konnte ihm ausweichen. Dann hörten sie alle drei, wie er gegen die Kaminwände schlug, tiefer und immer tiefer fallend, bis er unten im Ofen mit einem dumpfen Poltern aufschlug.

Sie versuchten einander in der Dunkelheit anzusehen. Es war ein seltsames Gefühl, daran zu denken, dass sie dort unten viele Jahre zugebracht hatten. Dass sie gefroren, gehungert, gelitten, verzweifelt geweint hatten ...

Aber auch wunderbare Freunde geworden waren.

Kaleb machte sich wieder an die Arbeit.

Eine Ewigkeit später, als die Farbe des Himmels nicht mehr ganz so dunkelblau war, packte er extra kräftig zu. Sie hörten ein Knirschen, und Mörtelbrocken rieselten ihnen aufs Gesicht.

»Der Weg nach draußen ist frei«, sagte Kaleb mit gerührter, unsicherer Stimme.

Es hätte nicht viel gefehlt und Mattias wäre vor lauter Andacht in Tränen ausgebrochen.

»Wie sieht es dort aus?«, fragte er.

»Der Schornstein ist nicht hoch. Jedenfalls nicht so hoch, dass wir nicht hinunterspringen könnten. Komm, Knut!«

Kaleb kletterte auf den Rand und reichte dem Kameraden die Hand. Mattias sah Knut vor seinen Augen verschwinden, das Letzte, was er von ihm sah, waren seine Finger, die sich an der Mauerkante festklammerten. Dann ließ Knut los und war weg.

Draußen in der Welt!

Der kleine Mattias fühlte sich mit einem Mal so vollkommen allein und vergessen in dem verlassenen, unheimlichen Schornstein, dass er vor lauter Schreck hätte schreien mögen.

Kaleb reichte seine Hand erneut herunter.

»Willkommen in der Oberwelt, Mattias!«

Was für herrliche Worte! Er reckte seine Hand dem Licht entgegen und kam hoch.

Er atmete Nachtluft. Sog sie in tiefen Zügen ein. Es war ein ganz schönes Stück bis hinunter auf die Erde, fand er. Aber er machte es wie Knut, ließ sich an den Armen langsam an der Mauer herunter.

»Jetzt lass los«, sagte Kaleb.

Mattias schloss die Augen und ließ sich fallen. Es *war* hoch, aber er fiel auf weichen Boden. Kaleb legte das Gitter wieder über die Öffnung, für alle Fälle, und sprang hinterher.

Dann standen sie alle drei wieder auf fester, guter Erde. Das heißt, Knut lag auf der Erde, mit dem Gesicht zum Boden, und atmete all die Düfte ein, die sie so lange nicht gerochen hatten. Er weinte so sehr, dass es seinen armen Körper schüttelte.

»Kommt«, sagte Kaleb. »Wir müssen hier weg! Weg von Kongsberg.«

»Aber wohin?«, fragte Knut. »Ich habe kein Zuhause.«

»Heim zu mir«, sagte Mattias schnell. »Ihr müsst alle beide mit mir kommen!«

»Ja«, sagte Kaleb nachdenklich. »Denn zu meinem Zuhause zieht mich nichts zurück. Da ging es nur darum, die Jungen aus dem Nest zu stoßen, sobald sie flügge geworden waren. Außerdem liegt es ziemlich weit von hier. Ja, ich glaube wirklich, das Allerwichtigste ist jetzt, dass wir Mattias nach Hause bringen. Seine Familie macht sich bestimmt ungeheure Sorgen.«

»Ja, und dort kann Knut geholfen werden«, sagte Mattias voller Eifer. »Ach, ich habe euch beide so gern! Ihr seid so *anständig*, die besten Freunde, die ich je hatte!«

Kaleb legte ihm den Arm um die Schulter und drückte so fest, dass es weh tat. »Hör mal, Mattias! Du musst mir jetzt gut zuhören. Knut und ich sind zwei ganz gewöhnliche Jungen, wir sind in keiner Weise etwas Besonderes. Aber wir haben an deinem Beispiel gelernt, verstehst du? Sogar unsere Sprache ist sauberer geworden. Du hast die seltene Gabe, die besten Eigenschaften bei deinen Mitmenschen hervorzulocken.«

»Habe ich das?«, fragte Mattias verwirrt.

»Ja, das hast du«, sagte Knut. »Sogar Søren hat sich gebessert, nachdem du zu uns gekommen warst. Früher hat er mich die ganze Zeit gepiesackt, weil ich nicht so stark und robust war wie die anderen. Und alle Arbeiter in der Grube hatten dieselbe gute Meinung von dir.«

»Hauber nicht.«

»Nein, Hauber … Der war nur so lange stark, wie er die Peitsche in der Hand hatte. Aber ich habe manches Mal auch Zeichen von Schwäche an ihm gesehen.«

»Ich auch«, sagte Kaleb. »Und das war dein Verdienst, Mattias. Ja, wir wollen gerne mit dir kommen und vielleicht ein paar Tage ausruhen.«

»Aber ihr sollt bleiben! So lange es geht! Für immer, wenn ihr wollt.«

Kaleb lächelte. »Das sehen wir dann schon. Wir wollen niemandem zur Last fallen. Aber jetzt müssen wir uns beeilen.«

»Ja«, sagte Mattias. »Auf nach Gråstensholm! Ach, ich freue mich ja so, dass ihr mitkommt. Der Obstgarten … all die vielen Zimmer … und das gute Essen!«

»Bitte sprich nicht von *Essen*«, stöhnte Knut sehnsüchtig. »Ich träume schon viele Jahre lang von Essen!«

Sie fanden die ungefähre Richtung heraus, indem sie sich an den Bäumen und den ersten Anzeichen des Sonnenaufgangs orientierten, und dann begannen sie zu gehen, Knut zwischen sich tragend.

»Der Tag«, sagte Kaleb. »Wie seltsam das Wort klingt, ich erkenne es gar nicht wieder nach unserer ewigen Nacht.«

»Lieber Himmel, wie sehen wir bloß aus!«, lachte Mattias im matten Licht der Nacht. Er war glücklich, unsagbar glücklich.

»Ja, wir sollten Menschen meiden«, lächelte Kaleb. »Und wenn wir an einen Bach kommen – so weit weg wie möglich –, nehmen wir ein anständiges Bad.«

»Zu dieser Jahreszeit?«

»Na gut, wenigstens eine Katzenwäsche.«

Sie lachten wieder.

Die Nachtkälte mit ihren böigen Winden war ungewohnt, aber es störte sie nicht, schließlich hatten sie tief unten im Berg Kälte auszuhalten gelernt.

Der Himmel im Osten wurde zunehmend heller. Bald sahen sie unter sich die Stadt Kongsberg und den Fluss Numedalslågen, den sie überqueren mussten.

»In der Stadt gibt es eine Brücke«, sagte Kaleb. »Aber die sollten wir nicht nehmen.«

»Da ist noch eine«, sagte Mattias und zeigte flussaufwärts.

»Brücken bedeuten, dass Menschen in der Nähe sind«, sagte Kaleb. »Aber rüber müssen wir. Und zwar vor Sonnenaufgang. Kommt – wir gehen dort hinunter.«

Sie schleppten und trugen Knut über Geröllfelder und nackte Felsen und durch Nadelwälder, ruhten aus und gingen weiter, ruhten aus und gingen, bis sie nicht mehr wussten, wo sie waren.

Aber dann hörten sie den Fluss rauschen, und Kaleb ging voraus, um nachzusehen, wo die Brücke war.

Mattias und Knut warteten, Hand in Hand ganz andächtig und stumm angesichts der gewaltigen Natur um sie herum.

Kaleb war bald zurück.

»Nicht schlecht getroffen«, sagte er. »Wir sind ein bisschen zu weit nördlich.«

Sie überquerten einen Weg, ohne dass jemand sie sah, und schlichen sich durch das Dickicht am Flussufer bis zu der steinernen Brücke.

Kaleb wagte sich hinauf, um die Möglichkeiten auszukundschaften, während die beiden anderen unten am Wasser saßen und es in der Morgendämmerung plätschern, schäumen und dröhnen hörten. Rasch kam er wieder zu ihnen herunter.

»Es kommt ein Bauer mit einem Wagen von der anderen Seite. Er will sicher zum Markt nach Kongsberg. Gleich ist er auf der Brücke. Rührt euch nicht!«

Sie duckten sich unter das Gestrüpp. Mattias roch den kräftigen Duft feuchter Erde. Eigentlich gab es so zeitig im Frühjahr noch nicht viele Gerüche, aber für ihn war die Luft voll davon. Er roch so viel mehr als all jene, die die Düfte tagtäglich in der Nase hatten. Alles war neu und frisch für ihn und die Kameraden.

Kurz darauf hörten sie das Klappern und Knirschen des Wagens und die Huftritte des Pferdes auf der Brücke.

Nach einer Weile wagten sie sich hinüber, halb laufend mit Knut zwischen sich.

»Der Fluss führt viel Wasser«, sagte Kaleb, als sie mitten auf der Brücke waren. »Es ist Frühling in Norwegen!«

Da lachten sie alle drei voller Glück.

Sie setzten ihren Weg über die Bergwiesen auf der Ostseite des Flusses fort. Kaleb trieb sie voran, er wollte weit weg von Kongsberg, wo alle Menschen mehr oder weniger mit den Bergwerken zu tun hatten. Sie wären sicherlich in der Stadt auf Hilfe und erschrockenes Verständnis gestoßen, aber sie wussten nicht, an wen sie sich gefahrlos hätten wenden können. Deshalb mieden sie die Stadt.

Knut blieb stehen.

»Ich fühle … ich fühle etwas Warmes auf meinem Gesicht! Und es ist so hell! So hell! Ist das …«

»Die Sonne. Das Licht, der Tag. Der freie, offene Himmel. Ja, die Sonne geht auf, Knut«, sagte Kaleb, und man konnte seiner Stimme anmerken, wie ergriffen er war. Das Licht stach ihm und Mattias ungewohnt in die Augen.

»Die Sonne? Wirklich die Sonne? Ist das wahr?«

Knut sank nieder auf die Knie und die anderen folgten seinem Beispiel. So knieten sie alle drei der Sonne zugewandt, Mattias und Knut mit gefalteten Händen, als wollten sie beten.

Alle drei ließen sie ihren Tränen freien Lauf, und keiner von ihnen schämte sich dessen.

5. Kapitel

Als sie weitergingen, hoch oben in den Bergwäldern, wo an den Nordhängen noch Schnee lag, sagte Kaleb:

»Wir waren lange da unten.«

»Ja«, sagte Knut. »Mattias fast zwei Jahre. Du, Kaleb, vier Jahre – und ich fünf lange, teuflische Jahre. Kein anderer hat so lange durchgehalten wie wir. Ich habe viele kleine Jungen kommen und sterben sehen. Bisher ist niemals einer rausgekommen. Keiner außer uns.«

Da lachten sie wieder, aber in ihrem Lachen lag die Trauer über alle jene, die das Tageslicht nie wiedergesehen hatten.

»Aber wo sind wir?«, fragte Mattias.

Sie hielten an und sahen sich um. Was die Jungen nicht wussten: Sie waren zu weit nördlich und würden nach Sigdal kommen, falls sie diese Richtung beibehielten. Keiner von ihnen hatte eine Ahnung, in welchem geografischen Verhältnis Kongsberg und Christiania zueinander lagen.

Aber Sigdal und andere Siedlungen lagen alle zu weit entfernt, als dass sie sie hätten sehen können.

Dafür sahen sie etwas anderes.

Kaleb sagte: »Siehst du das Hausdach hoch oben auf der Alm vor uns?«

»Ja.«

»Ich glaube, das ist eine Sennhütte. Wir wollen versuchen, dorthin zu gehen. Schaffst du das, Knut?«

»Jetzt schaffe ich alles.«

Aber die beiden anderen hatten ihre Bedenken. Die Pausen mehrten sich, in denen er anhalten und husten musste, und Mattias musste dauernd Knuts Verbände richten. Seine Füße bluteten.

Aber er wollte nicht aufgeben.

Mattias hatte das Leben in der Grube erstaunlich gut ausgehalten. Natürlich hatte er Narben und Wunden überall, und natürlich war er einige Male krank gewesen, einmal mit einer ernsten Lungenentzündung. Aber das Blut des Eisvolks ließ sich nicht verleugnen. Er hatte es von seinem Vater Tarald geerbt, Tarald von seiner Mutter Liv, und Liv hatte es von ihrem Vater, der der Wertvollste von ihnen allen gewesen war: Tengel der Gute. Was er seinen Nachkommen an Stärke, Zähigkeit, Mut und Menschlichkeit mit auf den Lebensweg gegeben hatte, war unschätzbar. Auch Mattias' eingeheiratete Ahnväter und Ahnmütter waren vollwertige Menschen gewesen. So wie seine Mutter Yrja. Wie sein Großvater Dag von Meiden und dessen Mutter Charlotte von Meiden. Und nicht zuletzt wie Silje, die Mutter sciner Großmutter!

War es da denn so seltsam, dass Mattias ein solch feiner kleiner Junge war?

Kaleb war ungewöhnlich stark. Er hatte die vier Jahre in der Grube ohne größere Schäden ertragen. Steine waren auf ihn herabgefallen, seine Hände waren voller

Narben und seine Fingernägel beinahe fort, aber das waren Bagatellen.

Aber alle drei kannten den Grund, warum sie diese nasskalte, finstere Hölle so lange überstehen konnten – weil sie immer zusammengehalten hatten. Ihr Mitgefühl, ihre Hilfe und ihr Trost, wenn einer von ihnen sich verletzt oder den Lebenswillen verloren hatte. Ihre stete Achtsamkeit, dass der andere nur nicht die nötige Vorsicht vergaß, das Wichtigste bei ihrer gefährlichen Arbeit.

Sie konnten ihr Glück noch gar nicht richtig fassen – dass sie frei waren!

Sie erreichten die Almhütte, als es schon spät am Tag war.

»Aber dürfen wir wirklich hier hinein?«, sagte Mattias unsicher, als Kaleb das Schloss aufbrach.

»Not kennt kein Gebot«, antwortete der Kamerad. »Wir müssen über Nacht ins Haus, und hierher kommt zu dieser Jahreszeit niemand. Sieh doch, keine Spuren im Schnee, und der Heuschober ist leer, sie haben das Winterfutter schon geholt. Und den Winterweizen schaffen sie immer mit Schlitten herunter. Jetzt ist der Schnee fast überall weg.«

Drinnen gab es Feuerholz, und unter dem Dach hingen vier leckere Schinken und zwei Lammkeulen. Mehl gab es auch und noch viele andere nützliche Sachen.

»Ich glaube, es hat niemand etwas dagegen, wenn wir ein bisschen davon essen«, sagte Kaleb. »Es ist üblich, dass Menschen in Not Schutz in einer Almhütte suchen.«

»Und wir können dafür bezahlen, wenn wir erst zu Hause bei uns angekommen sind«, sagte Mattias, der nie etwas schuldig bleiben wollte.

»Das machen wir«, sagte Kaleb.

Er machte Wasser in einem großen Kessel heiß, und dann badeten sie in einem Zuber. Einer nach dem anderen wurde mit Lappen und Birkenreisig sauber geschrubbt und in ein Schaffell gewickelt, die sie sich von den Bettstellen holten, solange ihre eigenen zerrissenen, aber gewaschenen Kleidungsstücke über dem Feuer trockneten.

Anschließend saßen sie in ihre Felle gekuschelt und aßen eine ordentliche Mahlzeit und sahen sich an und lachten und fühlten sich wohl.

»Aha, so siehst du unter dem ganzen Schwarz also aus, Mattias«, sagte Kaleb. »Ich wusste gar nicht, dass du rote Haare hast!«

Knut grinste. »Ich habe immer gedacht, du wärst ein kleiner Engel, der sich verlaufen hat, Mattias. Aber das glaube ich jetzt nicht mehr. Denn rothaarige Engel …? Nein, die gibt's nicht!«

»Nein«, antwortete Knut. »Ich kann sehen, dass du da sitzt. Dass du dich ab und zu bewegst. Mehr erkenne ich nicht.«

»Das wird bestimmt bald besser, du wirst schon sehen«, tröstete Mattias. »Du musst viel Speck essen, das sagt Tarjei immer. Speck ist gut für die Augen. Tarjei weiß das alles. Er kann alle deine Krankheiten heilen, wenn wir erst da sind.«

»Den Husten auch?«

»Klar! Alles!«

Kaleb schlug die Augen nieder, damit Mattias die Beklemmung und das Mitgefühl in seinem Blick nicht sehen sollte.

»Und dass du so helle Haare hast, Kaleb, das konnte man da unten ganz gewiss nicht ahnen«, lachte Mattias. »Und du bist ja schon ein erwachsener Mann!«

»Na ja, siebzehn ist noch nicht viel.«

Mattias betrachtete bewundernd die Muskeln, die unter der Haut an Kalebs Armen spielten. Sein Gesicht war kräftig und sympathisch, mit verblüffend blauen Augen. Ein feiner, blonder Bart bedeckte – oder würde es einmal tun – Kinn und Oberlippe.

Knut dagegen bot einen traurigen Anblick. Er hatte große Büschel seines aschblonden Haares verloren, und sein Gesicht war übersät mit großen, schorfigen Ausschlägen. Die Augen waren matt, der Körper ausgemergelt und der Brustkasten eingefallen. Die Kniegelenke waren von der Gicht angeschwollen, und Hände und Füße waren schrecklich anzusehen, mit offenen Wunden bis auf die Knochen.

Tarjei würde viel Arbeit bekommen, wie Mattias betrübt einsah.

»Mann, wie unsere Haut aussieht«, seufzte er. »Graubleich mit schwarzen Furchen. Wir werden bestimmt nie wieder sauber.«

»Ach doch, noch ein paar solcher Bäder mit richtig Einweichen und Schrubben, dann sind wir wieder wie neu«, meinte Kaleb.

»Na, vielen Dank«, schnaubte Knut. »So fest wie

du reibst, haben wir dann überhaupt keine Haut mehr!«

»Viel hilft viel«, grinste Kaleb. »Aber das überlebt keine Laus und kein Floh, da geb ich euch meine Hand drauf!«

Satt und glücklich gingen sie zu Bett. Mattias lag noch lange wach und malte sich aus, wie die Rückkehr nach Hause wohl ausfallen würde …

Knut hatte eine schwere Nacht. Die Strapazen hatten ihn sehr mitgenommen, so dass keiner von ihnen viel Schlaf fand. Die beiden anderen lösten sich ab, um an seinem Bett zu wachen. Aber gegen Morgen schlief er ein, und als die Sonne schon kräftig schien, bereiteten sie ihm ein Sitzbett auf der Wiese vor der Hütte, indem sie Felle über einen alten Stuhlschlitten legten.

Dort ging es ihm prächtig. Er schloss die halbblinden Augen, drehte das Gesicht zur Sonne und genoss die Wärme.

Knut zuliebe blieben sie viele Tage auf der Alm. Es wäre unverantwortlich gewesen, in seinem Zustand die Weiterwanderung zu beginnen. Aber er bekam wie die beiden anderen auch eine frische, leicht gebräunte Gesichtsfarbe, und es sah so aus, als ob er sich mit der Zeit gut erholte.

Mattias verlor kein Wort darüber, wie sehr diese Verzögerung an seinen Nerven zerrte. Stattdessen saß er oft an Knuts Seite, und sie malten sich aus, was sie alles tun würden, sobald Knut wieder gesund wäre. Denn ohne ihn weiterziehen – ein solcher Gedanke wäre

Mattias niemals gekommen! Er sehe schon viel gesünder aus, versicherte Mattias ihm, und Knut stimmte ihm zu. Er fühlte sich viel kräftiger, hatte in den letzten Nächten nicht mehr ganz so schrecklich gehustet, und die Wunden an seinen Händen waren beinahe verheilt, wie er fühlen konnte.

Kaleb hörte sie schwatzen, aber er sagte nichts. Nur seine Augen wurden dunkel vor Wehmut. Er kannte den Verlauf der Schwindsucht, er sah die hektischen roten Flecken auf Knuts Wangen …

»Ich bin so glücklich«, seufzte Knut. »Ich hätte mir nie träumen lassen, dass es ein solches Glück gibt. Spür nur die Sonne, Mattias! Merkst du, wie sie wärmt?«

Und der kleine Mattias freute sich mit ihm.

So verstrichen die sonnenerfüllten Tage auf der Alm. Sie wussten, dass Ostern anbrach und verstrich, und es hätte sie auch nicht gekümmert.

»Jetzt können wir bald weiter«, sagte Kaleb. »Noch ein paar Tage, dann bist du wieder bei Kräften, Knut.«

»Aber klar«, versicherte der Kranke.

Am nächsten Tag sagte Kaleb: »Es wird windig. Wir sollten Knut hereinholen.«

»Ja. Hörst du den Wind in den Bäumen, Kaleb? Hörst du, wie er seufzt und klagt?«

»Das tut der Wind immer«, sagte Kaleb.

Die Sonne schien immer noch, also ließen sie Knut draußen, gut eingepackt, nur noch eine kleine Weile. Es war eine milde Frühlingsbrise, die durch das Bergwäldchen zog, und die wollte er gerne spüren, sagte Knut.

Und dort draußen, umhüllt vom weichen, warmen Sonnenschein starb Knut.

Als sie ihn ins Haus holen wollten, waren seine blinden Augen der geliebten Sonne zugewandt, und auf seinen Lippen lag ein stilles Lächeln.

Sie begruben ihn im Wald, auf einer kleinen Lichtung, und setzten ein Kreuz auf das Grab.

»Das ist so ungerecht«, schluchzte Mattias. »Wo er doch beinahe schon gesund war!«

Kaleb legte ihm den Arm um die Schulter. »Knut wäre nie wieder gesund geworden, Mattias«, sagte er mit kummervoller Stimme. »Sein Sterben hatte schon in der Grube begonnen. Ich wusste es.«

»Und trotzdem hast du ihn mitgenommen?«

»Hättest du ihn denn zurückgelassen, wenn du es gewusst hättest?«

»Nein! Ich hätte mich noch viel mehr beeilt, um ihn nach draußen zu schaffen.«

»Genau das waren auch meine Gedanken. Um seinetwillen mussten wir uns beeilen. Und um deinetwillen mussten wir da raus, denn du hattest in dieser Grube schon gar nichts zu suchen. Und um meinetwillen, weil ich inzwischen erwachsen bin und man mich nicht mehr gebrauchen konnte für das, weswegen ich eigentlich da unten war. Aber herauslassen durften sie mich auch nicht, dann hätte ich ihnen bösen Ärger machen können. Ich war also wirklich in Lebensgefahr. Und außerdem habe ich mir so sehnlichst gewünscht, in meinem Leben etwas ausrichten zu können, das begreifst du sicher.«

»Ja«, sagte Mattias mit einer Stimme, die vor lauter Feierlichkeit ganz dünn war. »Du bist so ein feiner Mensch, Kaleb.«

»Und das sagst ausgerechnet *du* mir, mein kleiner Freund?«, fragte Kaleb gerührt.

Schon am folgenden Tag brachen sie aus der Almhütte auf, nachdem Mattias einen Brief geschrieben und ihn auf den Tisch gelegt hatte. Kaleb konnte weder lesen noch schreiben, und Mattias' Fähigkeiten waren auch sehr lückenhaft. Er war ja erst acht Jahre alt gewesen, als sein Schulbesuch so jählings abgebrochen wurde.

Liber her Besitser. Enschuldigunk das wir den hallben Schinken aufgegessen ham und Kaleb das Meel genomm hat aber wir mussten das tun weiel Knut am Sterben wa. Unt das tat er Draussen in der Sonne. Wir ham Knut auf der Lichtunk im Walt begraben, bitte könnt Ihr so nett sein und ein pa Blum hinlegen wenn weche blün? Filleicht kann ja ein Paßdohr ein Gebeet sprächen. Wir wolln gerne bezaalen für das was wir gegessen ham das brinkt mein Fater in Ordnung, die Addresse ist Gut Gråstensholm. Amt Gråstensholm Betsirk Akershus. Filen dank für Alles und Enschuldigunk nochmal.

»Geht das so?«, fragte er, als er den Brief vorgelesen hatte.

»Ganz hervorragend«, sagte Kaleb.

Sie räumten auf und machten ordentlich sauber und verschlossen die Tür wieder, so gut es ging.

»Ich weiß nicht, wo Gråstensholm liegt«, sagte Kaleb. »Aber Akershus ist in der Nähe von Oslo, oder nicht?«

»Von Christiania, stimmt.«

»Ach ja, Christiania heißt das ja jetzt.« Kaleb seufzte. »Wir müssen uns wohl einfach durchfragen. Ich glaube, wir sollten so weitergehen wie bisher. Dann können wir vielleicht jemand fragen. Irgendwann treffen wir bestimmt einen Menschen.«

»Glaubst du nicht, dass Hauber oder Nermarken noch hinter uns her sind?«

»Nicht so weit von der Grube entfernt. Aber sie haben bestimmt ganz schön Magensausen.«

Mattias nickte. Dieses Mal sagte er nicht »die Ärmsten«. Nicht bei Hauber und Nermarken. Was sie Knut angetan hatten, dafür gab es keine Entschuldigung.

Lange Zeit gingen sie durch die Wildnis, ohne ein Haus zu sehen. Mattias war nahe dran, allen Mut zu verlieren. Es war, als hindere eine böse Macht ihn daran, nach Hause zu kommen. Seit dem Tag, als er in dem kleinen Prahm aufgewacht war, ganz allein und nur umgeben von Wasser und Ungewissheit, war er nur auf Widerstände gestoßen. Näher als jetzt war er seinem Zuhause nie gekommen – und nun liefen sie in die Irre! Vielleicht waren sie auf dem Weg *fort* von Gråstensholm? Vielleicht waren sie auf dem Weg zurück zur Grube und würden Hauber schon hinter dem nächsten Bergkamm in die Arme laufen?

Das war ein Gedanke, der die Panik in heftigen Wellen durch seinen Körper schwappen ließ.

Des Nachts krochen sie irgendwo im Wald in ein schützendes Versteck und erwachten am Morgen steifgefroren vor Kälte. Die Sonne schien jetzt nicht mehr jeden Tag. Einmal kamen sie in ein Schneetreiben, das den Boden mit einer dünnen weißen Schicht bedeckte, und die seltsame, beinahe gellende Stille und Leere, die mit dem Schnee kommt, lag über den Wäldern. Aber die Schneedecke schmolz im Laufe des Tages dahin.

Sie wussten nicht, dass sie einem breiten Bergkamm folgten. Das kostete sie mehrere Tage.

Dann, endlich kamen sie auf ihrem Streifzug durch ein unbekanntes Gebiet in ein Tal.

Und dort sahen sie Häuser.

Zu diesem Zeitpunkt war das Brot, das Kaleb aus dem Mehl und dem Wasser in der Almhütte gebacken hatte, längst aufgegessen. Sie waren so ausgehungert, dass sie ihre Schuhe hätten essen können – wenn sie welche gehabt hätten. Aber inzwischen hatten sie nur noch Lappen um die Füße.

Sie gingen zu dem Haus, das ihnen am nächsten war, und baten um eine Tasse Milch oder sonst etwas Essbares, und sie fragten im selben Atemzug nach Gråstensholm.

Die Bäuerin, die sonst ganz gewiss keinem herumstreifenden Bettler auch nur einen Schluck Wasser gab, blickte ihnen in die Augen, und sie sah sich Mattias etwas genauer an und lauschte auf seine immer noch wohlklingende Sprache – auch wenn die sicherlich ein klein wenig von der schlichteren Ausdrucksweise der Arbeiter geprägt worden war.

Und ohne ein Wort zu verlieren, holte sie Milch und Grütze für die beiden und deckte den Tisch auf.

Als sie sich sattgegessen hatten, wollte sie wissen, was jemanden wie Mattias draußen auf die Landstraße verschlagen hatte.

Kaleb antwortete an seiner Stelle.

»Er ist durch ein Unglück von seiner Familie getrennt worden. Jetzt versuchen wir, sein Zuhause wiederzufinden. Kennt Ihr diesen Namen, gute Frau?«

Nein, die Bäuerin hatte noch nie von Gråstensholm gehört.

»Aber wenn ihr in Richtung Christiania wollt …«

»Ja, dahin wollen wir«, sagte Mattias ganz eifrig.

»Dann müsst ihr dieses Tal weiter hinabgehen. Ihr seid viel zu weit nordwestlich. Dies hier ist Flå im Hallingdal. Und ihr seid über den Westkamm gekommen, sagt ihr? Dann dankt dem Herrgott, dass ihr keinem Bären begegnet seid! Aber die halten wohl noch Winterschlaf.«

Kaleb lächelte leicht. »Ich habe schließlich einen Schutzengel bei mir.«

Sie dankten der Frau und machten sich wieder auf den Weg, ermuntert und frisch gestärkt und ausgestattet mit einem kleinen Proviantpaket.

Das Tal hinunter in Richtung Süden gab es von Zeit zu Zeit eine Siedlung. Sie folgten einem großen Fluss, und soweit ging alles gut, aber plötzlich mussten sie seinen Lauf verlassen und gerieten in unwegsames Gelände. Das verwirrte sie sehr, denn sie konnten keinen Weg erkennen. Vor ihnen lag nur Wald, irgendwie hatten sie den Weg verloren. Auch wenn er nicht sehr ausgeprägt gewesen war, dort auf der Westseite des Flusses, war er doch jedenfalls ein Anhaltspunkt. Nun konnten sie nicht einmal mehr den Fluss entdecken.

Mattias setzte sich erschöpft nieder, wo er gerade war. »Und wo sollen wir jetzt übernachten?«, fragte er entmutigt.

Kaleb sah, wie müde und durchgefroren der Junge war.

»Lass uns noch ein Stück gehen, und wenn wir einen Bauernhof finden, gehen wir hin und fragen, ob wir in der Scheune schlafen dürfen.«

Mattias nickte und erhob sich mühsam. Es war schon lange her, seit sie zuletzt eine Siedlung gesehen hatten, und die Aussichten, für die Nacht ein Dach über dem Kopf zu finden, waren mehr als gering.

»Wir sollten versuchen, den Fluss wiederzufinden«, sagte Kaleb aufmunternd. »Da sind die Aussichten am größten.«

Sie begannen mit steifen Beinen zu gehen, und Kaleb sagte nichts, als Mattias seine Hand nahm.

Aber an diesem Abend war das Glück mit ihnen. Es hatte schon zu dämmern begonnen, als sie wieder das Rauschen des Flusses hörten, und gleich darauf sahen sie Licht von einem Bauernhof. Sie waren so müde, dass sie gar nicht erst um Erlaubnis fragten. Sie stolperten geradewegs in die Scheune und sanken ins Heu.

»Kaleb«, war das Letzte, was Mattias an diesem Abend sagte. »Was ist, wenn wir Gråstensholm nicht finden? Wir kommen bestimmt nie mehr nach Hause.«

»Doch, ganz sicher, du wirst schon sehen.«

Es war das erste Mal, dass er Mattias so erschöpft und mutlos sah.

Er war ganz erschüttert. Mattias, der doch das Licht selbst war!

Und er begriff, wie sehr sein eigener Lebensmut abhängig war von Mattias' ruhiger, froher Zuversicht. Wenn der Junge den Mut verlor ... was blieb dann noch, an das es zu glauben lohnte?

»Alles wird gut, Mattias«, sagte er und merkte selbst, wie hohl sich das anhörte.

Aber der Junge ließ sich von den leeren Worten beruhigen.

Über seine eigene Zukunft dachte Kaleb nicht oft nach. Er war aus der Grube heraus, das war die Hauptsache. Jetzt galt es dafür zu sorgen, dass Mattias nach Hause kam. Das lag ihm sehr am Herzen. Anschließend würde es schon irgendwie weitergehen. Er war jung und stark, und sein ganzes Leben lag offen und frei vor ihm.

Das war ein Gottesgeschenk für einen, der vier Jahre lang in der Finsternis eingesperrt gewesen war!

Der Wald, durch den sie am nächsten Tag mussten, war nicht sehr groß. Sie fanden sogar eine Brücke über den Fluss – und dann lagen die hellen, offenen Täler von Ringerike vor ihnen.

Aber inzwischen hatte Mattias Blasen unter den Füßen von den harten Landstraßen, auf denen sie die letzten Tage gegangen waren. Er klagte nicht, aber Kaleb sah, dass ihm jeder Schritt Qualen bereitete. Mit der Zuversicht stand es auch nicht zum Besten. Die Blasen hatten wohl noch andere Wirkungen als nur wunde Füße…

Dann kamen sie zu einer größeren Siedlung.

Kaleb fragte einen, der ihnen entgegenkam, nach Gråstensholm.

Der Bauer kratzte sich am Nacken. Nein, das kannte er nicht, aber sie sollten mal den Richter fragen, der heute hier eine Verhandlung leitete; der war aus Akershus.

Mattias zuckte zusammen. »Dann muss er Großvater kennen! Wo ist das?«

Der Bauer zeigte auf den größten Hof, es schien der Pfarrhof zu sein. Dort sollte ein Streit entschieden werden, und die Feindschaft zwischen den beiden Parteien war groß, wie der Mann mit der unverhohlenen Schadenfreude des Außenstehenden grinsend erzählte.

Sie gingen zum Pfarrhof. Offenbar war gerade eine Pause in der Verhandlung eingelegt worden, denn der Vorraum war voller eifrig diskutierender Bauern. Keiner hatte Zeit, Notiz von zwei halbwüchsigen Bengeln zu nehmen, die sich unauffällig hereinschlichen.

Im großen Festsaal des Pfarrhofes, der heute als Gerichtslokal hergerichtet war, war der Amtsrichter in ein ernstes Gespräch mit seinen Geschworenen vertieft. Unweit davon saßen einige Männer und unterhielten sich gedämpft.

Plötzlich wurde die Tür am anderen Ende des Saales unter lautstarkem Protest der Wachen aufgestoßen. Dann hörte der Amtsrichter eine gellende Kinderstimme, die sich vor Eifer überschlug:

»Großvater! Es ist Großvater! Komm, Kaleb!«

Baron Dag von Meiden sah ärgerlich hoch. Wer wagte es, die Versammlung... Erst in dem Moment bemerkte er, dass der Ruf ihm galt.

Großvater? Er war nur noch der Großvater eines Einzigen – Kolgrim. Und das war nicht Kolgrims Stimme...

Zwei unglaublich abgerissen gekleidete Jungen hasteten durch den Saal, ohne dass die Wachen sie aufhalten konnten. Alle Augen waren jetzt auf die beiden Eindringlinge gerichtet. Der größere Junge, den man wohl eher einen jungen Burschen nennen musste, folgte etwas zögernd dem Kleinen, der voranstürmte und über das ganze Gesicht strahlte.

»Großvater!«

Dag von Meiden spürte einen schmerzhaften Stich im Herzen. Das *konnte* doch nicht sein...

Nein, er durfte nicht hoffen, durfte nicht schon wieder enttäuscht werden.

Aber dieses kupferrote Haar – nicht mehr so lockig –, diese Gesichtszüge, diese Augen, die nur Mattias...

Gütiger Gott im Himmel, er *war* es!

»Mattias!«, brach es mit matter Stimme aus ihm heraus. Einen Moment lang drehte sich der Raum um ihn, und vor seinen Augen wurde es schwarz. Aber das ging vorbei.

In der nächsten Sekunde lag der Junge in seinen Armen, und der würdevolle Richter weinte und lachte und herzte den Jungen, aus dem die Worte nur so hervorsprudelten, unverständliche Sachen über Gruben und Knut und Kaleb und Schornsteine in einem einzigen Durcheinander.

Langsam gelang es Dag, die Fassung wiederzugewinnen. Er schnäuzte sich kräftig und verkündete mit gerührter Stimme, dass dies sein seit zwei Jahren verschwundener Enkel sei, den alle für tot gehalten hatten. Und dann begrüßte er Kaleb, der furchtbar verlegen wurde, als Mattias in den höchsten Lobestönen von ihm erzählte. Der Großvater brachte die Jungen in die Küche, wo sie zu essen bekamen, während er selbst die Verhandlung schneller als je zuvor beendete und auf eine für ihn ungewohnt unkonzentrierte Weise. (Aber das Urteil fiel trotzdem gerecht aus, denn Dag von Meiden war ein Meister seines Faches.)

Dann setzte er sich in die Küche zu den beiden Lausebengeln und bekam eine einigermaßen zusammenhängende Schilderung dessen, was passiert war. Er war überglücklich, wie er da saß und seinen Enkel bewunderte, der viel magerer geworden war, aber stark und zäh wirkte, mit Fingernägeln, die die reine Katastrophe waren, aber er hatte dieselbe lebendige Wärme in den Augen wie damals. Auch der andere Junge gefiel ihm sofort, und Dag begriff, welche Stütze er Mattias gewesen sein musste.

»Und Muskeln habe ich bekommen, Großvater, sieh nur!«

Der kleine Junge zog den zerfetzten Ärmel hoch und zeigte ihm mit maßlosem Stolz eine kleine, harte Wölbung auf dem Oberarm. Der Großvater bewunderte sie gebührend.

Plötzlich wurde Mattias ernst. »Und Kolgrim, Großvater? Wie ist es ihm ergangen?«

»Kolgrim? Dem geht es gut.«

Mattias war erleichtert. »Ach, Gott sei Dank, er ist zu Hause. Ich war so besorgt und traurig seinetwegen. Ich hatte Angst, er wäre ertrunken. Und er hat die Fische nicht tanzen gesehen. Es tut mir so leid für ihn.«

»Ertrunken?«

Also hörte Dag auch diese Geschichte, und sein Gesicht verfinsterte sich zusehends.

Also stimmte es doch, was Yrja und Liv und Cecilie, ja sogar Meta befürchtet hatten! Vielleicht war wirklich etwas Wahres daran, dass Frauen ein besseres Gespür hatten als Männer?

Kolgrim …

Es tat dem Großvater unerträglich weh. Denn auch für den älteren, unter einem unglücklichen Stern geborenen Enkel empfand er eine tiefe Liebe.

Eigentlich hätte Dag auf dem Pfarrhof übernachten sollen, aber jetzt konnte er es nicht mehr erwarten, nach Hause zu kommen. Man stelle sich vor, mit einer solchen Nachricht heimkehren zu dürfen! Und da das Urteil bereits gesprochen war, gab es keinen Grund mehr zu bleiben. Er lud die beiden Jungen in seine Kutsche und fuhr auf schnellstem Wege nach Gråstensholm. Auch der Kutscher hatte Mattias wiedererkannt und eine heimliche Träne vergossen, so gerührt war er. Das musste er gleich seiner Frau erzählen. Und allen anderen. Er war der Erste, der davon wusste!

Als sie in die elegante Kutsche steigen sollten, sagte Mattias: »Wir haben uns und unsere Kleidung sorgfältig gewaschen, Großvater. Deshalb glaube ich nicht, dass wir etwas schmutzig machen.«

»Ich sehe, dass ihr sauber seid«, nickte Dag. »Macht euch keine Gedanken!«

»Herr Richter«, sagte Kaleb, als sie im Wagen saßen. »Kann man nicht etwas gegen diesen Hauber tun? Und gegen Nermarken? Damit sich das nicht wiederholt?«

»Da kannst du sicher sein! Aber das Problem, um das ich mich vor allen Dingen kümmern muss, sind die Kinder in den Gruben überall im Land. Glaubt mir, das war mir vollkommen unbekannt.«

Kaleb nickte. »Ich habe mir oft vorgestellt, wenn ich jemals herauskommen sollte, dann wollte ich alles tun, um die Arbeitsbedingungen für die Kinder zu verbessern. Aber ich kann wohl nichts ausrichten, so ungebildet wie ich bin.«

»*Das* kann man bestimmt ändern«, sagte Dag. »Nun war das hier ja ein besonders schlimmes Beispiel. Aber ich glaube, es gibt überall solche Menschen, die sich gegen Kinder versündigen. Doch die werden bald merken, mit wem sie es jetzt zu tun haben! Man fügt meinem Enkel kein zweites Mal ein Leid zu!«

»Aber wir müssen Olaves helfen, Großvater. Er hat mein Leben gerettet.«

»Das kann ich mir denken«, sagte Dag verbissen. »Nur um dich dann zu seinem eigenen Vorteil in die Grube zu schicken. Ich denke, dieser Lump soll mal schön selber sehen, wo er bleibt, mein lieber Mattias mit dem warmen Herzen!«

Kaleb lächelte ihm über den Kopf des Kleinen hinweg zu. Genau dieser Ansicht war er auch.

Auf Gråstensholm hielt Kolgrim immer noch ein wachsames Auge auf Tarjei. Seit er den Fund auf dem Dachboden gemacht hatte, war er wie verwandelt. Seine Augen glühten vor unterdrückter Ungeduld. Irgendwann würde Tarjei doch einmal etwas von seinem Vorrat benötigen, von dessen Existenz Kolgrim überzeugt war.

Aber es sah nicht so aus.

Tarjei hatte seine Abreise angekündigt. Kolgrim war verzweifelt. Alle möglichen wilden Ideen rasten durch seinen Kopf.

Und dann – vierzehn Tage vor Dags Reise nach Ringerike – hatte er eine Idee, auf die er schon vor vielen Jahren hätte kommen müssen.

Er war ja einer der Auserwählten des Eisvolks. Und bisher hatte er keinerlei Fähigkeiten in dieser Richtung gezeigt – nicht außer seiner ausgeklügelten Boshaftigkeit.

Die Verdammten waren ja hellseherisch. Sie konnten zaubern, verhexen, sie hatten Macht über Menschen, sie beherrschten Gedankenübertragung …

Kolgrim wurde wütend. Warum hatte er nicht solche Fähigkeiten?

Dann überlegte er genauer. Hatte er eigentlich jemals versucht, es herauszufinden? Nein, das hatte er nicht. Schmollend hatte er nur herumgesessen und darauf gewartet, dass sie auftauchten.

Es wäre doch merkwürdig, wenn er nicht auch so was könnte!

Ich will den Schatz finden, dachte er.

Aber wie?

Es gab niemanden, den er um Rat fragen konnte. Bisher hatten die Verdammten immer von anderen gelernt. Aber Kolgrim wie vor ihm Trond hatte niemanden, zu dem er gehen konnte. Tengel hatte sich das Leben genommen, damit Kolgrim nicht von ihm lernen sollte.

Wenn ich bloß Zaubermittel hätte, dann könnte ich mit ihrer Hilfe ... Was? Zaubermittel finden?

Nein, jetzt dachte er im Kreis.

Aber wenn ich richtig fest an sie denke, dann kommen sie vielleicht ganz von selbst zu mir?

Am Abend auf seinem Zimmer begann er mit aufgeregtem Herzen seinen ersten wirklichen Zauberversuch.

Es bereitete ihm keinerlei Gewissensbisse, wenn er das leere Bett von Mattias an der anderen Wand sah. Das war unwesentlich.

Nachdem er die Tür einen Spalt geöffnet und alle Lichter gelöscht hatte, setzte er sich mit gebeugtem Rücken quer in sein Bett.

»Komm«, flüsterte er. »Komm, Schatz, komm!«

Sein Blick war fest auf den Türspalt gerichtet. Als ob er erwartete, dass ein dunkler Schatten im Mondschein über den Fußboden käme. Der Schatz …

Seine Stimme bekam einen hypnotischen Klang. Eine ganze Stunde saß er so da und wiederholte immer dieselben Worte, wie ein kleiner Medizinmann aus der Urzeit, zusammengesunken und mit wildem Blick.

Einmal hatte irgendwo eine Tür geknarrt, und er war erstarrt. Aber mehr war nicht passiert.

Enttäuscht über die wenig kooperationswilligen Geister und die ganze verdammte Welt ging er zu Bett.

Er bewegte sich unruhig im Schlaf. Er hörte jemanden flüstern.

»Komm!«

Erst glaubte er, es sei das Echo seiner eigenen Beschwörungen, aber dann tauchte ein Gesicht auf.

Ein schelmisches, heiteres Gesicht, voller Lust, einem braven Verwandten einen Streich zu spielen.

»Komm!«, sagte eine Stimme.

Das war Kolgrims Großmutter Sol, so wie sie auf dem Porträt aussah, das in der Halle von Lindenallee hing. Aber jetzt bewegte sie den Mund und die Augen.

»Komm!«

Dann war sie wieder verschwunden.

Aber als Kolgrim erwachte, erinnerte er sich sehr gut an den Anblick. Je mehr er im Laufe des Tages daran dachte, desto nachdenklicher wurde er.

Am Nachmittag kamen alle Bewohner von Lindenallee zu Besuch. Are, Tarjei, Brand, Matilda und der kleine Andreas. Die ganze Familie war im großen Saal versammelt.

Kolgrim verdrückte sich leise nach draußen.

In der Eingangshalle von Lindenallee war es dämmerig. Das letzte Sonnenlicht fiel durch das Bleiglasfenster herein und tauchte den Fußboden und Teile des Raumes in ein mystisches Farbenspiel.

Er studierte die vier Gemälde.

Sols Augen sahen ihn unbewegt und geheimnisvoll an.

Aber im Traum hatten sie ihn gerufen.

Er musterte die Rahmen aller Porträts mit scharfem Blick. Sie waren vollkommen gleich. Er trat heran und befühlte die Leinwand.

Da spürte er einen Unterschied!

Die anderen Leinwände gaben leicht nach, wenn er darauf drückte, bis er gegen die Rückwand stieß. Sols Bild tat das nicht.

Ermuntert begann er die Kanten des Rahmens abzutasten. Seine Finger glitten nervös über das Holz. Noch wagte er nicht zu hoffen.

Da!

Da war ein Haken, so klein, dass er ihn zunächst gar nicht bemerkt hatte.

Er drückte ihn, und der Haken sprang auf.

Das Bild bewegte sich! Das ganze Gemälde mit Rahmen und allem schwang durch Scharniere auf… und gab dahinter eine Tür frei.

Wenn die jetzt verschlossen ist, sterbe ich vor Enttäuschung, dachte Kolgrim.

Aber sie hatte kein Schloss. Ganz leicht ließ sie sich aufdrücken.

Kolgrim hielt den Atem an.

In der Halle war es jetzt dunkel, und noch dunkler in dem Raum hinter dem Bild. Aber er strengte seine Augen bis zum Äußersten an, und da entdeckte er einen prall gefüllten Lederbeutel.

Er steckte seine Hand in den Beutel und holte etwas heraus.

Ungewollt schnitt er eine Grimasse. Es war das eingetrocknete, überaus intime Körperteil eines Mannes, vermutlich eines gehängten Verbrechers. Kolgrim legte es schnell zurück.

Aber er hatte den Schatz gefunden!

Und er war im Besitz besonderer, bis dahin unentdeckter magischer Fähigkeiten. War er etwa nicht in Verbindung mit seiner Großmutter getreten? Und sie hatte ihm sofort geholfen.

Auf einmal fühlte Kolgrim sich unendlich stark.

»Ich wusste es«, flüsterte er. »Ich wusste, dass ich der Größte aller Auserwählten bin! Einer, wie ihn die Welt bisher noch nicht gesehen hat. Jetzt ist er gekommen, Menschheit! Und er ist furchtbar!«

Aber er wollte all das hier jetzt nicht anrühren. Es war besser, damit zu warten, bis Tarjei abgereist war. Das konnte jetzt jeden Tag so weit sein. Tarjei war gefährlich. Man wusste nie genau, was er alles konnte und wie viel er begriff.

Manchmal fragte Kolgrim sich, ob Tarjei nicht auch ein Auserwählter war. Nur im umgekehrten Sinne, sozusagen.

Nein, er war es wohl nicht. Tarjei hatte nichts von all dem Mystischen an sich, das alle wirklichen Erben von Tengel dem Bösen umgab.

So wie Kolgrim selbst.

Warte nur, Menschheit! Noch hast du *nichts* erlebt!

Mit liebevollen Bewegungen schloss er die Tür und zog das Porträt wieder an seinen Platz. Nickte beruhigend seiner Großmutter zu, der schönen Hexe Sol.

»Jetzt ist alles in Ordnung, Großmutter«, flüsterte er.

Sein rechtmäßiges Erbe war endlich in seinem Besitz.

6. Kapitel

Und dann kam der denkwürdige Tag, an dem Dag die Kirche von Gråstensholm passierte und dem Kutscher zurief:

»Blas in dein Horn! Denn jetzt kommt der Verlorene, der lang Ersehnte heim!«

Und der Kutscher blies. Jubelnde Fanfarenstöße hallten durch die Luft.

Auf Gråstensholm, beim Abendessen, hob Liv den Kopf.

»Was ist das? Es hört sich an wie unser Horn.«

»Ja, es ist unser Horn«, sagte Tarald.

»O Gott, es wird Dag doch nichts zugestoßen sein?«

»Nein, es hört sich an wie Freudensignale«, sagte Yrja. »Seht nur, dort kommen sie in wilder Fahrt.«

»Nein, was soll denn *das*? Ist Dag verrückt geworden?«

Verwundert gingen sie alle zusammen nach draußen auf die Treppe und sahen zu, wie die Kutschpferde den Weg zum Hof heraufgaloppiert kamen, immer noch unter durchdringenden Hornklängen.

Der Wagen hielt auf dem Hofplatz.

»Dag, bist du von Sinnen?«, rief Liv.

Er stieg aus, mit lachendem Gesicht, so jung hatte er schon seit vielen Jahren nicht mehr ausgesehen.

»Ich habe ein paar Freunde mitgebracht.«

»Lieber Himmel, was sollen die Freunde nur von uns denken?«, murmelte Liv zu den anderen.

Der Kutscher half einem großgewachsenen Jüngling aus dem Wagen. Und dann einem kleinen, rothaarigen Jungen, der winkte und lachte. Unglaublich zerrissen und armselig gekleidet waren sie, alles war mit Stricken und Bindfäden festgebunden.

Yrja schrie auf. *»Mattias!«*

Tarald war schon unten und umarmte seinen jüngsten Sohn stumm – denn er brachte kein Wort hervor. Liv musste sich am Treppengeländer festhalten; ein starker Schwindel hatte sie ergriffen.

Von Lindenallee kamen sie herübergelaufen, um nachzusehen, was denn der Grund sein mochte für all den Lärm. Yrja war auf dem Erdboden zusammengesunken, geschüttelt von Weinkrämpfen und außerstande, sich zu rühren, und Mattias hockte sich neben sie und fragte:

»Aber Mutter, freust du dich denn gar nicht?«

Die Dienstboten kamen angestürzt, und der Kutscher versuchte sie alle zu übertönen mit seinem Bericht. Eine Weile war alles ein einziges, unbeschreibliches Chaos.

Are lachte unter Freudentränen. »Und ich dachte schon, ich müsste mit dir schimpfen, Dag, weil du uns blamierst! Stoß nochmal in dein Horn, Kutscher, und zwar so, dass ganz Norwegen uns hört!«

An diesem Abend wurde groß aufgetischt auf Gråstensholm. Alle Leute von beiden Höfen und von Eikeby wurden eingeladen, Häusler ebenso wie Gesinde, und die frohe Nachricht verbreitete sich wie ein Lauffeuer, so dass bald darauf die Leute aus der ganzen Gemeinde kamen, um Mattias anzusehen und zu berühren. Vor allem die Leute von Eikeby strömten herbei, Yrjas ganze zahlreiche Verwandtschaft, und der Eikeby-Bauer selbst umarmte Mattias, seinen Namensvetter, und vergoss eine Träne. Denn er war ja auch *sein* Enkelsohn! Und Reich und Arm, Herrschaft und Gesinde, Bauern und Dörfler mischten sich, und alle bekamen reichlich zu essen und zu trinken.

Es war deshalb erst zu später Stunde, als Mattias' Stimme die Gespräche verstummen ließ:

»Aber wo ist Kolgrim? Ich habe ihn immer noch nicht begrüßt!«

Da merkten sie, dass sie ihn zuletzt beim Abendessen gesehen hatten – bevor der Wagen eingetroffen war.

Dag versammelte seine Familie in seinem Arbeitszimmer und überließ es den Bediensteten, sich um die Gäste zu kümmern. Mattias selbst wurde zu Bett geschickt, und Dag bat Tarald und Yrja, ihn zu begleiten.

»Das hier ist ernst«, sagte er zu den anderen. »Aus Mattias' Bericht geht klar hervor, dass Kolgrim hinter Mattias' Verschwinden steckt.«

Und dann berichtete er, was Mattias ihm nichtsahnend erzählt hatte.

Die anderen waren schockiert, wussten nicht, was sie sagen sollten.

»Bitte sagt Tarald und Yrja noch nichts davon«, bat Dag. »Sie haben genug Kummer gehabt.«

»Ja«, sagte Liv. »Aber wo ist der Junge? Noch ein verschwundenes Kind? Nein, das könnten wir nicht ertragen.«

»Ist doch klar, dass er Angst bekommen hat«, sagte Brand, der allein war, denn Matilda brachte den kleinen Andreas ins Bett. »Mit der Rückkehr von Mattias ist ja die Wahrheit nun ans Licht gekommen.«

»Fragt sich nur, wie lange er fortbleibt«, sagte Liv. »Ich habe es nicht gern, wenn er im Dunkeln draußen ist.«

»Ja, und was sollen wir sagen, wenn er zurückkommt?«, sagte Dag bekümmert. »Ich bin es gewiss gewohnt, mit Verbrechern über Recht und Unrecht zu sprechen, aber das hier… Nein, ich glaube nicht, dass ich das kann!«

Matilda kam hereingestürzt. »Tarjei, es ist jemand im alten Trakt von Lindenallee gewesen. Deine Reisetruhe ist aufgebrochen, und Arzneimittel liegen überall verstreut. Und eines der Gemälde war verschoben, und dahinter war ein leerer Raum. Was hast du…«

»Leer?«, rief Tarjei. »O Gott, dann hat er es gefunden!«

»Gefunden? Was denn?«

»Den Schatz des Eisvolks, geheime Rezepturen und Zaubermittel. Das ist lebensgefährlich!«

»Den von Vater? Und Sol?«, stöhnte Liv. »O nein!«

»Wir müssen ihn sofort suchen«, sagte Tarjei.

»Nein, halt«, sagte Dag. »Nicht jetzt in der Dunkelheit. Außerdem wissen wir ja gar nicht, wo wir suchen sollen.«

»Wie um alles in der Welt konnte er den nur finden?«

»Er muss von dem Tag an gesucht haben, als Tarald das Geheimnis ausgeplaudert hat – vor zwei Jahren«, sagte Dag.

»Ja«, nickte Tarjei. »Dass Mattias den Schatz einmal erben sollte, das war bestimmt der Grund, warum Kolgrim versucht hat, seinen kleinen Bruder loszuwerden.«

»Wir dürfen nicht vergessen, dass Kolgrim ein Verdammter ist«, sagte Brand. »Ich meine – er *könnte* den verborgenen Schatz ja auch auf uns unbekannte Weise gefunden haben.«

Liv nickte nachdenklich. »Er war so merkwürdig in der letzten Zeit. So geheimnisvoll. Schon seit … ja, es muss wohl vierzehn Tage her sein … Da war er zwei Tage lang hier oben auf dem Dachboden, und als er herunterkam, hatte er so ein ungutes, triumphierendes Lächeln um den Mund.«

»Liv, ist dir klar, dass du von deinem Enkelkind sprichst?«, fragte Dag warnend.

Ihre Augen bekamen einen traurigen Ausdruck. »Glaubst du, ich weiß das nicht? Glaubst du, ich liebe dieses Enkelkind nicht genauso sehr wie meine anderen drei? Aber diesmal …«

Sie sprach den Satz nicht zu Ende.

Tarjei war plötzlich ganz aufgeregt. »Warte mal, warte mal! Was hast du gerade über den Dachboden gesagt, Tante Liv? Diesen Dachboden hier? Auf Gråstensholm?«

»Ja.«

»Was hat er da gefunden?«

»Ich habe keine Ahnung.«

Tarjei sagte entschlossen: »Heute Abend werden wir ihn nicht finden. Aber gebt mir eine Laterne! Ich will versuchen herauszufinden, was er auf dem Dachboden gesehen hat, das ihm so den Kopf verdrehen konnte.«

»Aber es ist stockfinster da oben, Tarjei«, wandte Liv ein. »Und so voller Gerümpel. Vor morgen wirst du da kein Glück haben.«

»Morgen kann es schon zu spät sein.«

Er bekam zwei Laternen, und dann stieg er hinauf zu dem großen, ihm unbekannten Raum unter dem Dach des Gutshauses.

Zuerst verschaffte er sich einen Überblick über das Ganze.

Die Schatten waren zahlreich und geheimnisvoll. Möbel und Hausgerät vergangener Zeiten waren übereinander gestapelt, Kleider und Tücher hingen über Stangen, einige sahen aus, als ob sie da schon sehr lange hingen. Tarjei sah einen ganzen Teil schöner Gegenstände, alte, kunstvoll gearbeitete Truhen und andere Dinge, die er noch vollkommen brauchbar fand. Er wollte Liv fragen, ob er einiges davon für sein Haus haben könnte – wenn er sich einmal ernsthaft irgendwo niederließe.

Wieder einmal dachte er an Cornelia, und die Sehnsucht schmerzte in seiner Brust. Kleine, liebe, schwierige Cornelia, mit der er nicht hatte zusammenleben können, ohne Schaden an der Seele zu nehmen, aber ein Leben ohne sie kam ihm genauso unmöglich vor. Sie hatte ihm trotz allem das glücklichste Jahr seines Lebens geschenkt, wie anstrengend es oft auch gewesen war.

Und der kleine Mikael, sein Sohn, den er kaum kannte.

Auf einmal schien es Tarjei, als könne er gar nicht schnell genug zu ihm nach Hause kommen. Ein Gefühl, dass es höchste Zeit war, durchjagte ihn. Ob der Junge krank war? Sein kleiner Junge, an den er immer öfter denken musste, der sein Herz mit Wärme und Liebe erfüllte.

Tarjei wusste, dass schlimme Seuchen in Deutschland wüteten. Die Bevölkerung hatte sehr leiden müssen unter den Heerscharen, die das Land vor und zurück überrollt hatten. Alle Heere bestanden zum Teil aus bezahlten Söldnern – und die, die Söldner wurden, gehörten meist zu den übelsten Burschen, die sich das Morden und Brandschatzen und Plündern zur Ehre rechneten. Städte und Dörfer waren verwüstet, die Bauern versteckten sich in den Kellern unter ihren niedergebrannten Häusern. Niemand wagte es, sich tagsüber draußen zu zeigen. Die Hungersnot war katastrophal, aber niemand dachte daran, auf den verbrannten Äckern etwas Neues anzubauen, denn alle wussten, dass bald die nächsten Plündererscharen kommen würden. Die Hunde verwilderten und trieben sich in großen Rudeln herum – sofern sie nicht von den ausgehungerten Menschen geschlachtet und verspeist wurden. Wölfe und Räuber strichen überall herum.

Natürlich schwand die Moral. Der Gottesglaube hatte den Todesstoß erhalten. Und es würde zweihundert Jahre dauern, bis die Bevölkerung wieder auf die Zahl angewachsen war, die sie vor dem Krieg gehabt hatte.

Dass 1635 das Jahr der Pest war, machte die Sache nicht besser. Nur der Schwarze Tod dreihundert Jahre früher hatte noch schlimmer gewütet.

Alles das wusste Tarjei. Und mitten in all dieser Verwüstung hatte er einen kleinen Sohn zurückgelassen. Aber Juliana hatte geschrieben, dass alles in Ordnung sei. Er musste darauf vertrauen. Aber er sehnte sich trotzdem nach ihm. Sehnte sich und ängstigte sich um das kleine Geschöpf, für das er jetzt allein die Verantwortung trug.

Er konzentrierte sich wieder auf den Dachboden.

Tarjei hatte ein Gehirn, das logisch arbeitete. Und es erforderte nicht viel Nachdenken, um herauszufinden, wo Kolgrim sich aufgehalten hatte.

In einer Ecke hatte jemand es sich kürzlich bequem gemacht. Eine Decke war über einen alten Sessel gebreitet; die Sitzgrube war noch deutlich zu erkennen. Kerzenspuren auf dem Tisch daneben sprachen auch eine deutliche Sprache. Auf dem Tisch Brotkrumen und ein Becher mit geronnener Milch …

Hier also hatte Kolgrim zwei Tage lang gehaust.

Tarjei sah sich um. Es war eine richtige Rumpelecke, mit einer Menge Sachen, die zu einem Haufen aufgetürmt waren.

Aber dann sah er eine Kiste aus Eisenblech, die den Spuren zufolge aufgebrochen worden war.

Es war ihm ziemlich egal gewesen, dem guten Kolgrim, ob er Spuren hinterließ. Unbekümmert und nachlässig wie die meisten Vierzehnjährigen.

Tarjei ging in die Knie und öffnete den Deckel. Er zog die Laterne näher heran.

Verwundert hob er einen alten Gegenstand aus der Kiste. Ohne zu merken, was er tat, hatte er sich in Kolgrims bequemen Sessel gesetzt.

Da saß er nun und vergaß die Welt um sich herum.

Tarjei brauchte keine zwei Tage, so wie Kolgrim. Tarjei hatte eine raschere Auffassungsgabe.

Als das Morgenlicht den Schein der Laterne verblassen ließ, hob er den Kopf und flüsterte langsam:

»Er ist verrückt! Er muss vollständig verrückt sein! Das *kann* er nicht schaffen, er glaubt doch wohl nicht, dass er das schaffen kann?«

Das ganze Haus summte vor Leben und Geschäftigkeit, als Tarjei herunterkam, hohläugig vor Müdigkeit. Das Gesinde war in vollem Gange mit den üblichen Tätigkeiten und außerdem damit beschäftigt, nach dem Jubelfest des Abends wieder Ordnung zu schaffen. Liv kontrollierte die Lebensmittelvorräte, die sich bedenklich verringert hatten, und sie hatte gerade beschlossen, neues Bier zu brauen, als Tarjei auftauchte.

Ohne sich die Zeit für ein »Guten Morgen« zu nehmen, sagte er zu ihr:

»Wir müssen sofort Kolgrim hinterher. Ich weiß, wo er hin will.«

Liv sah ihn fragend an. »Tarald hat entdeckt, dass sein Pferd fehlt. Yrja und Tarald organisieren gerade die Suche.«

»Das ist nicht nötig. Ich gehe hinaus und spreche mit ihnen. Wo ist Mattias?«

»Er schläft noch.«

Auf dem Hofplatz stand eine große Gruppe, vorwiegend Männer, und lauschte Taralds Befehlen.

»Halt ein, Tarald, es ist sinnlos, die Leute in alle Richtungen zu schicken«, sagte Tarjei. »Ich weiß, wohin Kolgrim unterwegs ist.«

»Wohin denn?«, fragte Tarald. Sein Gesicht war graubleich. Das Verschwinden seines Sohnes hatte ihm ziemlich hart zugesetzt.

»Nach Norden. Gebt mir Pferde und zwei gute Reiter, dann nehme ich die Verfolgung selbst auf.«

»Aber ich will …«

Tarjei unterbrach ihn mit einer Handbewegung. »Nein, Tarald, du nicht!«

»Aber er ist mein Sohn!«

»Gerade deswegen solltest du nicht mitkommen. Ich muss, weil er alle die Dinge bei sich hat, die in seinen unerfahrenen und völlig verantwortungslosen Händen so gefährlich sind.«

Tarald trat näher an ihn heran. »Tarjei … Vergiss nicht, dass wir ihn lieb haben«, sagte er eindringlich. »Trotz allem, was er Mattias angetan hat.«

Sein Cousin nickte. »Ich weiß. Und ich werde ihn wieder nach Hause holen. Aber jetzt geht es um sein Leben – falls er nicht rechtzeitig aufgehalten wird.«

»Tu, was du kannst«, flüsterte Tarald müde und niedergeschlagen.

Eigentlich ist keiner so vom Unglück verfolgt wie Tarald, dachte Tarjei. Gott sei Dank, dass er immer Yrja an seiner Seite hat!

Aber auch sie wirkte jetzt sehr erschöpft. Sie hatten nicht einmal Zeit gehabt, sich richtig über Mattias' Heimkehr zu freuen.

Jetzt wurden einige gute Pferde ausgesucht.

»Ich war früher ein guter Reiter«, sagte Kaleb, der jetzt saubere Kleidung trug, frisch rasiert war und richtig erwachsen aussah.

»Aber du warst vier Jahre lang in der Grube«, lächelte Tarjei wehmütig. »Du würdest dir wohl einen wunden Hintern holen bei dem Ritt! Und lieber Himmel, Junge, du bist gestern Abend erst angekommen, nach einer anstrengenden Wanderung!«

»Er war es, der Mattias das alles eingebrockt hat, nicht wahr?«, sagte Kaleb mit tiefblauem Blick.

»Ja«, erwiderte Tarjei beinahe scharf. »Aber vor Rachegefühlen müssen wir uns hüten. Wir haben es mit einem Kind zu tun.«

»Ich habe nicht an Vergeltung gedacht. Ich dachte nur, dass der Junge völlig gewissenlos sein muss. Und wohl gefährlich für andere?«

»Das ist er«, räumte Tarjei ein.

Innerlich dachte er: Kolgrim ist kein Kind. Er ist ebenso gerissen wie ein Erwachsener. Und ihm fehlt jede Art von Sensibilität oder Mitgefühl für andere.

»Müsst ihr weit reiten?«, fragte Tarald vorsichtig.

»Nach Trøndelag«, antwortete Tarjei.

»Bist du von Sinnen?«, fragte Yrja.

»Keineswegs. Wie es aussieht, ist Kolgrim dorthin unterwegs. Und ich habe schon einmal einen der unglücklichen Verdammten des Eisvolks verrückt werden sehen. Das reicht.«

»Aber ich *bin* aus Trøndelag«, sagte Kaleb. »Und ich habe meine Aufgabe erfüllt: Mattias nach Hause zu bringen. Also muss ich ohnehin weiterziehen. Vielleicht nicht gerade in mein Heimatdorf , aber… weiter. Wohin auch immer.«

Tarjei betrachtete ihn nachdenklich. »Von wo in Trøndelag?«

»Aus Horg. Südlich von Trondheim.«

»Gut!«, nickte Tarjei. »Wir können jemanden brauchen, der sich dort auskennt. Und dann will ich noch einen – nein zwei Männer mehr haben. Jetzt muss ich mit Liv und Dag sprechen.«

Liv erinnerte sich nicht mehr an vieles; sie war erst drei Jahre alt gewesen, als sie Trøndelag verlassen hatte. Aber Dag zeichnete eine Karte, die Tarjei in seinem Hemd verbarg.

»Tarjei…«, bat Liv. »Er ist unser Enkel. Und er war die letzten Jahre hindurch brav. Wir hatten bis jetzt keinen Grund zur Klage. Nicht, bevor wir erfuhren, was er…«

Sie schwieg.

Er nickte. »Ich werde ihn anständig behandeln. Aber er könnte Schwierigkeiten machen.«

Und dann erzählte er ihnen von Trond, wie grotesk

er durch den Fluch des Eisvolks verwandelt worden war.

Sie waren erschüttert; das hatten sie nicht gewusst.

»Wenn dem so ist, finde ich nicht, dass du überhaupt losreiten solltest«, sagte Dag. »Kolgrim ist jetzt vermutlich gar kein Kind. Er ist … wie ein Werwolf in Menschengestalt. Habe ich recht?«

Tarjei nickte, Tronds Bild schmerzhaft vor Augen. »Ja, so in etwa.«

»Also bleib hier! Die Welt braucht dich, weißt du.«

Tarjei lächelte flüchtig. »Ich habe Tronds Angriff überlebt. Ich habe eine Hungersnot im Harz und eine Pest hier zu Hause überlebt – und die Pocken in Deutschland. Nicht, dass ich glaube, ich wäre unsterblich, aber ich werde wohl auch dieses Mal überstehen. Und sei es nur, um meinen Sohn wiederzusehen. Ich war so verzweifelt, bevor ich wegfuhr, dass ich mir nicht einmal die Mühe machte, den kleinen Kerl überhaupt kennenzulernen. Ach, ihr ahnt ja nicht, wie oft ich die letzten Tage an meinen Mikael gedacht habe!«

»Gott sei mit dir, Tarjei«, sagte Dag.

»Ich danke euch. Ich habe alle Vorteile auf meiner Seite. Denn ich weiß, was Kolgrim vorhat, ich kenne seine Gedanken, kenne die Bösartigkeit des Fluchs. Das mit Trond damals hat mich völlig überrumpelt – und trotzdem habe ich es geschafft. Jetzt bin ich vorbereitet! Und kein Wort darüber auf Lindenallee, bevor ich weg bin! Ich will nicht von Vater überredet werden, hierzubleiben.«

»Ich werde mich um Are kümmern«, lächelte Liv. »Er ist mein kleiner Bruder, und ich habe es immer geschafft, ihn zu überzeugen.«

Dann ritten die vier Männer davon, Tarjei, Kaleb und ein Stallknecht namens Bård, der sich um die Pferde kümmern sollte. Klaus war inzwischen zu alt und Jesper zu unzuverlässig. Der Vierte war Bergfinn, ein Häusler. Er und Bård waren große, starke, verlässliche und relativ junge Männer.

Kolgrim hatte einen gehörigen Vorsprung. Aber sie rechneten damit, dass er in der Nacht eine Pause eingelegt hatte, also waren sie voller Zuversicht.

Die erwies sich allerdings als trügerisch. Wohin sie auch kamen, erhielten sie stets die gleiche Antwort:

Ja, ein Junge mit brennenden Augen hatte hier gerastet – oder war vorbeigeritten. Aber das war schon einen halben Tag her.

»Er reitet schnell«, sagte Bård, der Stallknecht. »Aber wir holen ihn bald ein.«

Tarjei war weniger zuversichtlich. »Wer von einem fanatischen Eifer angetrieben wird, kommt schneller vorwärts als jemand, der einer schweren Aufgabe entgegenreitet.«

Die anderen sahen ihn fragend an, aber er sagte nichts weiter.

Einmal, als sie Rast an einem sonnigen Berghang machten, damit die Pferde ein wenig von dem spärlichen Frühjahrsgras zupfen konnten, sagte Kaleb:

»Schon in der Grube hat Mattias das Eisvolk ein

paar Mal erwähnt. Und ich bin jedes Mal zusammengezuckt. Denn den Namen kannte ich.«

»Tatsächlich?«, fragte Tarjei verblüfft.

»Ja. Aber weil Mattias behauptete, er sei einer von ihnen, wollte ich nichts sagen. Aber jetzt begreife ich, dass Ihr fast alle dem Eisvolk angehört. Ich hätte nie gedacht, dass es wirklich existiert.«

Tarjei setzte sich bequemer zurecht. Er war sehr gespannt.

»Erzähl! Wo hast du den Namen gehört?«

»In Süd-Trøndelag natürlich! Aber alle meinten, es sei nur eine Sage.«

»Und wie ging diese Sage?«

»Die ging so: In längst vergangenen Zeiten hat es oben im Utgårdsgebirge ein ganzes Dorf von Hexen und Zauberern gegeben. Aber die mutigen Männer des Vogtes zogen dort hinauf und töteten alle zusammen und brannten ihre unheimlichen Behausungen nieder.«

Tarjei zog eine bittere Grimasse. »Mutige Männer! Sie schlachteten unschuldige Menschen ab, Kaleb! Aber das alles ist wirklich wahr. Du kannst Liv und Dag fragen! Sie und meine Großeltern und die kleine Sol konnten als Einzige entkommen.«

Und dann erzählte er von denen, die durch den Fluch verdammt waren. Davon, wie gefährlich Kolgrim werden konnte. Die drei anderen lauschten verwundert dem fantastischen Bericht.

»Wisst ihr, ich habe mir vorgenommen, einen Versuch mit Kolgrim zu machen. Tengel, mein Großvater, war als Kind auch schwierig. Aber es gelang ihm, das Böse in sich zum Guten zu wenden. Ich werde versuchen, Kolgrim dazu zu bringen, dasselbe zu tun. Und ein neuer Tengel zu werden.«

Insgeheim dachte er: Gebe Gott, dass es gelingt! Aber dazu brauche ich die Hilfe aller guten Mächte des Himmels!

Und er machte sich große Vorwürfe, dass er nicht schon früher versucht hatte, Kolgrim zu beeinflussen. Aber ihm war nie bewusst gewesen, wie viel Verschlagenheit sich hinter der harmlosen Fassade des Jungen verbarg.

Nach Tarjeis Geschichte saßen sie eine ganze Weile wortlos zusammen. Tarjei war es, der sich als Erster wieder erhob.

»Wollen wir die Pferde holen? Es wird Zeit, wir müssen weiter!«

Kolgrim saß in einer Kutschenstation und sah sich um. Es war viel weiter nach Trøndelag, als er geahnt hatte. Der Weg schien niemals zu enden. Aber ankommen würde er dort, so viel stand fest!

Die Begierde kitzelte ihn. Er, Kolgrim von Meiden, war auserwählt, der Allergrößte zu werden!

Er hatte keine Zeit gehabt, sich alles anzusehen, was in dem Beutel war. Das würde er ganz ungestört tun können, wenn er an Ort und Stelle war.

Aber eine Sache hatte er zwischen den hübsch sortierten Lederbeutelchen und Schachteln gefunden.

Er griff sich an die Halsgrube und lächelte.

Dort hing die Alraune. Jetzt war er gegen alles gefeit! Er war unverwundbar, unsterblich! Es gab nichts, was er nicht vollbringen könnte!

Eine Schankjungfer ging mit Bier und Essen für die Reisenden umher. Kolgrim folgte ihr mit den Augen. Sie war groß und rundlich und hatte einen herausfordernden Blick, und »Jungfer« war wohl kaum wörtlich zu nehmen.

Er musterte sie voller Verachtung.

Kolgrim war in das Alter gekommen, in dem Jungen die Vorzüge von Frauen zu erkennen beginnen. Wie seine Großmutter Sol, die ihre Verführungskünste mit vierzehn zum ersten Mal einsetzte, war Kolgrim jetzt reif, die lockenden Versuchungen auszuprobieren.

Auch wenn seine Gedanken wohl in eine etwas andere Richtung gingen als normal war…

In Wahrheit hatte er dieselbe Einstellung zu Frauen wie der Ahnvater, den Sol einmal in ihren Visionen gesehen hatte. Dieser unglaublich gutaussehende, anziehende Mann mit dem eiskalten Lächeln – und einem abgeschlagenen Frauenkopf, den er an den Haaren hielt, halb hinter seinem Rücken verborgen.

Kolgrim fand Gefallen an der üppigen Schankjungfer. Sie wirkte reif und erfahren und war sicherlich willig, einen jungen Burschen mit Wolfsaugen in die Geheimnisse der Liebe einzuweihen.

Aber noch nicht, dachte er. Jetzt habe ich keine Zeit, ich muss weiter.

Aber wenn ich zurückkomme…

Er gab sich wollüstigen Fantasien hin.

Zuerst würde er dafür sorgen, dass sie ihn lehrte, was sie konnte. Er würde alles mitnehmen, was er nur an Genüssen von ihr bekommen konnte – ohne auch nur die geringste Zärtlichkeit zu erwidern, natürlich. So etwas war unnützes Zeug! Dann würde er das Messer hervorziehen. Sie ein wenig ritzen, damit sie Angst bekam. Dann würde er …

Kolgrim wusste nicht, dass aus seinen Augen eine solche Bestialität glühte, dass mehrere Gäste sich hinausschlichen, und die Jungfer weigerte sich, in der Schankstube zu bedienen, solange er dort saß.

Dabei hatte dieser Bursche sogleich ihre weiblichen Gefühle geweckt, als er vorhin den Raum betreten hatte!

Nur gut, dass sie keinen seiner blutrünstigen Wunschträume sehen konnte.

Kolgrim beschloss seine Fantasien damit, dass er die Fleischbrocken, die noch von dem Weib übrig waren, den Hunden auf der Straße zum Fraß vorwarf, dann erhob er sich und ging hinaus zu seinem Pferd.

Der Wirt in der Gaststube seufzte erleichtert auf.

Als die vier Verfolger kamen und nach ihm fragten, erhielten sie ausführliche Antwort.

Das war kein Junge, das war Satan selbst gewesen, der in Menschenkleidern dort gesessen hatte. Die Augen hatten gebrannt, als ob der Bursche innwendig ganz und gar aus glühenden Feuern bestand.

»Das ist er«, sagte Tarjei, der damals die Augen seines Bruders Trond gesehen hatte. »Können wir rasch etwas Essen für uns und Futter für die Pferde bekommen, damit wir ihn einholen? Hat er viel Vorsprung?«

»Nicht mehr als sechs Stunden.«

Sie sahen einander an.

»Jetzt haben wir ihn«, sagte Bergfinn.

»Wie heißt das Kirchspiel hier?«

»Man nennt es Oppdal.«

»Ist es noch weit bis Süd-Trøndelag?«

»Ihr seid schon dort.«

Tarjei holte tief Atem. »Bringt das Essen, schnell! Jetzt gilt es, seine Spur nicht zu verlieren.«

Aber genau das taten sie. Leicht zu erkennen, wie er war, hatten sie bis dahin keine Mühe gehabt, ihm zu folgen. Aber plötzlich verlief seine Spur im Nichts. Niemand, ganz gleich wen sie fragten, hatte einen gesehen, der wie Kolgrim aussah.

Am nächsten Morgen sagte Kaleb: »Dort drüben ist das Trollheimen-Gebirge. Irgendwo dort gibt es eine Gegend, die Utgårdsgebirge genannt wird.«

»Gut«, sagte Tarjei mit zusammengebissenen Zähnen und stieg vom Pferd. »Jetzt ist es an der Zeit, Onkel Dags Karte zu Rate zu ziehen. Die Schwierigkeit besteht nur darin, dass er und die anderen damals an einer ganz anderen Stelle heruntergekommen sind als dort, wo der übliche Weg verläuft. Den kannte Dag nicht, denn er war noch ein Säugling, als Silje und Tengel die beiden Kleinen auf heimlichen Wegen ins Tal des Eisvolks führten. Wir müssen den umgekehrten Weg nehmen, den, auf dem sie herabgestiegen sind. Er soll ungeheuer strapaziös sein, und es lohnt sich nicht, die Pferde mitzunehmen. *Sie* hatten damals ein Pferd dabei, aber es war eine unglaubliche Tortur, für sie ebenso wie für das Tier.«

Nachdem sie die Kartenskizze studiert und Kaleb um Rat gefragt hatten, beschlossen sie, wie sie weitergehen wollten.

»Aber Kolgrim – wie kommt er da hinauf?«, fragte Kaleb.

»Darüber wissen wir nichts. Aber es gibt keinen Zweifel daran, was sein Ziel ist. Und ich weiß, woran er denkt. Dieser Irrsinnige! Er weiß doch nichts über die Kräuter und die geheimen Rezepte, die er in seinen Besitz gebracht hat. Was er tun will, ist der helle Wahnsinn.«

Dann kamen sie zu dem Tal, in dem Tengel und Silje sich mit den Kindern – drei inzwischen, da nun auch Liv dazugekommen war – vor einem halben Jahrhundert von der Qual ihres Abstiegs erholt hatten. Sie folgten demselben Weg in entgegengesetzter Richtung, nachdem sie die Pferde auf einem nahe gelegenen Bauernhof untergebracht hatten.

Höher und immer höher kletterten sie durch die Wildnis hinauf. Dag hatte Tarjei eine ganze Reihe von Merkmalen genannt, an denen sie sich orientieren konnten, und vorläufig funktionierte das recht gut.

Schroffe, zerklüftete Felsen ragten senkrecht vor ihnen und um sie herum empor. Hier oben gab es keinen menschlichen Laut, nur der Ruf des Goldregenpfeifers scholl eintönig und klagend durch das Heidekraut. Kalte Winde fegten Schnee von den Gipfeln und heulten in den Felsspalten.

Das ist genau das, was Mattias das Jammern des Windes genannt hat, dachte Kaleb. Aber ihm war sehr unbehaglich zumute. Manchmal erzählte der Wind so traurige Geschichten, und manchmal auch von so viel Leid, so viel Bösem und so viel Gruseligem.

»Hier ist der Bach, an dem sie entlanggegangen sind«, rief Tarjei, und seine Stimme war ganz flach und ohne Hall in dieser Unendlichkeit. »Dann wird der Ausläufer des Gletschers gleich kommen, gleich hinter dem Gipfel dort.«

Sie setzten ihren Weg aufwärts entlang des Baches fort, stapften mit nassen Stiefeln durch Beerengestrüpp und Wollgras, balancierten über glitschige Steine im Bachbett und rutschten die Uferstreifen entlang, auf denen im Sommer die prächtigen goldroten Blüten des Steinbrech leuchten würden. Zu dieser Zeit waren erst einige gräulich sprießende Soden zu sehen.

Tief unter sich sahen sie das Hochplateau, das sie gerade verlassen hatten.

Bård blickte hinauf zu den eisigen Berggipfeln und erschauerte. »Ich hoffe nur, wir müssen nicht denselben Weg zurückgehen.«

»Das brauchen wir wohl nicht«, sagte Tarjei. »Wenn wir unser Ziel erst erreicht haben, dürfte es leichter sein, den richtigen Weg zurück zu finden.«

Der Aufstieg wurde rasch steiler. Und gerade als sie glaubten, sie hätten ein neues Gebirgsplateau erreicht und ein neuerlicher Aufstieg stünde ihnen bevor, standen sie plötzlich vor dem Gletscher.

Schwarze Felswände umringten sie.

»Gottes vergessenes Land«, murmelte Tarjei. »Dass Großvater und Großmutter wirklich hier herübergekommen sind! Mit einem Pferd und drei kleinen Kindern – und mit einem vierten, meinem Vater, unter dem Herzen! Es ist schier unfassbar!«

Der Wind heulte und fegte über die endlose Weite aus Schnee und Eis. Sie fühlten sich jämmerlich klein und erbärmlich.

»Der Pass, von dem Dag erzählt hat, muss dort oben auf der anderen Seite des Gletschers sein«, sagte Tarjei. »Kommt, wir müssen ihn uns ansehen. Aber der Herrgott möge mich beschützen …«

»Wenn sie es geschafft haben, können wir es auch«, sagte Bergfinn. »Aber ob wir ihn heute bezwingen?«

»Nein. Ich weiß, dass Tengel und seine Familie ihn in der Nacht überquerten – sie mussten es einfach, wenn ihnen ihr Leben lieb war. Aber es war eine Vollmondnacht. Diese Nacht werden wir keinen Mondschein haben, und der Gletscher sieht tückisch aus, deshalb sollten wir gar nicht erst versuchen, ihn heute Nacht zu durchqueren. Und übernachten können wir dort auch nicht. Wir schlagen unser Lager hier auf. Morgen früh werden wir verfroren genug sein.«

Ja, das werden wir sicher, dachte Kaleb, als er sich so gut es ging in seinen Mantel rollte und sich dem Wind entgegenstemmte. Reine, frische Luft, nach der habe habe ich mich vielleicht gesehnt dort unten in der Grube. Nur – muss es denn gleich so viel sein?

Tarjeis Gedanken gingen kompliziertere Wege.

Der Junge ist verrückt, dachte er. Das Böse des Eisvolks ist bei ihm durchgebrochen. Ich muss ihn retten, bevor er sich selbst schaden kann.

Die Frage ist nur: Will ich das wirklich? Will ich nicht im Grunde nur den Vorrat an Zaubermitteln zurückhaben?

»Nein«, sagte er laut. »Ich will es um seiner engsten Familie willen. Ihretwegen werde ich alles dransetzen, ihn mit heiler Haut nach Hause zu bringen. Und ich will aus ihm einen neuen Tengel machen!«

7. Kapitel

In der Zwischenzeit hatte Kolgrim den üblichen geheimen Weg eingeschlagen. Denn er wusste mehr als Tarjei …

Er ritt über die weite Lichtung, wo Siljes Kutscher den Wagen zu einem Schlitten umgebaut hatte und wo die Mörder von Hanna und Grimar tot zusammengebrochen waren – einer nach dem anderen.

Tengel hatte diese Lichtung geliebt. Der Anblick der offenen Grasflächen, goldgelb zwischen dunklem, blaugrünem Wacholdergestrüpp, hatte ihn jedes Mal aufs Neue gefangengenommen, wenn er von draußen kam, auf dem Weg nach Hause ins Tal.

Kolgrim hatte für so etwas keine Augen.

In seinem Herzen sang es.

Er, Kolgrim von Meiden vom Eisvolk, war unterwegs, um die Weissagung zu erfüllen. Die Weissagung, dass einer kommen würde, der größere übernatürliche Gaben hatte als irgendjemand sonst auf der Welt.

Aber dazu brauchte er eine besondere Macht.

Kolgrim war fest entschlossen, sich diese Macht zu verschaffen.

Im Übrigen hatte er sich vorgenommen, den Namensteil »von Meiden« aus seinem Namen zu streichen. Das war ein ebenso weichlicher Name wie »Lind«. Kolgrim vom Eisvolk! So wollte er sich nennen. Niemand hatte ein größeres Recht dazu als er, der väterlicher- wie mütterlicherseits das Blut des Eisvolks in den Adern trug. Seine Großmutter war eine Hexe gewesen, und der Großvater seines Vaters ein Zauberer, nein, ein Hexenmeister!

Baron, pah! Barone waren verweichlichte, degenerierte Waschlappen! Er hatte sich den Titel ganz gewiss nicht ausgesucht.

Er wollte niemals mehr nach Gråstensholm zurückkehren. Das brauchte er auch gar nicht. Mattias, der Goldjunge, war heimgekehrt, und damit war sowieso alles dahin. Außerdem wollte er dort nicht mehr sein, niemals wieder! Er war jetzt erwachsen genug, die ganze Welt zu erobern. Mit magischer Kraft würde er alle Feinde und Gegner beherrschen. Und *dann* würde er nach Gråstensholm zurückkehren und sich rächen an…

Jählings hielt er an.

Unbewusst war er dem alten Weg über die Ebene gefolgt, den kein Uneingeweihter fand. Was für eine Macht das war, die seine Schritte gelenkt hatte, konnte er nur raten. Natürlich wusste er, wo der Weg verlief, aber seine Gedanken waren weit fort gewesen von dieser öden Gegend.

Unter einer gewaltigen Gletscherzunge gähnte ein schwarzes Loch.

Das musste der geheime Zugang zum Tal des Eisvolks sein!

Fünfzig Jahre waren vergangen, seitdem Menschen dort gewohnt hatten. Damals war der Eistunnel immer offen und leicht passierbar gehalten worden. Jetzt hatte die Natur in ihrer willkürlichen Art das Zepter übernommen. Außerdem war die Frühjahrsschmelze in vollem Gange, und der Fluss führte Hochwasser. Reißend schoss er unter dem Eisdach hervor.

Hier komme ich niemals durch, dachte Kolgrim entsetzt. Ich würde fortgerissen werden wie ein welkes Blatt!

Auch vom alten Eisvolk hätte sich niemand zu dieser Jahreszeit in den Tunnel begeben.

Aber die Überreste des alten Pfades am Fluss entlang waren immer noch erkennbar. Kolgrim entschloss sich, es zu wagen. Ihm blieb auch keine andere Wahl, wenn er hineinwollte.

Und hinein musste er!

Er trieb sein Pferd an, aber das scheute. Kolgrim tobte und schrie, schlug und trat und fluchte – vergebens. Schließlich musste er den Gaul draußen auf der Ebene lassen.

Der blaugrüne Tunnel erschreckte ihn. Es wurde immer finsterer, je tiefer er hineinging. Er wusste nicht mehr, wo der Pfad war, und der Fluss dröhnte, bereit, ihn zu verschlingen, wenn er ihm zu nahe kommen sollte. Es schien, als ob die Wasserwirbel nur darauf warteten, ihn hinabzusaugen. Vereinzelt ging der Fluss so hoch, dass er auf dem Bauch unter dem Eis hindurchkriechen musste, um den Wasserkaskaden zu entgehen. Manchmal polterten große Eisblöcke durch den Tunnel, und dann verharrte er mit dem Rücken gegen die Eiswand gepresst und konnte nur hoffen.

Es war kaum zu glauben, aber er schaffte es. Als er sah, dass es heller wurde, dass das Gewölbe über ihm eine durchsichtige, blaugrün schimmernde Farbe annahm, da wusste er, dass er auf dem Weg nach draußen war.

Und als er wieder ans Tageslicht trat und dasselbe Bild sah, das sich Silje einmal geboten hatte, da fühlte er sich unbesiegbar. Ich bin der Größte, dachte er. Das hätte niemand außer mir geschafft!

Der fanatische Gedanke an sich selbst kann manchmal einen Menschen zu unglaublichen Leistungen befähigen.

Er zitterte vor Kälte in seiner durchnässten Kleidung – aber die würde sicher schnell trocknen, dachte er optimistisch.

Langsam begann er den Abstieg in das alte Tal des Eisvolks. Überwucherte Grundmauern zeugten von der Katastrophe, die vor einem halben Jahrhundert hier geschehen war. Der Wind pfiff heulend durch die verdorrten Latschen. Hier an den Südhängen war alles weggetaut, aber jenseits des einsamen Sees, dessen Eisdecke unter lautem Krachen barst, war der Boden noch von dicken Lagen Schnee bedeckt.

Kolgrim wusste, wohin er gehen musste. Es war das Haus des Torwächters – oder dessen Ruinen. Dort musste der Bratteng-Hof gelegen haben.

Und da … da musste es gewesen sein, wo Hanna und Grimar gewohnt hatten. Immer noch lag ein seltsam packender Zauber über dem überwucherten Ort. Einen Moment lang überlegte er, ob er hineingehen sollte, aber der Wind, der warnend durch das Gebüsch heulte, hielt ihn davon ab. Der größte Hexenmeister der Welt erschauerte und hastete weiter.

Er hatte nicht gedacht, dass es hier so überwältigend, so erschreckend *leer* sein würde!

Nicht, dass er geglaubt hatte, Menschen hier zu treffen, das nicht. Nein, es waren diese öde Stätten der Verwüstung, die Zeugnisse vergangener Menschenschicksale, die sogar den kaltherzigen Kolgrim beeindruckten.

Dann kam er zu den Überresten von Tengels und Siljes Haus. Hier wurde Großmutter geboren, dachte er, während er dort stand und seinen Blick über die unendliche Einöde schweifen ließ. Seltsam, wenn man daran denkt, was für eine vornehme Dame sie heute sein will!

Das war Liv gegenüber ungerecht, aber Kolgrim hatte seine eigene Art, Menschen zu beurteilen.

Doch der Tag schritt rasch voran, er hatte keine Zeit für nutzlose, gefühlsgeladene Gedanken.

Was sollte er zuerst tun – das furchtbare Hexengebräu anrühren oder den Ort finden?

Sein Herz pochte hart vor Aufregung. Wenn er um alles in der Welt nur wüsste, *wo*…!

Nein, es war am besten, wenn er zuerst den Inhalt des Beutels untersuchte.

Was nicht viel zu sagen hatte, denn Kolgrim zog es vor, ganz sicherzugehen, und so hatte er sich vorgenommen, auf jeden Fall den gesamten Inhalt, was es auch sei, in einen Kessel zu schütten und auf diese

Weise die gewünschte Wirkung zu erzielen. Er besaß kein Rezept, wie man Satan heraufbeschwor, das hatte nur Tengel der Böse gehabt. Aber es konnte gar nicht schiefgehen, meinte er. Er kannte ja den Ort, an dem es passiert war!

Er schüttete den Inhalt des Beutels auf der Wiese aus, auf der Dag und Liv und Sol als Kinder gespielt hatten. Er wunderte sich über all die mystischen, manchmal lächerlichen Gegenstände, die zutage kamen. Alles das hier schütte ich in den Kessel, dachte er. Nichts für irgendwelche Nachfahren übrig lassen, das Zeug ist sowieso nur für mich bestimmt gewesen!

Am wichtigsten war wohl das, was die kleinen Lederbeutelchen und Schachteln enthielten. Auf allen stand etwas geschrieben, aber von den uralten Kritzeleien verstand Kolgrim nichts. Auch nicht von den verwischten Mitteilungen auf ein paar dicken, fast verblichenen Rollen aus Birkenrinde …

Wenn er sich die Zeit genommen hätte, diese Schriften zu entziffern, hätte aus ihm vielleicht ein kundiger Hexenmeister werden können. Ach was – nur hinein mit dem ganzen Zeug in den Kessel, da würde der Krempel sicher am besten wirken, meinte er.

Es waren aber ein oder zwei kleine Beutel dabei, auf denen Namen standen, die Kolgrim kannte. Waren das nicht Mittel oder Pulver, die das Gemüt leichter machten und einen in Trance versetzten?

Das musste er ausprobieren! Sofort!

Aber vielleicht war es doch besser, zuerst die bewusste Stelle zu suchen.

Er packte alles wieder ein, aber die Beutelchen mit den berauschenden Drogen steckte er in sein Hemd. Dann warf er den Sack über die Schulter und ging los.

Es war ein langer Aufstieg. Von den Ruinen der alten Häuser ging er schräg hinauf über gewundene Kuhpfade, die so tief ausgetreten waren, dass all die Jahre sie nicht hatten auslöschen können.

Er blieb stehen.

Dort oben unter dem Felsen mit den beiden säulenartigen Spitzen sollte es sein…

Zuerst musste er hinauf zum Rand des Abgrunds. Ja, hier war der Pfad.

Kolgrim schwitzte. Diese Art der Bewegung an der frischen Luft war er nicht gewohnt. Nicht, dass es besonders warm gewesen wäre; es nieselte, und sogar Schnee lag in der Luft hier oben in dem hochgelegenen Gebirgstal. Aber der Aufstieg setzte ihm hart zu.

Nur gut, dass jedenfalls seine Kleider nach dem Weg durch den Tunnel inzwischen wieder trocken geworden waren…

Er atmete schwer und angestrengt. Die Einsamkeit hüllte ihn wie ein diffuser, unsichtbarer Nebel ein. In der Ferne über dem See gellte der scharfe Schrei eines Raubvogels durch die tiefe Stille. Und irgendwo in seiner Nähe erklang der ängstliche Ruf des Goldregenpfeifers.

Als er die Kante des Abgrunds erreicht hatte, schlug ihm der Wind so heftig entgegen, dass es ihn beinahe umwarf. Er kletterte an den Rand und blickte hinunter in den Abgrund. Ihm wurde schwindlig. Dort unten türmte sich ein Kegel aus Geröll auf, das aus der Felswand unter ihm herausgebrochen war.

Und tief, tief unter ihm lagen die zerstörten Häuser des Eisvolks. Von dort aus, wo er jetzt stand, konnte er sogar sehen, dass einige von ihnen immer noch schwarz waren vom Ruß der Feuersbrunst damals. Andere waren kaum erkennbare Ruinen, nur die überwucherten Grundmauern standen noch. Auf Tengels Hof konnte er einen kahlen Baum sehen, der im Wind schwankte. Wahrscheinlich der Hofbaum, dachte er.

Auf einmal wünschte er sich, es wären Menschen auf all den Höfen dort unten. Hexen – und Zauberer wie er selbst. Ohne zu ahnen, dass es sein eigener Großvater gewesen war, der unselige Heming Vogtmörder, der diese Verwüstung angestiftet hatte, stand Kolgrim mitten in der überwältigenden Einsamkeit und tat sich selbst leid. Nun brauchte er wahrhaftig Mut, das zu tun, was er tun musste, dachte er. Stark werden, wie Tengel der Böse es geworden war. Das war es, was er wollte.

Keine Kunst übrigens für Tengel den Bösen. Zu seiner Zeit war das Tal ja voller Leute gewesen. Kolgrim dagegen war ganz allein. Ganz unfassbar, grenzenlos allein. Und niemand wusste, dass er hier war. Niemand auf der ganzen Welt.

Aber den Sack wollte er jetzt nicht länger tragen. Der konnte ruhig hier am Abgrund liegen, bis er die richtige Stelle gefunden hatte.

Die Stelle, wo sein böser Ahnvater Satan höchstpersönlich begegnet war!

Niemand außer Kolgrim wusste, wo das war.

Es lief ihm eiskalt über den Rücken. Ihm, der sonst wahrhaftig kein Angsthase war!

Aber das hier war ja auch kein Zuckerschlecken.

Vielleicht war es möglich, sich etwas mehr Mut zu verschaffen?

Nachdenklich wiegte er einen der kleinen Lederbeutel in der Hand. Den Namen kannte er.

Es war ein Pulver im Beutel, ein getrocknetes, zerriebenes Kraut. Aber wie nahm man es ein?

Der größte Hexenmeister aller Zeiten wusste es nicht.

Kolgrim blickte sich um. Ein winziger Bach rieselte ein Stück weiter oben hervor. Er schüttete etwas Pulver in die Hand und ging zum Wasser.

Irgendwie kriegte er das Pulver hinunter – obwohl er sich schmählicherweise an ein paar Krümeln verschluckte und husten musste.

Nun blieb nichts mehr zu tun, als sich auf den Weg zu machen zu der Stelle …

Er blieb einen Moment lang stehen. Teufel auch, er hätte die Beweise daheim auf Gråstensholm vernichten sollen! Damit kein anderer, vielleicht lange nach seiner Zeit …

Ach, das konnte er später noch tun – wenn er wieder nach Hause gekommen war.

Wieso übrigens nach seiner Zeit? Er konnte sich doch unsterblich machen! Hunderte von Jahren leben! Ja, das wollte er. Jetzt hatte er die Mittel, um alles Mögliche zu tun!

Nach einer mühseligen Klettertour durch eine wilde, herrliche Natur – von der er nichts mitbekam – war er an dem Felsen mit den beiden Säulen angelangt.

Haare und Schultern waren schon wieder durchnässt von dem feinen Nieselregen.

Dort oben war das Gelände flacher, ein offenes Plateau.

Wo war es noch gleich?

Hinter der Felsnase dort hinten …

An dieser Stelle war es sicher, wo Silje gesessen hatte, zusammen mit Tengel und den Kleinen.

Und Sol, die auf eigene Faust vorausgegangen war, musste hier um die Felsnase herumgesprungen sein, die Augen vor Schreck aufgerissen, mit dem Schrei »Gefährlicher Mann!«

Sol, die sich vor nichts und niemand fürchtete, war vor Angst wie von Sinnen gewesen.

Kolgrim hatte sofort begriffen, dass dies *die Stelle* war! Sogar die schlanken Birken standen da, auch wenn sie jetzt kein Laub trugen.

Natürlich hatte er das berauschende Pulver nicht auf die richtige Art eingenommen, aber ein wenig wirkte es trotzdem. Er fühlte, wie der Mut in ihm wuchs. Pah! Das da war ja wohl nichts, wovor man Angst haben musste!

Er weitete den Brustkorb und sog die Luft bis tief in die Lungenspitzen ein, atmete aus und ging mit zielsicheren Schritten auf die Felsnase zu …

Tarjei und die drei anderen hatten es glücklich geschafft, den Gletscher zu überqueren. Es hatte sie weit mehr Zeit gekostet, als sie ausgerechnet hatten, denn sie hatten wegen der breiten Gletscherspalten oft weite Umwege gehen müssen. Manchmal war die Schneedecke so brüchig gewesen, dass sie bis zu den Knien eingesunken waren. Und ein solcher Marsch kostet Zeit.

Aber jetzt hatten sie den Felsenpass zwischen zwei Berggipfeln erreicht. Der Wind heulte durch die enge Passage, und Schneegriesel peitschte gegen ihre Gesichter.

Zuerst sahen sie nichts, aber dann hörte das Schneegestöber auf, und das Tal des Eisvolks, das seit einem halben Jahrhundert verlassen war, lag vor ihnen.

Die Ruinen der Häuser konnten sie nicht sehen, denn sie wurden von Felsvorsprüngen verborgen. Aber sie sahen ein Stück des Sees und den firnigen Schnee auf der anderen Seite.

Tarjei stand eine Weile und ließ den Blick schweifen. Ein nagendes, beklemmendes Gefühl packte ihn.

Das war also, was man das Tal des Bösen nannte. Tarjei fand eine treffendere Bezeichnung: das Tal des Leidens.

Plötzlich zerriss ein Schrei die Stille, gar nicht weit von ihnen entfernt. Es war ein langgezogener, hohlklingender Ruf voller Angst und Entsetzen, der stoßweise kam, so als liefe derjenige, der ihn ausstieß, in hohem Tempo.

Zu spät, dachte Tarjei.

Und dann sahen sie ihn, Kolgrim, der in wilder Flucht den Abhang weit rechts von ihnen hinabstolperte, während er die ganze Zeit schrie und heulte, wahnsinnig vor Entsetzen.

»Kommt«, rief Tarjei, und sie begannen zu laufen, quer über den Abhang nach unten, um ihn einzuholen.

Tausend Gedanken rasten Tarjei durch den Kopf. Er hat die Stelle gefunden, dachte er. Aber was ist passiert? Er kann noch keine Zeit gefunden haben, das Gebräu zu kochen, dazu ist er zu kurz hier. Er muss dasselbe gesehen haben wie Sol damals.

Kolgrim hatte sie nicht entdeckt. Er rannte um sein Leben, fort von dem schrecklichen Anblick, auf den Abgrund zu, an dessen Rand er den Beutel abgelegt hatte.

Er musste ein Mittel zur Beruhigung haben ... musste das Bild aus dem Kopf kriegen. Musste stark werden.

Fieberhaft suchte er den Beutel, riss ihn auf und lief zum Bach, nahm eine große Handvoll Pulver und spülte es hinunter. Ein leichtes Unwohlsein hielt ihn davon ab, auch noch den Rest des Beutels in sich hineinzuschütten.

Er warf sich ins Gras. So, ja ...

Herrlich, jetzt begann er wieder das wunderbare Glücksgefühl zu spüren. Die Gleichgültigkeit. Die Selbstsicherheit ...

O Gott, er war unbesiegbar!

Kolgrim erhob sich und lief leichten Fußes auf den Abgrund zu. Er konnte fliegen, er fühlte es!

Und *jetzt* war er in der Lage, das fantastische Ritual zu vollziehen. Es gab nichts mehr, was ihn ängstigte.

Die Welt gehörte ihm. Er wurde von einer unbändigen Lust gepackt, die Arme auszubreiten und wie ein Vogel vom Rand der Klippe abzuheben …

Er erstarrte.

Stimmen?

Hier? In dieser Einöde?

Das entsetzliche Wesen, das er gesehen hatte? War es ihm gefolgt?

»Kolgrim!«

Nein, das war Tarjeis Stimme. Wie konnte das angehen? Tarjei hier? Nein, es war bestimmt das Pulver, das seine Sinne täuschte.

Aber dort oben, von der gegenüberliegenden Seite, kamen vier Männer auf ihn zugelaufen.

Zur Hölle auch!

Es *war* Tarjei. Und ein Stallbursche, Bård hieß er wohl. Und der Häusler Bergfinn. Was zum Teufel hatten die hier zu suchen?

Den jungen blonden Burschen dort hatte er noch nie gesehen. Wo hatten sie den denn aufgegabelt?

Oder … Moment mal! War das nicht der, der mit Mattias gekommen war?

Immer wieder Mattias!

Verdammter Mattias, verdammter Rotzbengel, sollte sein Schatten auch über diesem Tal liegen?

»Kolgrim, warte!«

Jetzt waren sie unten.

»Kommt nicht näher«, rief er ihnen zu. »Ihr könnt

mich sowieso nicht besiegen. Ihr seid bloß gewöhnliche Sterbliche. Ich, ich habe Satan selbst gesehen!«

Tarjei murmelte den anderen zu: »Er hat irgendein Pulver genommen. Wartet hier, ich werde versuchen, ihn aufzuhalten. Geht ein Stück zurück!«

Er ging ein paar Schritte näher, bis er außer Hörweite der drei anderen war.

»Wie hat Satan ausgesehen, Kolgrim?«

»Verdammt abscheulich«, sagte der Junge. »Er ist das Teuflischste, das ich jemals gesehen habe!«

Das *sollte* er ja wohl auch sein …

Tarjei hatte nicht geahnt, dass der kleine, freundliche Kolgrim so viele Flüche kannte.

»Er war viel kleiner, als du ihn dir vorstellst«, sagte der Junge mit starren, unnatürlich glänzenden Augen. »Klein und breit. Und er hatte eine schnabelähnliche Nase und stechende, giftgelbe Augen und … und er stand wie eine dunkle Silhouette oben auf dem Gipfel und …«

»Kolgrim«, sagte Tarjei ruhig. »Es war nicht Satan, was du gesehen hast. Es gibt keinen Satan. Du hast eine perfekte Beschreibung von Tengel dem Bösen gegeben, so wie Sol ihn damals hier gesehen hat. Und einmal als Erscheinung in einem Drogentraum.«

Kolgrim starrte ihn ungläubig an. »Woher willst *du* das denn wissen? Du bist doch bloß ein gewöhnlicher Mensch!«

»Großvater Tengel hat es mir damals erzählt, als er mir den Sack dort gab. Sol hatte ihm ihre Erscheinungen geschildert. Sol konnte bedeutend mehr als du.«

»Nehee«, sagte Kolgrim im Brustton der Überzeugung, »*ich* bin der Stärkste, der Größte! Ich kann fliegen. Pass nur auf, wie ich von der Klippe hier abhebe!«

»Halt, Kolgrim, bist du verrückt? Das ist nur der Rausch, begreifst du das nicht! Komm jetzt mit uns nach Hause! Das hier ist wirklich nichts, womit man spielt!«

Der Junge wurde störrisch. »Ich *spiele* nicht. Ich bin ein Auserwählter. Ich allein bin ein Auserwählter.«

»Ja, Kolgrim, das bist du«, sagte Tarjei ernst. »Und deshalb finde ich, dass du die fantastischen Möglichkeiten, die du hast, nutzen solltest, um ein neuer Tengel der Gute zu werden. Um so geliebt und bewundert zu werden wie er.«

Kolgrim fauchte: »Ich habe beileibe keine Lust, geliebt und bewundert zu werden, du bist ja so dumm, Tarjei! Was soll ich damit, wenn ich erreichen kann, dass alle mich fürchten, dass ich über die ganze Welt herrsche, dass ich töten kann, wen ich will, dass ich auf ihnen herumtrampeln und über ihre Angst lachen kann? Auch du wirst vor mir erzittern, Tarjei. Und alle daheim sollen vor mir kriechen. Geliebt und bewundert! So ein Quatsch! Was wollt ihr überhaupt hier?«

»Ich bin auf dem Dachboden von Gråstensholm gewesen«, sagte Tarjei sanft. »Und da habe ich dasselbe gefunden wie du. Auch ich habe begriffen, wo dieser Ort ist, an dem Tengel der Böse den Kessel vergraben hat. Kein Wunder, dass du und Sol ihn gesehen habt! Er muss schrecklich wütend geworden sein, dass jemand es herausgefunden hat. Er will ja schließlich nicht, dass der Kessel ausgegraben und der Fluch damit aufgehoben wird. Aber siehst du, *ich* bin kein Verdammter, also kann ich ihn nicht sehen. Deshalb werde ich das ganze Zeug ausgraben, damit die Sippe in Zukunft ihren Frieden hat.«

»*Nein!*«, ächzte Kolgrim, beinahe grün im Gesicht. »Das kannst du nicht tun! Dann verlieren wir doch unsere Kraft!«

»Ja, gebe Gott, dass ihr das tut, ihr armen Verdammten!«

»Wir Auserwählten«, berichtigte Kolgrim ihn stolz.

»Schluss damit! Gib mir jetzt den Sack zurück, damit wir endlich nach Hause können!«

»Der Schatz gehört mir! Den kriegst du niemals. Und ich werde Satan beschwören, denn ich habe keine Angst vor einem jämmerlichen Wiedergänger, ich bin nur davongerannt, weil er so plötzlich erschien. Er kann mir nichts anhaben. Denn ich werde der Größte sein, weißt du.«

»Kolgrim, um Gottes willen …«

»Komm nicht näher, ich warne dich – der du unsere Kraft zerstören willst, angestiftet von Satan selbst! Du weißt genau, dass ich fliegen kann! Ich kann dir entkommen, das ist ein Kinderspiel.«

Er nahm Anlauf, um vom Rand der Klippe zu springen.

Tarjei packte ihn an der Schulter. Die drei anderen stürzten herbei, um ihm zu helfen.

Kolgrim sah sich verzweifelt um, und bevor jemand

begriff, was da passierte, hatte er ein Messer hervorgezogen und es Tarjei in den Bauch gestoßen.

Tarjei starrte ihn in ungläubigem Entsetzen an, dann beugte er sich vor, wie um die Wunde zu schützen, während die anderen aufschrien und zu ihm stürzten. Und Kolgrim …

Ja, Kolgrim, der wahnsinnige Junge, der Weltenherrscher, sah sie alle an mit irrem Blick, und dann rannte er auf die Felsenkante zu. Triumphierend breitete er aus, was er für ein Paar Flügel hielt, die ihn hoch in die Lüfte tragen sollten.

Als er seinen Irrtum erkannte, flatterte er verzweifelt mit den Armen, während der Abgrund auf ihn zuraste. Sie hörten seinen kindlichen Angstschrei, lange, lange – bis er mit einem dumpfen Geräusch erstarb.

Damit hatte sich Hannas Weissagung erfüllt: Sols Familienzweig war ausgelöscht. Ihr einziges Kind, Sunniva, war vor vierzehn Jahren gestorben. Und hier lag ihr einziges Enkelkind, tot, nur vierzehn Jahre alt.

Es stimmte, was Hanna gesagt hatte – Sols Zweig war nur ein verdorrter Ast gewesen.

Die drei Männer versuchten, Tarjei aufrecht zu halten. Sie fühlten sich auf einmal so entsetzlich hilflos.

»Legt ihn hin«, sagte Kaleb, der Mattias bei der Pflege des armen Knut zwei Jahre lang zur Hand gegangen war. »Presst irgendwas auf die Wunde!«

Mutlos versuchte er, nach bestem Können den Blutstrom zu stillen. Lange saß er da und presste die Wunde zusammen, während Tarjei kreideweiß und still dalag und mühsam atmete.

Bård jammerte: »O nein, nein, nicht *Herr Tarjei!* Nicht er! Was soll denn dann bloß aus uns allen auf Gråstensholm und auf Lindenallee werden?«

Bergfinn sah mit hilflosen Augen zu den beiden anderen auf, verzweifelt flehend, nach einer Rettung suchend, die es nicht gab.

»Nein, nein! Nicht Herr Tarjei! Um Gottes willen, nicht er! Er ist doch der Beste, den wir haben!«

Sie begruben Kolgrim im Tal des Eisvolks. Es wäre sinnlos gewesen, die übel zugerichtete Leiche durch halb Norwegen nach Hause transportieren zu wollen.

Niemand von ihnen fiel auf, dass sie zusammen mit ihm eine seltsame, menschenähnliche Wurzel begruben, die um seinen Hals hing.

Die Alraune, die mindestens vierhundert Jahre hindurch in der Sippe vererbt worden war.

Aber hatte sie denn ihren Besitzern wirklich Glück gebracht? Was all den vor langer Zeit Gestorbenen widerfahren war, wusste niemand mehr. Und Hanna? Hatte sie ihr Glück gebracht? War ihr Tod nicht überaus grausam, schmerzhaft und brutal gewesen?

Und Sol, die sie von Hanna erbte? Die Alraune hatte ihr keinen Schutz gegeben. Und am allerwenigsten ihrem letzten Besitzer, Kolgrim, der noch nicht einmal sein Leben als Erwachsener begonnen hatte, als es auch schon aus und vorbei war.

Auch Tengel hatte die Alraune gehört. Welches Glück hatte sie ihm gebracht? Er hatte sich vor lauter Kummer selbst das Leben genommen.

Tarjei hatte die Alraune auch besessen. Hatte sie verhindern können, dass er seine geliebte Cornelia verlor? Hatte sie etwa das schreckliche Unglück, das nun passiert war, verhindert?

Nein, es war das Beste, dass die Alraune nun für immer in der Erde versank. Und falls sie wirklich, wie Sol es einmal behauptet hatte, sich aus Protest zu einer klauenartigen Hand zusammenkrümmte, dann konnte niemand etwas daran ändern. Denn die Männer waren schon auf dem Weg hinab durch das Tal des Eisvolks.

Sie hatten eine einfache Trage gebaut, auf der sie den tief bewusstlosen Tarjei mit sich trugen. Sie wagten kaum, ihn anzusehen, vor lauter Angst, dass er aufgehört haben könnte zu atmen.

Einmal drehten sie sich um und blickten zurück.

»Wir dürfen ihn trotz allem nicht verurteilen«, sagte Kaleb nachdenklich.

»Nein«, murmelten die anderen zustimmend. »Das dürfen wir nicht. Nicht so hart jedenfalls.«

Hoch über ihnen ragte der schroffe Felsen empor. An seinem Fuß befand sich nun ein kleines Grab. Einsam und allein würde Kolgrim hier ruhen.

Aber so einsam vielleicht doch nicht? Unten zwischen den Häusern gab es viele unsichtbare Gräber. Und das Tal des Eisvolks hatte einen eigenen Friedhof…

Kolgrim ruhte zwischen all seinen Ahnen aus vielen Jahrhunderten.

Plötzlich stürzte eine Windböe herab und ein wirbelnder Schneevorhang hüllte die Felsnase ein und verbarg sie. Sie drehten sich wieder um und setzten ihre schwere Wanderung fort.

8. Kapitel

Ziemlich rasch fanden sie den Weg heraus aus dem Tal des Eisvolks, und am Morgen, als der Fluss wegen des Nachtfrostes niedrig stand, passierten sie den Tunnel unter dem Gletscher. Langsam und vorsichtig und fast ohne ein Wort bugsierten sie die Trage hindurch.

Draußen stießen sie auf Kolgrims Pferd. Das erleichterte ihnen den weiteren Transport. Stumm wanderten sie über die weite Hochebene, suchten einige Zeit, bis sie den Weg hinab ins Tal fanden, und als sie wieder bei ihren eigenen Pferden angelangt waren, bauten sie eine neue, bessere Trage und befestigten sie zwischen zwei Pferden, auf denen sie ritten.

Auf diese Weise zogen sie Tag um Tag den unendlich langen Weg zurück, oft ohne zu wissen, ob Tarjei noch lebte oder schon tot war. Wenn sie auf heilkundige Menschen trafen und um Hilfe baten, erhielten sie als Antwort nur ein Kopfschütteln. Niemand konnte etwas tun.

Niemals zuvor hatten sie sich so niedergeschlagen und hilflos gefühlt! Drei einfache Männer aus dem Volk – und ein lebensgefährlich verletzter, großartiger junger Mann.

Viele, viele Tage später, in strömendem Regen, bogen sie in Tengels und Siljes Lindenallee ein.

Die Bestürzung und Trauer, die ihnen entgegenschlugen, als sie den Hof erreichten, war unbeschreiblich. Are schickte unverzüglich nach dem Bader, und Ares ganze Familie sowie Liv und Dag saßen wie versteinert an Tarjeis Krankenlager.

Damit hatten sie in ihren schlimmsten Albträumen nicht gerechnet! Tarjei – ihre Hoffnung , ihre Stütze, das herausragendste, leuchtendste Mitglied ihrer Familie.

Tarald schloss sich ein, wollte mit niemandem sprechen. Und die anderen konnten ihn verstehen. Es war *sein* Sohn, der dies alles verschuldet hatte, und dieser Sohn war nun tot. Sie konnten nur ahnen, was er empfinden mochte. Yrja teilte sich auf zwischen Mattias' Pflege und Taralds selbstgewählter Einsamkeit, treu wie immer.

Aber Liv hatte schon vor langer Zeit an Cecilie geschrieben. Über die Freude angesichts der Heimkehr von Mattias – und über den neuen Kummer, als Kolgrim weglief.

Dieses eine Mal hatte die Post ihr Ziel schnell erreicht. Und als Tarjei am zweiten Tag zu Hause lag, traf Cecilie mit ihrer ganzen Familie ein. Denn, wie sie zu Alexander gesagt hatte: »Jetzt *will* ich euch alle zusammen bei mir haben, ich will unsere hübschen Kinder vorstellen. Und ich will Mattias sehen, und außerdem brauchen sie uns jetzt, und ich werde gut achtgeben auf Gabriella und Tancred, wenn Kolgrim wieder auftaucht.«

Die Nachrichten, mit denen sie empfangen wurden, als sie ankamen, erschütterten sie zutiefst. Kolgrim tot – und Tarjei im Sterben!

Cecilie eilte zu ihm.

Dort waren alle versammelt. Tarjei lag kreidebleich im Bett. Ohne ein Wort bedeutete Cecilie dem Bader, er möge ihr Platz machen. Dann untersuchte sie die Wunde.

»Cecilie, du kannst doch nicht…«, sagte Liv.

Die Tochter drehte sich zu ihr um, mit Tränen in den Augen. »Einmal kam Tarjei uns zu Hilfe. Er hat mir meinen Alexander gerettet. Ein klein wenig habe ich damals gelernt. Und Tarjei und ich, wir standen uns immer sehr nahe.«

Mehrere Tage lang kämpften der Bader und Cecilie um Tarjeis Leben.

Am Abend des fünften Tages öffnete er zum ersten Mal wieder die Augen. Sofort wurden die erwachsenen Familienmitglieder gerufen.

»Tarjei, kannst du mich hören?«, fragte Cecilie.

Er hatte die Augen wieder geschlossen, nickte aber fast unmerklich.

»Kann ich etwas für dich tun? Für deine Gesundheit, meine ich?«

Er nickte wieder – es war nicht mehr als eine winzige Bewegung des Kopfes.

»Gibt es irgendein Medikament?«

Er runzelte die Augenbrauen, die Frage war offenbar nicht deutlich genug.

»Aus deinem Vorrat?«

Nein, offenbar nicht. Die kleine, kaum wahrnehmbare Kopfbewegung bedeutete ein unmissverständliches Nein.

Cecilie musste sich vortasten. »Willst du etwas haben?«

Winziges Nicken.

»Etwas zum Einnehmen? Aha. Etwas zum Trinken?«

Ja, das war richtig.

Sie zählte eines nach dem anderen auf. Nur Kopfschütteln.

Endlich traf sie ins Schwarze.

Cecilie war entsetzt. »Gewöhnlicher Branntwein? Was willst du damit?«

»Vielleicht will er sich für irgendwas stärken?«, fragte Alexander.

»Ja, natürlich, wie dumm von mir«, sagte Cecilie, aber sie spürte ihren Magen schwer werden wie einen Stein. Es war ein allzu schlechtes Zeichen.

Gemeinsam flößten sie ihm einige wenige Schlucke ein, dann ließ er erkennen, dass es genug sei.

Gleich darauf schlug er die Augen auf und sah sie alle an.

»Mikael ... soll alles ... haben ... was ... ich besitze«, flüsterte er mühsam.

»Aber Tarjei«, jammerte Liv.

Er schüttelte den Kopf, als Zeichen, dass sie still sein sollte.

»Aber nicht ... den geheimen ... Schatz ... des Eisvolks. Den ... soll ... Mattias ... haben.«

Liv schloss die Augen. Sie wäre es liebend gerne losgeworden, hätte am liebsten all dieses grässliche Zeug vernichtet, aber sie wusste, es wäre ungeheuerlich gewesen, darum zu bitten. Und es *war* ja auch ein unschätzbar kostbares Vermächtnis, das wusste sie nur allzu gut.

»Wir hören dich, Tarjei«, sagte Are. Die Mundwinkel des großgewachsenen Mannes waren vor Kummer erstarrt. »Möchtest du, dass wir Mikael zu uns holen? Soll er hier bei uns sein?«

»Nein. Nur zu Besuch. Begleitet sein Leben! Juliana… will ihn behalten. Sie ist gut. Mikael ist… der einzige Nachkomme… ihres Bruders. Deshalb will sie…«

»Wir verstehen. Sei gewiss, wir werden die Verbindung zu ihm nicht abreißen lassen.«

»Grüßt ihn… von mir… sagt ihm, dass… ich ihn lieb gehabt… habe… sehr lieb!«

»Das werden wir«, versicherte Cecilie. »Sobald es geht, werden wir nach Löwenstein reisen.«

»Danke! Und sagt Mattias… dass er einen… geeigneten Erben finden… muss.«

»Wir wissen es«, sagte Dag. »So einen wie dich.«

Da lächelte Tarjei.

Zwei Tage später war er tot. Achtundzwanzig Jahre, älter war er nicht geworden.

Sie waren wie gelähmt. Die große Hoffnung der Sippe, er, der sich einen weltbekannten Namen in der Forschung hätte verschaffen können, war dahingegangen.

Ihr geliebter Tarjei! Er *konnte* nicht tot sein, er konnte nicht! Nicht er!

Aber so war es.

Alle, die auf den Höfen lebten und arbeiteten, wollten an Tarjeis Begräbnis teilnehmen. Deshalb erbot Kaleb sich, daheim zu bleiben und auf die Kinder aufzupassen, sowohl auf die der Pächter als auch auf die der Dienstboten. Sie nahmen sein Anerbieten dankbar an.

Es war ein ganz schöner Haufen, um den Kaleb sich kümmern musste. Gut Gråstensholm wimmelte nur so von Kindern. Als die erste Befangenheit vorbei war, spielten sie und rannten herum wie Kobolde, ganz unangefochten von dem Begräbnis, das in der Kirche begangen wurde.

Aber sie gehorchtem ihm! Er war beinahe erwachsen, und seine ihm angeborene ruhige Art imponierte ihnen. Wenn er sah, dass sie zu stürmisch wurden oder zu weit fortliefen, brauchte er nur seine Stimme zu heben.

Sie waren wie Küken, die der Glucke folgten.

Tengels Nachkommen in der vierten Generation waren fast ausschließlich Jungen: Kolgrim, Mattias, Andreas, Mikael und Tancred. Nun war Kolgrim für immer gegangen, und Tarjeis kleiner Sohn Mikael war weit, weit fort.

Das einzige Mädchen dieser Generation war Gabriella, Tancreds Zwillingsschwester.

Kaleb verschaffte sich einen recht guten Überblick über die vier, die er aus der Familie zu hüten hatte. Ein Baron, ein Markgraf und eine Markgräfin – und ein kleiner Bauer.

Mattias kannte er ja schon. Andreas war ein gedrungener, kleiner Achtjähriger, der meist für sich allein spielte. Der vor sich hin lächelte, während er das Treppengeländer im Haus herunterrutschte, und der das wilde Spiel der anderen mit distanzierter Gelassenheit beobachtete.

Die Zwillinge waren sehr verschieden. Tancred war überall, lebendig, mutig und mit einem unmissverständlichen, schelmischen Glitzern in seinen dunklen Augen. Sein Haar war so dunkel, dass die ursprüngliche Kupferfarbe nur im Sonnenschein als Schimmer zu erahnen war.

Die kleine Gabriella, sieben Jahre alt wie der Bruder, hielt sich an Kaleb. Sie besaß eine Puppe, die sie auf die Treppe neben sich gelegt hatte und die sie »zu Bett« brachte, indem sie sie mit einem hübschen Spitzentaschentuch bedeckte. Zwischendurch sah sie immer zu Kaleb hinauf, um sich zu vergewissern, dass er noch da war.

Ihr Haar war ganz glatt und in zwei Zöpfen zusammengefasst, die die ganze Zeit auf das Bett der Puppe herunterfielen. Geduldig warf sie sie jedes Mal über die Schulter zurück. Ihr Haar war rabenschwarz und die Augenbrauen dunkelbraun – ein Erbe der Paladin-Familie.

Mattias kam und setzte sich an ihre Seite.

»Mama sagt, dass keiner auch nur ein böses Wort über Kolgrim gesagt hat«, sagte er nachdenklich. »Und das fand sie sehr schön. Alle sagen, dass es von der ganzen Familie um ihn am meisten schade ist. Dass er nichts dafür konnte, was er getan hat. Das glaube ich auch. Kolgrim war so lieb.«

Kaleb wusste nicht, was er darauf sagen sollte, also murmelte er irgendetwas Unbestimmtes dahin.

Mattias fuhr fort: »Und Brand und Matilda haben gesagt, das Letzte, was Tarjei vor seinem Tod sagte, war Cornelia, und dann hat er so glücklich gelächelt. Deshalb glaubt Matilda, dass er Cornelia wiedergesehen hat. Ich finde, das hört sich merkwürdig an. Aber auch schön. Was meinst du?«

Gabriella sah hoch zu Kaleb. Auch sie erwartete eine Antwort. Er war in Zugzwang, aber das Jenseitige war nicht gerade sein Metier.

Geschreie und Geweine irgendwo dahinten retteten ihn. Eines der Kinder von den Dienstboten war hingefallen. Jetzt kam der Kleine angehumpelt, eine Hand auf seinem aufgeschürften Knie und begleitet von einer ganzen Prozession, damit Kaleb ihn trösten sollte.

Kaleb, Mattias und Gabriella waren sofort zur Stelle. Mattias war auch so etwas wie ein Held, als Ältester der Kinder mit seinen fast elf Jahren. Und dann hatte er ja auch *Muskeln*!

Gemeinsam kümmerten sich die drei um das aufgeschlagene Knie, während die anderen Kinder sich um sie scharten.

Kaleb bemerkte, wie fürsorglich Gabriella sich der Wunde annahm.

»Du bist ja wirklich geschickt«, sagte er lobend. »Du solltest deine Zukunft der Pflege Verwundeter weihen.«

»Ich habe immer schon versucht, anderen zu helfen«, sagte sie ernsthaft, ohne ihn wegen der respektlosen Art, mit der er eine kleine Markgräfin ansprach, zu tadeln.

»Ich auch«, erwiderte Kaleb.

Der verletzte Junge griff nach dem feinen Spitzentaschentuch, mit dem die Puppe bedeckt war, und wischte sich Rotz und Tränen damit ab. Gabriella zuckte mit keiner Wimper. Der Junge konnte es brauchen. Das war die Hauptsache.

Die Familie kam nie wirklich über den Verlust Tarjeis hinweg. Der Kummer fraß sich tief in ihre Seelen. Ein Schmerz, der niemals gelindert werden konnte.

Und Tarjei nahm ein Geheimnis mit ins Grab. Er ebenso wie Kolgrim. Das Wissen darüber, was die Eisenkiste oben auf dem Dachboden von Gråstensholm enthielt.

Am Tag nach dem Begräbnis sagte Kaleb, dass er weiterziehen wollte.

»Aber wohin?«, fragte Dag völlig überrascht.

Kaleb zuckte die Schultern. »Muss wohl versuchen, irgendwo etwas zu lernen.«

»Warst du nicht der, der etwas für die unglücklichen Kinder tun wollte, die zu hart arbeiten müssen?«

»Ja, schon, aber das war ein Wunschtraum. Ich bin so unbedeutend, und ich habe keine Ausbildung.«

Dag musterte ihn mit seinen klugen Augen. »Du hast recht, der Wille allein nützt dir nicht viel. Du brauchst eine Stellung. Du musst von Bedeutung sein, um gehört zu werden. Leider ist es nun einmal so in unserer Gesellschaft. Und da hast du keine große Auswahl. Pastor vielleicht?«

»Nein«, sagte Kaleb starrköpfig.

»Nicht, aha. Und Geld hast du auch nicht. Amtsrichter kannst du nicht werden, dazu gehören sowohl ein Vermögen als auch ein langes Studium von Kindesbeinen an. Außerdem ernennt Seine Majestät sie am liebsten selbst. Vogt solltest du besser nicht werden, meine ich, der ist nicht gut angesehen. Nein, du hast wahrhaftig keine große Wahl! Vielleicht könnte ich etwas dafür tun, dass du Schreiber beim Landeshauptmann wirst. Oder Beisitzer oder Protokollführer oder so etwas. Wenn du nur einen Titel hast, sind die Leute beeindruckt. Und rechtskundig zu sein, das ist manchmal von großem Vorteil, denn man kommt doch hin und wieder in Situationen, die schwer zu meistern sind.«

Kaleb lächelte leicht. »Wie sollte ich wohl Schreiber werden können, wo ich doch nicht einmal lesen kann?«

»Ja, daran habe ich auch gerade gedacht«, lächelte Dag zurück. »Und warum gehst du nicht hier in die Lehre? Norwegen kann Männer gebrauchen, die sich der Wehrlosen annehmen. Meine Frau Liv kann dich lesen und schreiben lehren, und ich führe dich in die wichtigsten Gesetze ein. Aber du musst dir klar darüber sein, welcher Zukunft du entgegengehst! Der Kampf für Gerechtigkeit verschafft einem viele Feinde! Allzu viele Große werden ihr Recht verteidigen wollen, billige Arbeitskräfte zu beschäftigen, ihr Recht, sie wie Hunde zu behandeln. Hast du den Mut, dich dem Hass der Mächtigen auszusetzen?«

»Ich habe genug gesehen, was das Verhalten der Mächtigen betrifft. Ich fürchte mich nicht.«

»Gut! Dann hast du unser aller Unterstützung, in jeder Hinsicht. Willst du?«

Kaleb war überwältigt. Aber nachdem er den Schock einigermaßen überwunden hatte, sagte er voller Begeisterung ja. Doch er bestand darauf, seinen Lebensunterhalt auf dem Hof zu verdienen. Das wurde ihm gewährt. Und so zog er in das Zimmer von Mattias, der sehr froh darüber war, und alle waren zufrieden.

Eines Tages beschloss Dag, dass die beiden Jungen ihn auf eine Reise nach Kongsberg begleiten sollten.

Liv war besorgt. Die traurigen Ereignisse hatten Dag besonders zugesetzt, wo er doch schon vorher nicht ganz gesund gewesen war. Oft hatte er plötzliche Anfälle von Atemnot und Herzbeschwerden.

»Willst du wirklich fahren, Dag?«

Aber er sah jung und fröhlich aus. »Diese Sache beschäftigt mich kolossal, Liv, das weißt du. Schließlich geht es um unseren kleinen Mattias, nicht wahr? Und um viele, viele andere Jungen wie ihn.«

Sie sah den Eifer in seinem Gesicht und musste sich geschlagen geben.

Also fuhren die drei nach Kongsberg, wo Dag die Herren der Gerichtsbarkeit gut kannte. Es wurde ein ordentliches Gerichtsverfahren anberaumt, und die Angeklagten waren Nermarken und Hauber.

Beide leugneten natürlich. Waren unschuldig wie neugeborene Lämmer. Kinder in den Gruben? Gott bewahre, nein! Kommt doch, und seht selbst!

Das hätten sie nicht sagen dürfen.

Das Gericht nahm sie beim Wort. Die beiden Angeklagten fürchteten sich trotzdem nicht, denn sie hatten allen Grubenarbeitern angedroht, dass sie ihre Arbeit verlieren würden, und Schlimmeres, wenn sie auch nur das Geringste über irgendwelche kleinen Jungs in der Grube verlauten ließen!

Nun war ja Dag von Meiden nicht der zuständige Obergerichtsherr in Kongsberg, aber er war es, der die beiden Männer angeklagt hatte. Als Großvater eines der beiden Kinder hatte er das Recht dazu. Er war die ganze Zeit dabei, und seine Position wog schwer. Das Gericht vertraute seinem Urteil vorbehaltlos. Aber vertraute es den Jungen?

All die gesetzeskundigen Männer nahmen Mattias und Kaleb mit hinunter in die Grube, nachdem sie die beiden zuerst gründlich verhört hatten. Wie sah es dort unten aus? Beschreibt uns die Grube! Beschreibt den Raum, in dem ihr gehaust habt! Erzählt, wie es euch gelungen ist zu fliehen!

Nermarken und Hauber jaulten auf. Ein bösartiger Arbeiter habe den Jungen die Ohren mit all dem Zeugs vollgeheult, um den Vorgesetzten das Messer an die Kehle zu setzen!

Aber die Jungen beschrieben äußerst genau jede Einzelheit in der Grube, berichteten sogar von Details, die man normalerweise gar nicht bemerkt hätte.

Das Gericht beriet sich. Natürlich hatte keiner der Arbeiter gewagt, etwas zu bezeugen. Aber sie hatten die Worte der Kinder auch nicht bestritten. Sie verweigerten ganz einfach jede Aussage. Und allein das sprach ja schon eine deutliche Sprache.

Die Beschreibung der Jungen stimmte bis ins kleinste Detail. Sie hatten sogar jeden einzelnen Hauer beim Namen nennen können. Und das Gericht ordnete an, dass man das Feuer im Ofen löschte, und schickte einen kleinen dünnen Mann in die Esse hinauf, der bestätigte, dass man auf diesem Wege hinausgelangen könne – obwohl niemand verstand, wie sie den todkranken Knut hatten mitschleppen können. Das Gitter am Ausstieg war natürlich wieder eingemauert worden, aber es war noch deutlich zu sehen, dass das erst kürzlich geschehen war.

Den abschließenden Beweis jedoch erbrachte Kaleb. Er konnte die Stellen zeigen, an denen Søren und einige andere Knaben in der Grube begraben waren. Sofort wurden Spaten herbeigeschafft – und damit waren Nermarken und Hauber definitiv ihrer Verbrechen überführt.

Natürlich versuchten sie, sich gegenseitig die Schuld in die Schuhe zu schieben, aber es half nichts. Beide wurden ohne Gnade gehängt.

Das allerdings mussten die Jungen nicht mit ansehen. Auch nicht, dass ein doppeltes Seil nötig war, um Nermarken aufzuknüpfen. Und trotzdem ächzte der Galgen bedenklich unter seiner Last.

Wie sich zeigte, war es nicht üblich, dass Kinder in Stollen oder Gruben unter Tage schuften mussten. Das war nur hier der Fall gewesen, und auch nur zur Zeit der beiden gewissenlosen Halunken.

Aber Dag ermunterte Kaleb trotzdem, seine Arbeit fortzusetzen. Es gab so viele Arbeitsplätze, auf die man ein Auge haben musste. Überall wurden Kinder eingesetzt. Schuften mussten sie, von tiefschwarzer Nacht bis spät in den Abend, und selten oder nie wurden sie für ihre Arbeit entlohnt.

Ein Jahr nach dem Gerichtstag in Kongsberg hatte Dag seinen ersten Schlaganfall.

Er erholte sich danach wieder, beschloss jedoch, sein Amt als Bezirksrichter aufzugeben und daheim zu bleiben. Auf diese Weise konnte er Kaleb auch mehr beibringen.

Liv war froh, dass sie ihren Mann nun daheim hatte und ihn umsorgen konnte.

Aber sie und Are sorgten sich auch noch um etwas anderes. Juliana von Löwenstein und Scharffeneck war inzwischen Witwe geworden. Im Jahre 1635 starb der Oberkommandant. Im Jahr darauf hatte sich Juliana erneut vermählt, mit dem großen schwedischen Heerführer Johan Banér, und war ihm eine Zeit lang ins Feld gefolgt. Die Tochter Marca Christiana und der kleine Mikael waren auf Schloss Löwenstein zurückgeblieben. Und der Abstand zwischen den Briefen wurde immer größer …

»Ich will meinen Enkelsohn nicht ganz verlieren«, sagte Are. »Ich möchte ihn so gerne einmal sehen. Er ist doch Tarjeis Sohn! Und ich will ihm erzählen, was Tarjei auf seinem Totenbett gesagt hat.«

Also schrieb Liv an Cecilie. Und wie immer war sie gern bereit zu helfen.

So kam es, dass Are eines Tages mit einem nagelneuen Reisekoffer in Kopenhagen am Kai stand und von Cecilie und Alexander begrüßt wurde. Der bodenständige Landmann Are war in sein feinstes Lodenzeug gekleidet, und er fühlte sich überaus verloren in dieser großen Welt – wo er doch niemals weiter gekommen war als ein seltenes Mal bis Christiania.

Aber Cecilie und ihr Mann gaben ihm das Gefühl, zu Hause zu sein, und nahmen ihm alle ungewohnten Formalitäten ab.

Und nach einigen Tagen in ihrem Heim traten alle drei die lange Reise nach Niedersachsen an.

Sie waren entsetzt darüber, wie verwüstet das arme Deutschland war. Are sah ihrer Ankunft in Löwenstein mit großer Unruhe entgegen. Er wagte kaum zu hoffen, dass das Schloss immer noch stand.

Aber das tat es.

Und die Begegnung zwischen dem dreijährigen Mikael und seinem Großvater war rührend. Trotz offensichtlicher Sprachschwierigkeiten fanden die zwei sofort zueinander. Juliana war heimgekehrt, weil das Leben im Feld sehr anstrengend war und sie sich nicht ganz wohlauf fühlte. Sie blieb daheim, solange die Gäste im Schloss weilten.

Mikael hatte schwarzes, glänzendes und fast glattes Haar mit einem leichten Kupferschimmer, anmutig geschwungene, ernste Augenbrauen und riesengroße dunkle Augen. Natürlich ähnelte er zu einem großen

Teil seiner Mutter Cornelia, aber sein Gesicht trug unübersehbar die Züge des Eisvolks, und Cecilie beharrte darauf, dass er ein Abbild von Tancred in dem Alter sei, was Alexander allerdings sehr übertrieben schien. Juliana erzählte kleine Anekdoten über den Jungen, und sie ließen vermuten, dass er ein Talent für rasche Schlussfolgerungen und einen gefestigten Charakter hatte.

Das war ein Glück, denn für Letzteres war Cornelia nicht gerade bekannt gewesen.

Die dreizehnjährige Marca Christiana und der kleine Mikael schienen sich gut zu vertragen. Das Mädchen legte eine rührende Fürsorge für den kleinen Pflegebruder an den Tag, der ja eigentlich der Sohn ihrer Cousine war. Marca Christiana war ein lebhaftes und intelligentes Kind. Vielleicht nicht gerade entwaffnend hübsch, aber in jeder Hinsicht sehr ansprechend. Are mochte sie sofort.

Er und die beiden anderen blieben drei Wochen. Er wollte die Gesellschaft seines Enkels so richtig genießen. Aber schließlich musste er zur Ernte zurück, und Alexander und Cecilie sehnten sich nach ihren Kindern.

Are umarmte den kleinen Mikael fest und lange, aber er hatte den Eindruck, dass die Entfernung nun, wo er den Jungen gesehen hatte, nicht mehr ganz so groß war. Sie waren einander nähergekommen, schien ihm.

Und Juliana versprach, bald mit dem Jungen nach Norwegen zu kommen, damit er das Elternhaus seines Vaters kennenlernte.

Are kam die Lindenallee heraufgefahren. Er fühlte sich jetzt wie ein erfahrener Reisender. Er war draußen in der Welt gewesen. Das waren nicht viele im Kirchspiel Gråstensholm. Ganze zwei Monate war er fortgewesen, mit all den Fahrten und Aufenthalten. Viel zu erzählen hatte er seiner kleinen Familie – Brand, Matilda und Andreas.

Kaum war er in die Allee eingebogen, sah er es.

Die Linde, die so lange trockengestanden hatte, war fort. Nur ein dunkler Stubben war noch übrig.

»Dag!«, sagte er heiser. »O mein Gott, es ist Dag!«

Ja, Dag war nicht mehr da. Es war so schnell gegangen, erzählte Liv. Ein neuer Schlaganfall, von dem er nicht mehr erwacht war. Er konnte nicht viel gemerkt haben – damit tröstete sie sich.

Am Tag nach seiner Heimkehr stand Are zusammen mit Liv auf dem Friedhof.

Liv schob ihre Hand unter seinen Arm.

»Jetzt sind wir ganz allein, nur noch du und ich, kleiner Bruder.«

Der kleine Bruder, der einen ganzen Kopf größer war als seine Schwester, sagte: »Ja. Weil wir vom Eisvolk sind. Zäh und stark. Wir haben viele einsame Jahre vor uns.«

»Das war es, was Vater nicht ertragen konnte. Deshalb entschloss er sich, gemeinsam mit Silje aus dem Leben zu scheiden.«

Are nickte nur.

»Viele haben wir verloren, du und ich«, sagte Liv wehmütig. »Kinder und Enkelkinder. Alles nur wegen dieses bitteren Fluchs. Weißt du, Are, als Dag uns verließ, da verspürte ich eine solche Sehnsucht, ihm zu folgen.«

»Das kann ich gut verstehen. Ich habe genauso gefühlt, als Meta starb. Aber unsere Kinder und Enkelkinder brauchen uns. Wir sind jetzt ihr einziger Halt.«

»Ja, ich weiß. Und nun ist unser Maß an Tragödien doch sicher voll, meinst du nicht?«

»Ja. Jetzt sollte es für eine Weile genug sein.«

Liv war in Gedanken versunken. »Weißt du was, Are? Seit vielen Jahren habe ich Angst um Dag gehabt. Ich wusste, dass seine Zeit ablief. Und ich war überzeugt, wenn er stirbt, dann breche ich zusammen. Aber tatsächlich bin ich jetzt viel ruhiger. Voller Trauer – aber ruhiger.«

»Ja, das ist ganz natürlich.«

Sie schwieg. Dann sagte sie: »Wir haben doch so viel, über das wir uns freuen können, nicht wahr?«

»Und ob wir das haben!«

Liv sagte vorsichtig: »Ich habe das Gefühl, Brand und Matilda verstehen sich gut.«

»Ja, es geht viel besser als erwartet. Matilda ist eine prachtvolle Frau. Und deine Kinder sind auch gut verheiratet.«

»Das sind sie wirklich! Yrja habe ich schon immer sehr gemocht, und Alexander ist ein wunderbarer Mann.« Etwas zögernd fügte sie hinzu: »Cecilie hat einmal etwas angedeutet… woraus man schließen könnte, dass sie anfangs einige Schwierigkeiten miteinander hatten, aber es schien nichts zu sein, was ihre gegenseitige Zuneigung betraf … Nein, ich bin daraus nicht schlau geworden, und ich wollte auch nicht nachfragen. Eltern sollten sich nicht in alles einmischen, dieser Meinung war ich schon immer.«

Sie blieben vor dem Familiengrab derer von Meiden stehen. Wieder wanderten ihre Gedanken zu Dag.

»Wie ich sagte, ich habe es ja schon lange geahnt, dass es passieren würde«, sagte Liv. »Die Linde, weißt du.«

»Ja. Ich habe mir unsere eigenen Lindenbäume angesehen, Liv. Die beiden letzten, die von den acht noch übrig sind. Sie sind gesund und stark, alle beide.«

»Ja. Ich danke dem Herrgott dafür, dass Mutter es geschafft hat, Vater aufzuhalten – so dass er nicht noch mehr Linden in der Allee verhexen konnte.«

Sie musste plötzlich lachen. »Seltsam, daran zu denken. Jetzt bin ich der einzige Mensch auf der ganzen Welt, der das Tal des Eisvolks gesehen hat. Als es dort noch Häuser und Menschen gab, meine ich.«

»Ja. Wie geht es übrigens Kaleb?«

»Er hat zumindest eine solide Basis. Er hat sehr schnell lesen und schreiben und rechnen gelernt. Und Dag konnte ihm in diesen drei kurzen Jahren noch unglaublich viel beibringen.«

»Will er studieren?«

»Es gibt keine Schule, die ihn aufnehmen würde. Aber Dag hatte bereits dafür gesorgt, dass er eine Anstellung am Gemeindegericht erhält. Eine untergeordnete Stellung natürlich, aber Kaleb will versuchen, sich langsam hochzuarbeiten.«

»Ein guter Junge, der Kaleb.«

»Ja, das ist er. Mattias und er sind so enge Freunde. Gut für Mattias, dass er ihn hier hat, sonst wäre er ziemlich einsam. Natürlich kommt Andreas manchmal von Lindenallee herauf, und dann kannst du darauf wetten, dass die drei Jungen ihren Spaß haben! Andreas ist ja ansonsten auch ziemlich allein, oder nicht?«

»Das ist er wohl, ja. Leider haben wir ja die Angewohnheit, nur wenige Kinder zu bekommen. Nicht allen gelingt ein solches Kunststück wie Cecilie – zwei Kinder auf einen Schlag. Wirklich praktisch, das muss ich schon sagen!«

Liv hing ihren eigenen Gedanken nach. Inzwischen waren sie an den Gräbern des Eisvolks angelangt. »Weißt du, worüber ich lange nachgedacht habe?«

»Nun?«

»Gråstensholm ist so groß. Und ich bin ganz allein in Dags und meinem Teil des Hauses. Ich habe mir überlegt, dass ich Kaleb vorschlagen will, zu gegebener Zeit ein Heim hier zu gründen – nicht jetzt, er ist noch zu jung –, ein Heim und eine Schule für Kinder, deren Arbeitskraft ausgebeutet wurde.«

Are sog die klare Luft ein, in der schon ein Hauch des Herbstes lag. »Auf Gråstensholm? Der Gedanke ist etwas ungewöhnlich, aber ... Wir werden sehen.«

Sie blieben stehen und betrachteten den großen Grabstein von Tengel und Silje, auf dem auch Sols Name eingemeißelt war. An seiner Seite war ein weiterer Stein aufgestellt worden. Auf ihm war zuoberst eine freie Stelle, wo einmal Ares Name stehen würde, darunter folgte Metas Name. Als Nächstes waren Tarjeis Lebensdaten eingraviert und ganz unten die von Trond.

Im Mausoleum derer von Meiden war nun auch Kolgrims Name eingemeißelt. Aber weder er noch Sol noch Trond ruhten auf diesem Friedhof. Sie alle waren eines schlimmen, jähen Todes weitab von daheim gestorben. Sie alle waren Verdammte gewesen – ausgestoßen aus der Gemeinschaft. Aber ihre engsten Familienangehörigen wollten, dass man ihrer als gewöhnliche, wohlangesehene Menschen gedachte. Deshalb hatten auch ihre Namen hier ihren Platz gefunden.

Im Jahr 1640 starb Juliana. Ihr Gatte, Johan Banér, behielt ihre Tochter Marca Christiana und den kleinen Pflegesohn Mikael bei sich, als er kurz darauf eine neue Ehe einging. Er war allerdings schwer lungenkrank nach all den Strapazen des Krieges und hatte nicht mehr lange zu leben. Seine Kinder aus der neuen Ehe und die beiden aus der Ehe mit Juliana gab er in die Obhut eines Schwagers.

Nach dem Tode Banérs versuchten Are und Liv, Tarjeis kleinen Sohn wiederzufinden. Aber sie wussten nicht, wer dieser Schwager war, und so viele Briefe und Anfragen sie auch verschickten, gelang es ihnen doch nicht, den Schwager oder die Witwe Banérs, deren Namen sie nicht kannten, ausfindig zu machen. Irgendjemand schrieb, sie sollten in Estland suchen, aber wie hätten sie ihren Enkel in diesem großen Land ausfindig machen sollen, ohne jeden weiteren Anhaltspunkt?

Außerdem begingen sie den Fehler zu glauben, dass dieser Schwager ein Bruder von Banérs Gattin sei – irgendjemand hatte sie auf diese Idee gebracht. Aber das war falsch. Der Schwager war der Gatte von Johan Banérs Schwester. Doch es hätte ihnen auch nicht viel geholfen, wenn sie es gewusst hätten. Denn die Angehörigen dieser Sippe waren über viele Länder verstreut, weil die meisten der männlichen Familienangehörigen als Offiziere in Kriegsdiensten standen.

So rissen alle Verbindungen zu dem kleinen Mikael ab.

Ihr einziger Trost war, dass er immer noch den Namen Mikael Lind vom Eisvolk trug. Irgendwann einmal würden sie ihn wiederfinden, hofften sie.

Und wenn nicht …? Der Gedanke ließ sie erzittern. Denn in seinem Blut trug er den Fluch des Eisvolks.

ZWEITER TEIL

Gabriella

9. Kapitel

Gabriella Paladin drehte und wendete sich vor dem Spiegel.

»Ich bin so flach, Mutter«, klagte sie. »Schaut nur! Obenherum ist nichts!«

Cecilie blickte von ihrer Handarbeit auf. Sie lächelte wissend, erkannte die kritische Musterung aus ihren eigenen Jugendjahren wieder.

»Das kommt noch«, sagte sie beruhigend. »Du bist doch gerade erst siebzehn geworden!«

»Aber all die anderen Mädchen haben viel mehr. Und seht nur meine Nase! Die ist doch ganz unmöglich!«

»Mit deiner Nase ist alles in bester Ordnung. Du bist sehr süß, Gabriella.«

»Das sagt Ihr nur, weil Ihr meine Mutter seid. Ach, was wird Simon nur sagen?«

»Simon hat die Absprache, die zwischen seinen Eltern und uns getroffen wurde, mit Dankbarkeit akzeptiert«, erwiderte Cecilie. »Aber mit eurer Hochzeit müsst ihr bis Neujahr warten, bis er seine Ernennung zum Hauptmann erhalten hat.«

»Ich halte nicht viel von derartigen Absprachen, Mutter. Man kann ja nie wissen, ob die Gegenseite willig ist oder nicht.«

»Es waren *seine* Eltern, die den Vorschlag unterbreiteten«, erinnerte Cecilie. »Neben einigen anderen Eltern, die dich ebenfalls gerne als Schwiegertochter gesehen hätten.«

»Ja, aber das sagt noch nichts darüber aus, was Simon denkt. Ich habe keine Lust, mein halbes Leben mit dem Gefühl zu verbringen, halbwegs *unerwünscht* zu sein!«

»Was ist das für ein Unsinn, Gabriella! Hat Simon dir gegenüber jemals etwas Derartiges durchblicken lassen?«

»Nein, das nicht. Aber wie kann man das *wissen*?«

Gabriella betrachtete sich erneut im Spiegel. Versuchte das glänzende schwarze Haar zu bändigen, bekam es aber nicht hin. »Warum habe ich keine Locken, so wie die meisten in der Familie? Schaut Euch nur diese Pferdemähne an! Und er ist so elegant …«, murmelte sie. »Glaubt Ihr wirklich, dass er mich mag, Mutter?«

»Und ob er das tut«, versicherte Cecilie und behielt die Gerüchte für sich, die ihr vor einigen Tagen zu Ohren gekommen waren. Darüber, dass Simon, den sie nach langer und sorgfältiger Suche für Gabriella ausgewählt hatten, eine Affäre mit einer rangniedrigen Hofdame gehabt haben sollte. Einer ziemlich leichtlebigen Dame noch dazu. Die Gerüchte hatten sie und Alexander durchaus erschüttert, sie hatten eine ganze Nacht wachgelegen, und gestern hatte Alexander den jungen Mann zu sich rufen lassen und ihn um eine Erklärung gebeten.

Simon schwor bei seiner Ehre als Offizier, dass alles

nur übles Geschwätz sei und dass er ihre Tochter tief und aufrichtig liebe.

Und es war ja auch eine Ehre, sich mit einer Paladin zu vermählen. Cecilie selbst hatte damals nicht begriffen, wie groß diese Ehre war, als sie Alexander den waghalsigen Vorschlag unterbreitete, er solle sie heiraten und damit die ihnen beiden drohende Katastrophe ein für alle Mal abwenden. Hätte sie es gewusst, hätte sie diesen Vorstoß wohl niemals gewagt. Aber dieser Gedanke ließ sie erstarren. Ein Leben ohne Alexander? Unvorstellbar.

Simon selbst stammte aus bester Familie, ein nicht mehr ganz taufrischer Bursche, aber mit besten Zukunftsaussichten. Seine Familie war nicht besonders wohlhabend, aber das war für Cecilie und Alexander nicht so wichtig. Die Hauptsache war, dass Gabriella sofort für ihn entflammt war, als sie einige junge Offiziere zur Probe einluden. Nach kurzer Bedenkzeit hatte sie ihrem Vorschlag zugestimmt, dass er ihr künftiger Gatte sein sollte.

Und Simons Eltern waren ganz begeistert gewesen! Eine Markgräfin – wie wunderbar! Und das Vermögen der Paladins war schließlich auch nicht zu verachten.

Cecilie versuchte, ihre Tochter mit den Augen Außenstehender zu betrachten – was einer Mutter gewiss nicht gerade leichtfiel.

Sie war flach gebaut, das war unbestreitbar. Ihr Körper war kantig, und sie bewegte sich nicht sehr graziös. Hielt den Kopf etwas geneigt, als wäre sie schüchtern – und das war sie genau genommen wohl auch.

Sie war vielleicht nicht gerade anziehend – nein, das nicht. Aber wenn man sie eine Weile kannte, entdeckte man ihre vielen Vorzüge.

Gabriella zeigte dieses langsame Lächeln, das einer wunderschönen Quelle entsprang, tief in ihrer Seele verborgen, und das deshalb einige Zeit brauchte, um an die Oberfläche zu gelangen. Dann aber leuchtete es in den dunklen Augen auf und ließ das schmale, fast magere Gesicht aufstrahlen. Sie war immer freundlich – aber auf eine kantige, unbeholfene Weise, als wäre sie sich immer ihrer ganzen Unzulänglichkeit und all ihrer Nachteile bewusst. So verhielten sich viele junge Mädchen, und Gabriella würde es sicher eines Tages verlieren, dachte Cecilie.

Sie hatte ihre Tochter sehr sorgfältig erzogen, denn Cecilie war selbst eine sehr sensible Frau. Aber auf eines hatte sie großen Wert gelegt: Keine Liebesaffären vor der Hochzeit! In ihrem Innern eingebrannt war ihre eigene leidenschaftliche Erfahrung von damals – und das sollte einer Tochter des Eisvolks niemals wieder passieren! Die Frauen des Eisvolks, ebenso wie die der Familie von Meiden, hatten eine Neigung, den Männern nachzugeben, die sie liebten. Und oft hatte eine solche schwache Stunde ganz betrübliche Folgen gehabt. Etwas Derartiges sollte der scheuen, verletzlichen Gabriella nicht widerfahren. Deshalb hatte Cecilie ihr strenge Predigten gehalten über Keuschheit und Moral. Manchmal fand sie selbst, dass sie sich wie eine alte Jungfer anhörte, aber sie hatte solche Angst, solche Angst, dass ihr kleines Mädchen würde leiden müssen.

Simon war in Ordnung. Er war reif und stark und würde ein guter Schutz sein, ein sicherer Fels für die junge Gabriella.

Tancred kam hereingestürmt, wollte irgendetwas aus seinem Zimmer holen. Seine Kameraden warteten draußen, erklärte er in aller Eile.

Mit ihm gab es keinerlei Probleme. Immer fröhlich und lustig, immer mit einem kecken Spaß auf den Lippen. Er hatte bereits eine Stellung bei Hofe, mit dem altertümlichen Titel »Page«. Sie betrachteten ihn dort als eine Art Mastkalb, auf das man vielleicht große Hoffnungen setzen konnte.

Tancred war sehr begehrt auf dem Heiratsmarkt, o ja! Am eifrigsten gebärdeten sich die Mütter der jungen Damen. Er war schließlich eine sehr gute Partie, sah darüber hinaus noch unverschämt gut aus und war atemberaubend charmant. Aber Alexander und Cecilie sahen keinen Grund für eine schnelle Verlobung. Jungen zu verheiraten, das war noch nie schwer gewesen. Mädchen dagegen …

Er kam aus seinem Zimmer zurück und stellte sich hinter seine Schwester, die sich immer noch mit übertriebener Selbstkritik im Spiegel betrachtete.

»Mhm, nicht übel«, sagte Tancred mit schräg gehaltenem Kopf. »Ganz und gar nicht übel! Ich habe schon schlimmere Vogelscheuchen gesehen!«

Gabriella, deren Gesicht einen Moment lang aufgeleuchtet hatte, warf mit der Haarbürste nach ihm, aber er hatte sich blitzschnell in Sicherheit gebracht.

Die Bürste hätte beinahe den Diener getroffen, der

gerade mit einem Brief hereintrat. Er verzog keine Miene.

»Entschuldigung, Wilhelmsen«, sagte Gabriella kleinlaut, aber mit einem unterdrückten Lachen. »Das galt meinem Bruder.«

»Gewiss, Comtesse.«

Er überreichte Cecilie den Brief.

»O, der ist von Mutter«, sagte sie. »Ach, Gabriella, mir schlägt jedes Mal das Herz bis zum Halse, wenn ein Brief von daheim kommt. Obwohl es dort nun schon seit vielen Jahren ruhig ist. Darüber bin ich sehr froh. Sie haben wirklich verdient, dass es ihnen gutgeht, nach der ganzen schrecklichen Zeit. Die Tragödien häuften sich ja schon. Auch Tarald ist ruhiger geworden, es sieht so aus, als habe er all das Schlimme überwunden. Und Mutter klingt in jedem Brief so froh und optimistisch, sie lässt sich nicht unterkriegen. Ich hoffe wirklich, dass auch diesmal nur Gutes drinsteht …«

Sie öffnete den Brief voll ängstlicher Erwartung, las ihn und lachte hin und wieder leise.

»Nun? Was steht drin?«, fragte Gabriella und setzte sich.

»Mutter schreibt, dass Mattias zu Weihnachten heimkommt. Er ist jetzt beinahe ein fertig ausgebildeter Arzt …«

»Das ging ja schnell«, sagte Gabriella.

»Mattias ist sehr gewissenhaft, wie du weißt. Er hat unglaublich diszipliniert gelernt. Er ist nicht so glänzend begabt, wie es Tarjei war, aber sein Talent ist ausreichend. Und außerdem hat er etwas, das für einen Arzt mindestens ebenso wertvoll ist: Er hat ein warmes Herz, und das spiegelt sich in seinen Augen wider. Das hatte Tarjei natürlich auch, aber nicht in demselben offensichtlichen Maße wie Mattias.«

»Ja, ich erinnere mich an Mattias' Augen«, sagte Gabriella. »Sie wärmen bis tief in die frierende Seele.«

»Deine Seele friert doch wohl nicht«, lächelte Cecilie, während sie weiterlas.

»Manchmal schon«, sagte Gabriella still.

Wenn ich mich überflüssig fühle, dachte sie. Wenn ich das Gefühl habe, dass ich nichts wert bin, dass ich nur um meiner selbst willen existiere. Wir Frauen haben ja in der Gesellschaft keinen großartigen Platz, den wir ausfüllen könnten. Na, jedenfalls als Ehefrauen sind wir unverzichtbar, möchte ich meinen.

»Doch, ja«, stimmte ihre Mutter zu, die immer noch bei der frierenden Seele war. »Als junger Mensch geht es einem hin und wieder so. Kaleb ist auch zurückgekommen …«

»Kaleb?« Gabriella forschte in ihrem Gedächtnis. »Ach der, ja. Ein langbeiniger, ziemlich derber Junge aus der unteren Gesellschaftsschicht. Aber auf eine raue Art nett. War er nicht blond?«

»Ja. Aber er ist kein Junge mehr. Mutter schreibt weiter nichts über ihn.«

»Ich habe ihn nicht mehr gesehen seit … Ja, es muss jetzt zehn Jahre her sein. Himmel, wie die Zeit läuft.«

»Und das aus deinem Munde«, lächelte Cecilie.

»Aber warte nur, du! Je älter du wirst, desto schneller läuft die Zeit.«

»Das ist ja nicht gerade ein Trost«, sagte Gabriella.

Einen Monat vor Weihnachten saßen die beiden zusammen und nähten eifrig an Gabriellas Aussteuer. Die Mitgift des Mädchens war überaus reichlich; Alexander fand, dass er sich die Eheschließung seiner einzigen Tochter ruhig etwas kosten lassen konnte.

Cecilie war der Ansicht, dass er mit seinen großen Geschenken die Kinder zu sehr verwöhnte. Aber er liebte die beiden so unendlich, dass Cecilie es manchmal mit der Angst bekam. Was, wenn ihnen ein Unglück zustieße? Das würde ihn für den Rest des Lebens zerbrechen.

Gar nicht zu reden von ihr selbst …

Aber warum sich jetzt mit solchen Gedanken belasten, wo doch das Haus vor fröhlicher Erwartung nur so summte?

Sie hatten Einladungen versandt und die Unterbringung all der Gäste geregelt, die sie zur Hochzeit erwarteten, darunter auch königliche Gäste. Auch der zukünftige Wohnsitz des jungen Paares stand bereits fest.

»Simon möchte einen kurzen Weg zur Offiziersmesse«, sagte Gabriella. »Sonst hätte ich es vorgezogen, auf dem Lande zu wohnen. Kopenhagen ist so laut und schmutzig. Ach, Mutter, ich bin so ängstlich, dass ich das alles nicht schaffe!«

»Mit der Hochzeit? Das wird ganz wunderbar, du wirst sehen.«

»Nein, ich dachte ein wenig weiter. Typisch für Mütter, nur bis zur strahlenden Hochzeit zu denken«, sagte Gabriella altklug und ungerecht. »Die ganze Ehe! Ich will versuchen, *wirklich* versuchen, Simon glücklich zu machen. Er verdient eine gute und treue Gattin.«

»Findest du, dass er nett zu dir ist?«

»O ja! Nett und höflich. Ich glaube, er respektiert mich, Mutter.«

Ein vages Gefühl ließ sie manchmal wünschen, dass er sie nicht ganz so sehr respektieren möge, aber diesen Gedanken verdrängte sie rasch wieder. Gabriella war streng zu einem anständigen Leben erzogen worden, und sie duldete keine frivolen Gedanken in ihrem Kopf.

Sie seufzte hingerissen. »Ach, ich bin ja so aufgeregt! So gespannt! Wenn ich nur diese verwünschte Hochzeit schon hinter mir hätte …«

»Aber Gabriella!«

»Entschuldigung! Als ich ihn das letzte Mal traf, sagte er, dass Gelb mir gut steht. Tut es das?«, fragte sie unsicher.

»Ganz ausgezeichnet.«

Wilhelmsen erschien in der Tür. »Seine Durchlaucht bitten Ihre Durchlaucht für einen Moment in den Salon.«

»Ich komme«, sagte Cecilie und erhob sich. »Sieh zu, dass du endlich mit dem Monogramm fertig wirst, Gabriella, und sitz nicht da und träume! Der Kissenbezug wird ja ganz schmuddelig! RP – R für Simons Namen und P für Paladin. Ist das denn so schwer?«

»R ist so ein schwieriger Buchstabe, es macht solche Mühe, ihn schön zu sticken. Hätte er nicht stattdessen einen Namen mit I haben können? Ach, Mutter, ist die Hochzeitsnacht schlimm?«

Leicht schockiert über die Frage ihrer Tochter dachte Cecilie an ihre eigene, sehr ungewöhnliche Hochzeitsnacht zurück – mit dem Schachbrett mitten im Bett und dem Blutfleck, den Alexander auf dem Laken arrangiert hatte.

Unbewusst lächelte sie. »Aber nein. So eine Hochzeitsnacht kann sehr schön sein.«

Gabriella blickte ihrer Mutter verwundert und nicht weniger schockiert nach, als diese den Raum verließ.

Im Salon stand ein befreundeter Offizier, sehr bleich, neben Alexander. Nie zuvor hatte Cecilie ihren Gatten so düster und grimmig gesehen.

»Was gibt es?«, fragte sie.

Alexander sagte mit gepresster Stimme: »Unser Freund bringt schlechte Nachrichten. Simon hat sich nach Deutschland abgesetzt. Mit der bewussten Hofdame, du weißt schon. Ohne uns ein Wort zu hinterlassen.«

Cecilie konnte es zuerst gar nicht glauben. Ihr Verstand weigerte sich zu begreifen, was seine Worte bedeuteten.

Der Offizier sagte zugeknöpft: »Seine Offiziersehre und sein Rang wurden ihm natürlich aberkannt. Wir haben es bis heute auch nicht gewusst. Er hatte sich einem Kameraden anvertraut, der uns Bericht erstattete. Mir schien, ich sollte Euch umgehend unterrichten. Ihr habt unser volles Mitgefühl.«

»Danke«, murmelte Cecilie. Langsam ging ihr die ganze furchtbare Wahrheit auf. »O mein Gott, Gabriella! Wie sollen wir ihr …«

»Nicht nötig«, antwortete ihre Tochter, die an der Tür stand. Ihre Stimme klang seltsam tonlos. »Ich habe es mit angehört. Es macht nichts, liebe Eltern. Ich habe sowieso nie richtig daran geglaubt.«

Sie wandte sich um und wollte den Raum verlassen, als Tancred plötzlich hereinkam. Sein sonst so fröhliches Gesicht war rot vor Verzweiflung.

»Ihr habt es bereits gehört, wie ich sehe. Zwei deiner Freundinnen haben es mir erzählt, Gabriella. Sie versicherten mir ihr tief empfundenes Mitgefühl, aber dann lachten sie! Sie haben meine liebe Schwester ausgelacht, Vater, und ich musste davonlaufen, um sie nicht zu schlagen.«

In seiner Aufregung dachte er nicht daran, dass er ja Salz in Gabriellas Wunden streute. Mit einem Aufschluchzen lief sie in ihr Zimmer hinauf.

»Aber Tancred!«, sagte Cecilie beklommen. »Hättest du nicht ein bisschen diskreter sein können?«

»Vergebt mir! Ich wollte nicht … Ich gehe zu ihr hinauf.«

»Nein, tu das nicht! Sie weiß, was du fühlst, du hast es ja deutlich gezeigt. Ich glaube, sie muss jetzt eine Weile allein sein. Wir sind alle tief betrübt darüber. Aber vielleicht ist es am besten so, wie die Dinge sich jetzt entwickelt haben.«

»Das glaube ich auch«, sagte Alexander, aber er war ganz grau im Gesicht. »Simon war offenbar nicht der Richtige für sie. Und dass sie nicht die Richtige für ihn war, das hätte ich ihm wohl vergeben können – wenn er es nur gesagt hätte! Gelegenheit dazu hat er genug gehabt. Schon am Anfang hätte er sagen können, dass er an einer anderen mehr interessiert war. Und als ich ihn damals fragte, ob die Gerüchte über ihn und die Hofdame stimmten … Da hat er es geleugnet! Stattdessen wartet er bis zur letzten Minute. Damit die Demütigung für Gabriella so schlimm wie nur möglich ausfällt. Und dann verschwindet er einfach. Nimmt den leichtesten Ausweg. Für so viel Feigheit habe ich kein Verständnis.«

»Das werde ich Gabriella genau so erklären«, sagte Tancred feierlich. »Denn das war absolut richtig. Ich glaube, das wird sie ein wenig trösten.«

Alexander drehte sich zum Fenster und sah hinaus. »Mein armes kleines Mädchen! Wir alle verstehen sicher, wie sehr das schmerzt.«

Der Freund nickte. »Ich bedaure sehr, dass ich mit einer solchen Nachricht kommen musste. Aber ich wollte nicht, dass Ihr es durch Gerüchte erfahrt.«

»Dank Euch, dass Ihr gekommen seid«, sagte Cecilie. »Es ist ja immer so, dass die Betroffenen ein Gerücht als Letzte hören. Und was Simon angeht, so wird er wohl bald zu spüren bekommen, dass er doch nicht den einfachsten Ausweg gewählt hat, ganz im Gegenteil! Ich glaube, jetzt kannst du hinaufgehen zu Gabriella, Tancred. Wir kommen später nach.«

Gabriella verlosch gleichsam nach dieser Wende der Ereignisse. Sie war schon immer wenig selbstsicher gewesen, und das wurde nach diesem Schlag nicht besser. Sie traute sich nicht aus dem Haus, und es half nicht, dass die Familie sie aufzumuntern versuchte und ihr alle Liebe und Rücksichtnahme angedeihen ließ. Sie lächelte nur dankbar und versuchte fröhlich und unbefangen zu wirken, aber ihr Lächeln erreichte niemals ihre Augen.

Alexander litt mit ihr.

»Was sollen wir nur tun, Cecilie? Ihr einen neuen Ehemann zu beschaffen, dürfte im Moment doch wohl sinnlos sein, meinst du nicht?«

»Das würde sie nicht verkraften, das wäre zu viel für sie. Sie würde niemals an seine Liebe glauben. Nein, ich finde, sie sollte für eine Weile fort von hier. Hier fühlt sie sich nur verspottet.«

»Du meinst, nach Norwegen?«

»Zu Mutter, ja. Liv ist jetzt einsam, trotz Taralds lieber Familie. Ich weiß, dass sie Vater schrecklich vermisst. Gabriella und sie können einander eine Hilfe sein, glaube ich. Und dort hat Gabriella Mattias und Andreas, die sind in ihrem Alter. Mattias kann Wunder bei Menschen bewirken.«

»Wir werden sie fragen.«

Die Tochter nahm den Vorschlag zwar ein wenig zurückhaltend, doch dankbar an. »Aber schreibt zuerst an Großmutter und fragt sie! Ich möchte nicht ungelegen kommen.«

Sie war so überängstlich geworden, bloß niemandem im Wege zu sein, die kleine Gabriella.

Als es auf Weihnachten zuging, holte Mattias von Meiden den kleinen Schlitten heraus und legte dem Pferd das Geschirr mit den Glöckchen an. Dann fuhr er los, um nach einem alten, schwerkranken Mann zu sehen.

Mattias nannte sich Arzt, so wie Tarjei es vor ihm getan hatte. Sie hatten dieselbe Ausbildung gemacht, in Tübingen, aber Tarjei hatte mehr geforscht und ein gründlicheres Studium absolviert. Mattias war mehr daran interessiert, den Menschen unmittelbar und konkret zu helfen.

Zuerst hatten alle gesagt, dass er eigentlich Geistlicher werden müsste. Seine sanften Augen und seine beruhigende Wirkung auf Menschen verpflichteten ihn fast schon dazu, meinte man.

Aber Mattias fühlte sich nicht dazu berufen. Er hatte lange darüber nachgedacht, wie sein künftiges Leben aussehen sollte. Er war nun der einzige Erbe von Gråstensholm. Aber auch der Beruf des Gutsherrn war nicht das Richtige für ihn. Sein Vater Tarald dagegen war wie geboren dafür.

Schließlich kam er zu der Erkenntnis, dass er als Arzt am meisten für seine Mitmenschen tun könnte – für die Benachteiligten in der Gesellschaft. Nicht, dass er eine besondere Veranlagung für den Arztberuf gehabt hätte, aber vieles konnte man ja auch lernen.

Außerdem besaß er den Arzneimittelvorrat des Eisvolks, den er von Tarjei geerbt hatte. Das verpflichtete.

Nun wurde man in Norwegen nicht »Arzt«. Man

wurde Bader oder Feldscher. Wollte man ein richtiger Doktor werden, musste man ins Ausland gehen. Deshalb ging er auch nach Tübingen. Und als sie an der Universität erfuhren, dass er ein naher Verwandter des legendären Tarjei Lind vom Eisvolk war, konnte er das Studium in einem Rekordtempo absolvieren, nur aufgrund der Verwandtschaft.

Aber genau genommen spielte sein merkwürdiger guter Einfluss auf andere auch eine Rolle dabei.

Nun, wie dem auch sei. Es war jedenfalls ein ungewöhnlich junger Arzt, der im Jahr 1645 nach Gråstensholm heimkehrte. Einundzwanzig Jahre war er alt, der Mattias, und er hatte sich zu einem nicht sehr groß gewachsenen, sanften und freundlichen jungen Mann herausgemacht, mit blaugrünen Augen und kupferfarbenem Haar, das sich nun nur noch in den Spitzen ein wenig wellte. Sein Lächeln konnte die Härtesten erweichen und die Kältesten dahinschmelzen lassen.

Er war wahrhaftig ein merkwürdiger Junge. Und Mutter Yrja war furchtbar stolz auf ihn. Tarald, der mit der Zeit seine Gewissensqualen überwunden hatte, die daher rührten, dass er Kolgrim nicht ebenso sehr hatte lieben können wie seinen jüngsten Sohn, zeigte Mattias seine Zuneigung nun ganz offen. Aber der Junge hatte seinen Vater die ganze Zeit verstanden und seine Zurückhaltung respektiert. Denn Tarald war wohl in den allerersten Jahren unnötig hart zu Mattias gewesen – nur damit Kolgrim sich nicht benachteiligt oder übergangen fühlen sollte.

Es hatte nur nichts genützt. Kolgrim war, wie er

war. Viele Jahre lang ein Wolf im Schafspelz. Als er die Maske fallenließ, hatte er vielen großes Unglück gebracht. Mattias, Tarjei … und Dag. Zweifellos hatte Dags Gesundheit durch Kolgrims letzte Untaten einen schweren Schlag erlitten.

Und der Kummer, den er ihnen allen bereitet hatte! Besonders verbittert war Tarald, der schon Sunnivas entsetzlichen Tod und das lange, rätselhafte Verschwinden von Mattias hatte aushalten müssen.

Während Mattias in seinem Schlitten dahinfuhr, begleitet vom rhythmischen, gedämpften Klingeln der Glöckchen, dachte er an das Wiedersehen mit Kaleb. Das war ziemlich schockierend gewesen.

Kaleb war inzwischen ein erwachsener Mann von siebenundzwanzig Jahren. Aber von dem früheren Idealisten in ihm war nicht mehr viel übrig. Stattdessen traf Mattias einen harten und verbitterten Mann.

Nach einigen Jahren als Schreiber am Gemeindegericht hatte Kaleb beschlossen, dass er versuchen wollte, auf eigenen Füßen zu stehen und seinen Jugendtraum zu verwirklichen. Die Gemeinderichter, die ihren Schreiber kaum beachtet hatten, ließen ihn gehen.

Seitdem hatte Kaleb wirklich alles getan, um Kinder vor einer Arbeit zu bewahren, die ihnen schadete. Aber überall traf er auf Widerstand. Niemand wollte auf ihn hören, insbesondere da diejenigen, die die Macht gehabt hätten, etwas zu ändern, meist selbst Kinder für sich arbeiten ließen. Und wenn er hart gegen brutale Arbeitgeber vorging, machte er sie sich zum Feind – und sie waren mächtig.

Wenn nur Amtsrichter Dag von Meiden noch gelebt hätte!

Und noch einen anderen alten Traum hatte er fallenlassen müssen. Als junger Bursche, in der Grube und danach, hatte er sich oft ausgemalt, wie er sich ein gutes, einfaches, bodenständiges Mädchen suchen und heiraten würde. Aber die Frauen, denen er bei seinen Hilfsbemühungen für die unglückseligen Kinder auf den Straßen und in den Elendsquartieren begegnete, waren nicht von der Art, die man heiratete. Kaleb hatte einen weiten Bogen um sie gemacht. Desillusioniert hatte er ein ziemlich schiefes Bild von jungen Mädchen erhalten – sie hatten nichts mit seinen Traumbildern zu tun. Absolut nichts!

Sicherlich war es ihm geglückt, einige Kinder aus der Sklaverei zu befreien – denn etwas anderes war das nicht. Aber wofür? Sie trieben sich doch nur herum, oder sie bettelten und stahlen auf der Straße.

Schließlich war das letzte aufgesparte Geld verbraucht, und er selbst war so deprimiert, dass er unbedingt wieder unter normale Menschen musste. Er schrieb an Liv, die immer seine Freundin gewesen war, und fragte, ob er sie besuchen dürfe. Natürlich schrieb sie augenblicklich zurück, dass er willkommen sei. Auf Gråstensholm angekommen, brach Kaleb vor Erschöpfung zusammen. Die ersten Tage saß er einfach nur in einem Sessel, und Liv ließ ihm Zeit, sich auszuruhen.

Er war so bitterlich enttäuscht, dass er sich ihres Vertrauens nicht würdig erwiesen hatte.

»Jetzt hör mir mal zu«, sagte Liv resolut. »Mein Mann Dag, den du so sehr bewundert hast, hat in seinen jungen Jahren gegen dieselben Windmühlen gekämpft wie du. Er versuchte die Bedingungen für die Arbeiter im Sägewerk zu verbessern – und traf auf erbitterten Widerstand. Damals musste er aufgeben, er war zu jung und unerfahren. Du bist also nicht der Einzige.«

Kaleb erwiderte nichts. Er nickte nur dankbar. Er war ein sehr kräftiger Mann geworden, mit markanten, fast erschreckend klaren Gesichtszügen unter dem hellen Haar. Seine Augen leuchteten ebenso blau wie früher, aber der Eifer, der Lebensfunke, die Arbeitslust waren daraus verschwunden. Nun waren sie nur noch misstrauisch zusammengekniffen und schmal. Es macht keinen Menschen glücklich, wenn er die ganze Zeit nur auf Widerstände trifft.

Das war der Kaleb, den Mattias bei seiner Heimkehr antraf. Es schmerzte den jungen Arzt, seinen Freund so verändert zu sehen – als Zyniker, ohne jeden Glauben an die Menschen.

Mattias besuchte den alten Mann und gab ihm ein Stärkungsmittel. Viel mehr konnte er nicht für ihn tun; der alte Körper war ganz einfach erschöpft.

Der Alte wollte etwas sagen. »Mein Junge«, sagte er mit zitternder Stimme. »Kannst du, der du so sanfte Augen hast, nicht etwas für mein Enkelkind tun?«

Mattias' Stimme war immer freundlich-munter, so als ob er fast übersprudelte vor eingesperrter Lebensfreude, vor Liebe zu allem Lebendigen und zum Leben selbst. »Worum geht es denn?«

»Die kleine Eli... Sie arbeitet da bei dieser Nygård-Bäuerin. Und ich glaube, es geht ihr nicht gut. Sie sieht so mager und blass aus. Und sie ist schon seit vielen Tagen nicht mehr hier gewesen... wo sie doch sonst immer bei mir vorbeischaut.«

»Ich werde auf dem Heimweg mal nach ihr sehen.«

»Gott segne dich dafür«, sagte der Greis erleichtert.

Mattias kannte die Bäuerin auf dem Nygårdhof seit seiner Kindheit. Eine unglaublich geizige Frau, die alles an sich raffte, was sie nur greifen konnte, ohne auch nur einen Schilling dafür zu bezahlen. Schmarotzte, wo es nur ging. Mattias bezweifelte genau wie der Alte, dass die kleine Eli – die er nicht kannte – es besonders gut auf dem Hof hatte.

Seine bangen Ahnungen hatten ihn nicht getäuscht. Aber, dass es *so* schlimm stand...

Die Bäuerin war Witwe, und die Kinder hatten den elterlichen Hof verlassen. Als Mattias hereinkam, hörte er ein schwaches Stöhnen vom Bett her, obwohl er eine Frauengestalt am Fenster gesehen hatte, als er auf den Hof fuhr.

»O, o«, stöhnte jemand. »O, ich armes Weib!«

Er ging hinüber zu dem Bett, in dem die Nygård-Bäuerin lag und aussah, als müsse sie sterben. Aber unter der Felldecke schauten die Schuhspitzen hervor.

»Nun, wie sieht es aus, gute Frau?«

»Ach, dem Himmel sei ewiglich gedankt, da kommt ja der liebe Dokter! Hier lieg ich nun, ich armes Weib, krank und hilflos, keiner kümmert sich, dies faule Stück von einer Magd hat keine Lust nich, morgens aufzustehen und mir zu helfen! O, ich hab ja solche Schmerzen, solche Schmerzen!«

»Wo tut es denn am meisten weh?«, fragte Mattias, während er sich umschaute. Die Tür zu einer Kammer neben der Küche stand einen Spalt offen, er konnte ein Bett sehen, in dem offensichtlich jemand lag. Von dort drinnen kam kein Laut.

»Ahh, es sticht hier in der Seite, und…«

»Darf ich mal fühlen?«

»Nee, nee«, rief die Frau erschrocken, denn ihr fiel ein, dass sie ja vollständig angezogen war. »Nee, o, der Kopf tut am schlimmsten weh. Es hämmert und klopft und schmerzt da drin, dass ich es nich aushalten tu! Kein Auge nich hab ich zugetan heute Nacht, und…«

»Ich werde Euch ein Pulver geben, das hilft. Aber es ist ziemlich teuer«, sagte Mattias, der sich einen kleinen Spaß machen wollte.

»Nee, ach nee, ich kann doch nich dem Dokter seine kostbare Medizin nich aufbrauchen! Gibt es denn kein Mittel nich, das ein bisschen mehr umsonst ist? Eine kleine Prise, die übriggeblieben ist…?«

»Im Moment nicht.«

Sie seufzte. »Ach, wenn der Dokter doch bloß einer armen, einsamen Frau eine neue Magd besorgen möchte, eine, die nich so selbstsüchtig und nachlässig is wie die da, ich wollt ihm ja so was von dankbar sein. Die da frisst mir ja bloß die Haare vom Kopf, will mehr als einmal am Tag Brot, die…«

»Ihretwegen bin ich gekommen. Ihr Großvater hat mich geschickt.«

Mattias war während ihrer Jammertirade aufgestanden und ging auf die Kammer zu. Die Bäuerin schrie ihm hinterher:

»Glaubt der da bloß nix, die lügt, wenn sie nur den Mund aufmacht!«

Ein schmächtiges junges Mädchen lag in dem Bett – oder sollte man besser sagen: in dem Lumpenhaufen? Ein paar riesige Augen blickten ihn unglücklich an.

Sie war so klein und mager, dass er ihr Alter nicht bestimmen konnte. Ihr Haar war dünn und struppig, von einer unbestimmbaren Farbe, und das Gesicht schien nur aus Augen zu bestehen. Wie ein kleines Kalb, das gerade eben in eine Welt hineingeboren war, von der es nichts verstand.

»Bist du Eli?«, fragte er.

»Ja«, flüsterte sie atemlos.

»Hast du irgendwo Schmerzen?«

Das Mädchen schüttelte den Kopf. Mattias sah auf ihre Hände. Sie waren rot und aufgesprungen von Arbeit und Kälte und so schwielig wie eine Männerfaust. Sie schien einfach unterernährt zu sein.

»Komm«, sagte Mattias.

Er hob sie mit beiden Armen hoch. Sie war leicht wie ein Vogelküken. Da sie nur ein Nachthemd trug, nahm er auch ihre einfachen Kleider mit.

»Was macht der Dokter denn da?«, kreischte die Alte, die sich vergessen hatte und nun in voller Kleidung im Bett saß.

»Ich nehme das Mädchen mit mir, sie soll keine Stunde länger hierbleiben«, sagte Mattias milde. Dann fügte er mit freundlich-besorgter Stimme hinzu: »Und Ihr steht jetzt besser auf. Es schickt sich nicht für gesunde Menschen, sich hinzulegen und zu faulenzen.«

Dann ging er mit Eli auf den Armen hinaus, setzte sie in den Schlitten und packte sie warm ein.

Als Nächstes schaute er nochmal bei ihrem Großvater herein.

»Ich nehme Eli mit nach Gråstensholm«, sagte er. »Dort kann sie bleiben, bis sie wieder etwas zu Kräften gekommen ist. Schickt sie nur nicht wieder auf den Nygård-Hof, sie hat dort viel zu schwer arbeiten müssen!«

»Gott segne dich«, sagte der Alte wieder.

10. Kapitel

Eli wurde in ein großes Bett mit weißen Laken und einer leichten Daunendecke gelegt. Ihr schmächtiger Körper versank beinahe in all der Pracht. Ihre Augen wurden immer größer.

Aber vorher hatte Liv sie gebadet und das dünne Haar gründlich mit Seife gewaschen, damit sie »allein im Bett liegen« sollte, wie Liv es ausdrückte. Dann hatte sie einen großen Becher Milch und eine Schüssel Fleischbrühe bekommen.

Sie lag eine Weile da und sah hinauf zu der weißen Zimmerdecke. Dann schlief sie mit einem kleinen Seufzer ein – einem Seufzer der Erleichterung, aber auch ein klein wenig der Angst. Sie hatte aufgehört, an Märchen zu glauben.

Liv stand an ihrem Bett und betrachtete sie. Sie spürte, wie sich ihre Brust wieder mit einer tiefen Wärme füllte, nach all den Jahren frostiger Einsamkeit. Denn trotz allem war sie einsam gewesen, seit sie Dag verloren hatte. Kein Kind und kein Enkelkind kann den Lebenspartner ersetzen.

Aber jetzt hatte sie etwas anderes Wertvolles erhalten: eine Aufgabe, die zu erfüllen war.

Sie rief Mattias und Kaleb zu sich. Ihre Augen funkelten vor Eifer.

»Was meint ihr, Kinder? Soll Eli der Anfang sein

von dem, worüber wir vor langer Zeit einmal gesprochen haben? Dass wir einen Teil von Gråstensholm zu einem Heim und einer Schule für solche unglücklichen Kinder umbauen?«

»Ja, Großmutter, das lasst uns tun«, sagte Mattias ebenso eifrig. »Wir arbeiten ja alle drei für dieselbe Sache.«

Kaleb hatte nicht den gleichen starken Glauben an das Projekt. Seine Stimme war hart und abwehrend, als er erwiderte: »Das führt zu nichts. Sie gehen ja doch nur einer Zukunft in Armut und Elend entgegen.«

»Jetzt hörst du dich an wie ein richtiger Miesmacher, Kaleb«, sagte Liv. »Wir können es doch wenigstens versuchen! Oder willst du, dass wir Eli auch vor die Tür setzen?«

»Nein, natürlich nicht. Wie alt ist das Mädchen eigentlich?«

Liv dachte nach. »Sie wurde wohl im selben Jahr geboren wie … lass mich überlegen … Ja, sie müsste jetzt sieben sein.«

»Sieben Jahre?«, sagte Mattias beklommen. »Und wir können nur raten, wie schwer die Nygård-Bäuerin sie hat schuften lassen.«

Kaleb war nachdenklich geworden. »Meintet Ihr das wirklich ernst, was Ihr über ein Heim hier gesagt habt, Frau Baronin?«

»Das meine ich seit langem ernst.«

»Und wie viele …?«

»Nicht zu viele, sonst ist es ja kein richtiges Zuhause für sie. Für den Anfang habe ich zwei kleinere

Zimmer, die ich entbehren kann. Eines für Jungen, das andere für Mädchen. Zwei Betten haben in jedem Zimmer Platz. Vier Kinder also. Wir fangen damit an und warten mal ab, wie es geht. Es lohnt nicht, zu weit vorauszuplanen.«

Kaleb sagte ziemlich barsch, so als wollte er sich von seiner eigenen Idee oder besser seiner eigenen Weichherzigkeit distanzieren: »In dem Fall weiß ich zwei Jungen, die ich gerne retten möchte. Der eine erledigt die Arbeit eines ausgewachsenen Mannes bei einem Kohlenhändler; die Lasten, die er schleppen muss, brechen ihm fast das Rückgrat. Ihr solltet den kleinen Kerl sehen, wie er im Zickzack über die Straße wankt, bis zum Zusammenbrechen beladen mit einem Kohlensack, der größer ist als er selbst! Ich habe ihn da rausgeholt, aber es gab keinen Ort, wohin er hätte gehen können, und kaum hatte ich den Rücken gedreht, hatte der Kohlenhändler ihn sich zurückgeholt. Er ist ungefähr zehn Jahre alt. Der Junge hat einen klugen Kopf, aber er ist vollkommen eingeschüchtert und traut sich nicht, etwas anderes zu tun, als zu gehorchen. Er hat keinerlei Verwandte.«

»Den nehmen wir«, sagte Mattias. »Und der andere?«

»Er ist taub, und seine Familie benutzt ihn für ihren Lebensunterhalt. Das ganze Jahr über steht er an einer Straßenecke in Christiania und bettelt, mit einem großen Schild auf der Brust, auf dem steht TAUBSTUMM. Wenn er ohne Geld heimkommt, setzt es Prügel. Er wird grün und blau geschlagen und friert erbärmlich jetzt im Winter. Ich hatte ihm ein paar Handschuhe geschenkt, aber am nächsten Tag stand er wieder da mit blaugefrorenen Händen. Seine Eltern hatten die Handschuhe verkauft – und außerdem wirkte es nicht elend genug, wenn er mit so schönen Fäustlingen an den Händen bettelte.«

»Hol ihn her«, sagte Liv.

Kaleb und Mattias fuhren nach Christiania und holten die beiden Jungen. Leicht war es nicht. Der Kohlenhändler tobte, und der Junge selbst war völlig verschreckt und hätte sich am liebsten verkrochen.

Er schwankte zwischen den beiden Männern und seinem Sklaventreiber hin und her, je nachdem, wer gerade sprach. Aber letztlich sorgten Mattias' Lächeln, sein Doktortitel und die Tatsache, dass er ein echter Baron war, dafür, dass der Kohlenhändler sich geschlagen gab. (Und nicht zuletzt wohl auch die Silbermünze, die ihm zugesteckt wurde.)

Die Eltern des taubstummen Jungen veranstalteten ein Heidenspektakel, weil man ihnen ihren geliebten Sohn rauben wolle. Was nichts anderes bedeutete als: ihre beste Einnahmequelle. Aber sie riefen nicht nach der Obrigkeit, o nein, davor hüteten sie sich wohlweislich. Und da sie dreizehn Kinder hatten und Mattias ihnen Geld für den Jungen bot, gaben sie ziemlich schnell auf.

Auf dem Rückweg sagte Mattias:

»Es ist wirklich schlimm, wenn Eltern auch noch Geld dafür nehmen, dass man ihren Kindern hilft!«

»Ich mache mir keine Illusionen mehr über die Menschen«, sagte Kaleb.

Sie hatten die beiden Jungen in den Schlitten gesetzt und sie in ein warmes Fell eingepackt. Da hockten die beiden nun und musterten einander skeptisch. Sie waren ungefähr gleichaltrig; der kleine Bettler sah sehr heruntergekommen aus, aber von dem anderen konnte man sich nur schwer einen Eindruck verschaffen, denn er war schwarz von Kohlenstaub.

»Wie heißt du?«, fragte er.

»Nikodemus«, sagte der Betteljunge.

»Was?«, riefen Kaleb und Mattias wie aus einem Munde. »Du kannst sprechen? Und hören?«

»Klar«, sagte der kleine Nikodemus. »Aber Mutter und Vater haben mir verboten, das zu verraten. Man kriegt nämlich mehr Geld, wenn man taubstumm ist.«

Die beiden Männer waren sprachlos.

»Gut, dass wir ihn da rausgeholt haben«, sagte Mattias.

»Ja«, nickte Kaleb. »Bevor sein moralisches Empfinden gänzlich verdorben werden konnte.«

Nikodemus wärmte sich die frostgeplagten Hände unter dem schönen weichen Fell. Er war entsetzlich mager und hatte Blutergüsse im Gesicht. Die Augen des anderen Jungen hatten einen skeptischen, beinahe toten Ausdruck – etwas, das ihnen bei einem Zehnjährigen ganz und gar nicht gefiel.

Liv tat es sichtbar gut, so junge Menschen ins Haus zu bekommen, und sie freute sich darauf, ihnen geben zu können, was sie vorher nicht gekannt hatten: gutes Essen, ein gemütliches Zimmer und Fürsorge. Als sie den kleinen Per von all dem Kohlenstaub saubergeschrubbt hatten, zeigte sich, dass er ein magerer, sehniger und muskulöser kleiner Kerl war, mit Haaren so fein und seidig wie Kükenflaum, und einem unglaublichen Appetit. Insgeheim nannten sie ihn »Drosselküken«. Noch misstrauisch angesichts all des Neuen und Aufregenden und ein wenig eingeschüchtert von der fremden Umgebung krochen die Jungen ins Bett – dankbar, dass sie einander hatten. Im Zimmer nebenan lag die kleine Eli, still wie eine kleine Maus. Sie hatte noch nicht viel gesagt, seit sie hier war. Ein gehauchtes Dankeschön ab und zu, das war alles.

Und dann traf Gabriella ein.

Der Kutscher hatte sie am Kai in Christiania abgeholt. Stumm und in sich gekehrt saß sie im Schlitten auf dem Weg nach Gråstensholm. Irgendeine Freude über den Besuch bei der Großmutter fühlte sie nicht. Aber zumindest war sie weit fort von Dänemark …

Wie sie dort so in den Pelz eingehüllt saß und die beißende Winterkälte auf den Wangen spürte, dachte sie wie schon so oft in den vergangenen Tagen: Ich wünschte, ich könnte sterben. Wozu lohnt es denn noch zu leben?

Keine Menschenseele auf der ganzen Welt scherte sich doch darum, ob Gabriella Paladin lebte oder tot war!

Die Kufen glitten lautlos durch den Schnee, der die

Huftritte des Pferdes dämpfte. Das Bimmeln des einzigen Schlittenglöckchens trug kaum ein paar Meter in die Stille des Waldes hinein. In den Baumwipfeln sang der Wind sein klagendes Lied. Mein Gott, wie trostlos sich das anhört, dachte sie. Soll ich niemals mehr froh werden?

Die Dämmerung hatte schon begonnen, die Luft indigoblau zu färben, als der Schlitten am Fuß der Treppe vorfuhr. Gabriella war nicht oft in Norwegen gewesen. Das erste Mal, als sie sieben Jahre alt war, das war in dem Jahr, als Tarjei begraben wurde und Mattias und dieser Kaleb auf die Kinder aufpassen mussten. Später waren noch zwei weitere Besuche hinzugekommen. Da war keiner der beiden Jungen daheim gewesen, aber sie hatte mit dem lieben kleinen Andreas von Lindenallee gespielt und geplaudert – und sie war unendlich oft und gern mit Großmutter Liv zusammen gewesen.

Jetzt bedeutete nicht einmal Großmutter mehr viel. Gabriellas Leben war vorbei – Schluss und aus!

Ein Junge kam die Treppe heruntergelaufen, um sie zu begrüßen. Ach nein, das stimmte gar nicht, nur weil er recht zierlich und klein von Gestalt war, hatte sie ihn für einen Jungen gehalten. Er war ja schon erwachsen, das erkannte sie, als er näher kam.

Die azurblauen Augen, die Sommersprossen und dieses sanfte Lächeln ... Das musste Mattias sein.

Wie freundlich und gütig er aussieht, dachte sie und spürte eine weiche Regung im Herzen. Das konnte sie gar nicht gebrauchen, dann würde sie nur weinen müssen.

»Willkommen, Gabriella! Großmutter und ich haben wie Kinder am Fenster gestanden und nach dem Schlitten Ausschau gehalten. Wir haben uns so darauf gefreut, dich wiederzusehen.«

Gabriella lächelte matt, als er ihr aus dem Schlitten half. Darauf gefreut, dass sie kam? Das glaubte sie nicht.

»Wie hübsch du geworden bist, Gabriella«, sagte Mattias. »Eine richtige erwachsene Dame! Aber viel zu dünn. Na, Großmutter wird dich schon aufpäppeln. Da ist sie.«

Liv stand auf der Treppe und winkte ihr zu. Seltsam, Großmutter schien überhaupt nicht älter zu werden. Gabriella hatte ganz vergessen, wie warm ihr Lächeln war. Tu das nicht, bat sie stumm. Ich will keine Freundlichkeiten. Ich will, dass alles so ist, wie ich mich fühle. Traurig, verletzt und einsam. Obwohl Mattias mich andererseits wirklich nicht daran hätte erinnern müssen, wie mager und hässlich ich bin! Ach, es ist alles so verwirrend! Was ich hier nur soll?

»Willkommen, mein Kind, wie entzückend du aussiehst«, sagte die Großmutter.

Das sagt sie nur, um mich zu trösten, dachte Gabriella.

»Und richtig erwachsen bist du geworden! Ach, wie lange ist das schon her! Du kannst mir glauben, wir waren sehr gespannt, was wohl aus dir geworden ist! Komm herein, komm herein. Schau, Tarald und Yrja sind auch da. Und hier ist Kaleb, erinnerst du dich noch an Kaleb?«

Gabriella begrüßte zuerst Yrja, die so groß und hässlich und unförmig war wie immer und so wunderschöne Augen hatte. Gabriella fühlte einen Kloß im Hals. Plötzlich konnte sie nachempfinden, wie sehr Yrja in ihrer Jugend unter ihrer mangelnden Attraktivität gelitten haben musste. Wo sie doch so wunderbar war! Aber Yrja brauchte ihr Mitleid nicht, denn sie hatte ja ihren Tarald gekriegt. Und was hatte Gabriella?

Tarald sah aus wie ein echter Gutsbesitzer in seiner abgetragenen Hauskleidung; er *wollte* sie so bequem und schäbig haben und nicht auf seine Kleidung achtgeben müssen. Er und Yrja waren jetzt beide vierundvierzig. Als Gabriella noch ein junges Mädchen war, hatte sie sich immer gefragt, warum der gutaussehende Tarald nur eine so hässliche und farblose Frau wie Yrja geheiratet hatte, wo er doch die schönste Prinzessin hätte haben können, bei seinem Aussehen. Aber im Laufe der Jahre hatte sich ihr Urteil geändert. Yrja war die Stärkere, Gefestigtere und Zuverlässigere der beiden – und natürlich war sie schön, mit diesen gütigen Augen! Außerdem hatte Gabriella inzwischen die schreckliche Geschichte von Sunniva gehört, Taralds erster Frau, die er wegen ihrer Schönheit genommen hatte – während Yrja stumm liebte und litt.

Gabriella erwachte aus ihren Gedanken und wandte sich den anderen in der Halle zu.

Lieber Himmel, *das* war Kaleb? Dieser hochgewachsene, muskulöse Bursche mit den eiskalten Augen?

Gabriellas Verletzlichkeit ließ sie alle Stacheln aufrichten. Unmerklich zuckte sie zurück. Musste er sie so feindselig ansehen?

Sie war sich ihrer widerstreitenden Gefühle selbst nicht bewusst. Freundliche Zuwendung wollte sie nicht haben, aber unwillkommen wollte sie auch nicht sein …

Gabriella zu sein war nicht leicht in diesen Tagen der abgrundtiefen Demütigung.

Kalebs Kälte ließ sie rasch den Blick senken.

»Komm und begrüße unsere kleinen Schützlinge«, sagte Liv eifrig. »Die Jungen sind gestern erst angekommen, und …«

»Aber liebste Mutter«, lächelte Tarald. »Sollten wir Gabriella nicht erst einmal Gelegenheit geben, abzulegen und eine Kleinigkeit zu essen?«

»Ach was, das Essen kann warten. Zieh den Mantel aus und komm, Gabriella!«

Mattias und Kaleb begleiteten sie, wobei Mattias ihr enthusiastisch die ganze Sache erklärte. Gabriella versuchte, einen interessierten Eindruck zu machen, aber sie war nicht sehr begeistert, das Haus voller fremder Kinder zu finden, wo sie doch so dringend der Ruhe bedurfte.

Die beiden kleinen Jungen waren bereits ganz in Kolgrims und Mattias' alte Spielsachen vertieft und fanden kaum die Zeit, guten Tag zu sagen. Gabriella fand, dass sie armselig und dumm aussahen. Es lohnte wohl nicht, viel Kraft auf sie zu verschwenden. Fluchen taten sie auch, und zwar ganz entsetzlich. Sie konnte Großmutter nicht verstehen.

Das kleine Mädchen begegnete Gabriellas freudlosem Blick mit Verwunderung und Furcht. Sie versuchte in ihrem Bett vor der Dame zu knicksen. Das ging ziemlich daneben.

»Warum liegt sie im Bett?«, fragte Gabriella kurz angebunden.

»Sie hat nicht genug zu essen bekommen«, erwiderte Liv. »Aber mir scheint, sie sieht heute schon ein wenig besser aus. Nicht wahr, Jungs?«

»Ja, absolut.«

Ich begreife das alles nicht, dachte Gabriella und hatte die kleine Eli schon wieder vergessen. Gleichgültig ging sie zur Tür.

Ach, Simon, wie konntest du nur?

Aber natürlich konnte er! Es war doch vollkommen einleuchtend, dass er eine üppige, lebenslustige Frau der unmöglichen Gabriella vorzog. Was hatte sie sich eigentlich eingebildet? Dass irgendjemand sie haben wollte? Nicht einmal das Paladinsche Vermögen hatte Simon so sehr reizen können, dass er sie als Zugabe in Kauf nahm. Papas guter Wille … Er hatte ihnen ein Haus gekauft, hatte ihr eine fürstliche Mitgift gegeben. Und all das hatte Simon verschmäht. Weil er den Gedanken an ein Leben mit Gabriella nicht ertrug!

Mattias, der Liv ins Speisezimmer gefolgt war, rief ihr munter über die Schulter zu:

»Wie du siehst, Gabriella, gibt es hier reichlich zu tun für dich.«

»Das bezweifle ich«, sagte Kaleb hinter ihr.

Sie drehte sich abrupt zu ihm um.

Er sagte kühl: »Wir haben hier keine Verwendung für junge Damen, die ihren Liebeskummer pflegen, damit er nur ja recht lange anhält.«

Gabriella stiegen die Tränen in die Augen. »Ihr wollt Euch dieser Kinder annehmen? Wo Ihr überhaupt kein Verständnis für andere habt?«

Kaleb warf ihr einen verächtlichen Blick zu und machte sich nicht einmal die Mühe zu antworten.

»Ich möchte einfach nur sterben«, sagte sie.

»Ja, ich finde, das solltet Ihr ruhig tun. Im Moment seid Ihr jedenfalls niemandem von Nutzen.«

»Das ist es ja gerade«, jammerte sie. »Ich bin überall unerwünscht.«

»Ach ja? Und was glaubt Ihr, warum Eure Frau Großmutter Euch eingeladen hat?«

»Das hat sie gar nicht, meine Eltern wollten mich nur loswerden.«

»Das wundert mich nicht. Dabei hatte ich Euch als ein süßes kleines Mädchen mit einem großen Herzen für andere in Erinnerung.«

Damit verließ er sie.

Gabriellas Stimme war halb erstickt vor bitterem Zorn. »Und ich habe Euch bewundert – damals!«, rief sie ihm nach.

Er drehte sich nicht einmal um.

Nach dem Abendessen kamen Are und Brand mit Matilda und Andreas herauf, um sie zu begrüßen, aber Gabriella war in ihrer eigenen Schwermut versunken und beantwortete die Fragen mit einem geistesabwesenden Lächeln. Sie selbst stellte keine Fragen, wie es ihnen ging und ob es Neuigkeiten gab.

Kalebs Worte hatten sie empört. Sie wusste ja, dass ihr Benehmen falsch war, aber sie schaffte es nicht, daran etwas zu ändern. Dazu war sie viel zu sehr am Boden zerstört.

Es war, als ob ein lähmender Nebel sich auf sie herabsenkte, als sie die Nachricht von Simons Verrat erfuhr. Und sie konnte sich nicht daraus befreien.

Es war nicht so, dass sie es ihm als Verrat anrechnete, dass er sie wegen einer anderen verlassen hatte. Gefühle konnte man nicht erzwingen, und sie hätte niemals mit ihm verheiratet sein wollen, wenn er nur aus Rücksicht bei ihr blieb, während er in Gedanken bei der anderen Frau war. Nein, es war die Art und Weise, wie er es getan hatte. Diese grausame, brutale Feigheit. Die konnte sie ihm nicht verzeihen.

Sie hatte ihn ja eigentlich kaum gekannt. Bei den Begegnungen, die von beiden Elternpaaren arrangiert worden waren, hatten sie harmlos und wohlerzogen miteinander geplaudert. Sie hatte sich recht unnahbar und sehr jungfräulich gegeben, denn so hatte ihre Mutter es ihr eingeschärft. Aber sie hatte ihre Träume um ihn gesponnen, ziemlich schüchterne Träume, denn sie mochte kaum an ihr Glück glauben, dass dieser gutaussehende Offizier Gefallen an *ihr* fand.

Und das hatte er ja auch nicht getan.

Plötzlich bemerkte sie, dass die Gäste sich zum Aufbruch bereitmachten. Und sie hatte die ganze Zeit ihren eigenen Gedanken nachgehangen!

Sie sagte freundlich »auf baldiges Wiedersehen!« zu Andreas, der sich gut in die Reihe der Lindenallee-Besitzer einfügte. Tengel war natürlich etwas ganz Besonderes gewesen, aber sein Sohn Are, sein Enkel Brand und sein Urenkel Andreas waren allesamt erdverbundene, wuchtige und gutmütige Männer. Sie machten niemals viel Aufhebens um sich. Zuverlässige, charakterstarke Menschen, die anderen Sicherheit gaben.

Andreas war ein Jahr älter als Gabriella. Wenn sie miteinander sprachen, dann über alltägliche Sachen. Emotionen, verletzte Gefühle und Ähnliches lagen außerhalb von Andreas' Welt.

Über so etwas konnte man mit Mattias reden. Aber das hatte Zeit bis später, jetzt musste sie erst einmal allein sein.

Sie bekam das Zimmer ganz am Ende des Flurs im ersten Stock. Großmutter wohnte auf demselben Flur, ebenso die drei fremden Kinder. Elis Zimmer grenzte an das von Gabriella. Kalebs Zimmer dagegen lag neben dem von Mattias, in dem Teil des Hauses, der von Tarald und seiner Familie bewohnt wurde.

Gabriella wälzte sich unruhig in ihrem Bett. Eine seltsame Unruhe hatte sie ergriffen, die sie sich nicht erklären konnte …

Aber so unruhig war sie nicht, dass sie in dieser ersten Nacht nicht wie ein Stein schlief – obwohl sie überzeugt gewesen war, dass sie *niemals* würde schlafen können, so unglücklich, wie sie war!

11. Kapitel

Am nächsten Tag erhielt sie den ebenso überraschenden wie gnadenlosen Auftrag, sich um die Kinder zu kümmern.

»Aber ich muss mich ausruhen«, beklagte sie sich bei den drei anderen.

»Um Eure verletzten Gefühle zu pflegen?«, fragte Kaleb. »Kommt gar nicht in Frage.«

Liv sagte munter: »Nimm diesen Haferbrei, Gabriella! Und versuche, ob du etwas davon in Eli hineinbekommst!«

»Wenn sie keinen Haferbrei essen mag, dann soll sie es eben lassen«, maulte Gabriella. »Ich habe keine Lust, mich mit ihren Launen zu plagen.«

»Das steht hier gar nicht zur Debatte«, sagte Liv geduldig. »Versuch es bitte!«

Mit einem gequälten Seufzer ging Gabriella zu dem kleinen Mädchen hinauf, das unverändert dalag, die Nasenspitze kaum sichtbar in all den Kissen.

»Hier kommt dein Brei«, sagte Gabriella mit einem Gesichtsausdruck, der ein Lächeln darstellen sollte. »Jetzt iss!«

Das Mädchen rührte sich nicht. Sah sie nur mit aufgerissenen Augen an.

»Lieber Himmel«, sagte Gabriella ungeduldig. »Ich habe nicht den ganzen Tag Zeit. Los, setz dich auf!«

Eli machte eine kleine Bewegung mit dem Kopf, so als wollte sie ihn anheben, aber er sank sofort wieder zurück.

»Na, das wollen wir doch mal sehen…!« Gabriella packte sie an der Schulter, um das Mädchen aufzurichten, legte eine Hand um ihren Oberarm – und hielt jäh in der Bewegung inne.

»Gütiger Gott!«, flüsterte sie.

Die Arme waren dünn wie Streichhölzer. Die Schultern bestanden nur aus Haut und Knochen, und die Schulterblätter ragten wie Flügel aus dem Leib.

»O du armes Kind!«

Gabriella legte das Mädchen behutsam wieder hin. »Nun… Wir werden schon ein wenig in dich hineinkriegen, du wirst sehen. Lieg du nur ganz still, ich schaffe das schon.«

Während ihres behüteten Daseins in Gabrielshus hatte sie nie mit Kindern zu tun gehabt. Sie stützte Elis Kopf mit der einen Hand und flößte ihr mit dem Löffel ein wenig dünnen Brei ein. Das Mädchen schluckte gehorsam, aber angestrengt; es schien, als sei sie durch Gabriellas Anwesenheit völlig eingeschüchtert.

»Ich werde dich nicht schlagen, wenn es das ist, was du fürchtest«, sagte sie. »Aber wie hat deine Mutter nur zulassen können, dass es dir so schlecht geht?«

Eli blickte sie mit großen Kälberaugen an.

»Hast du vielleicht keine Mutter mehr?«

Das Kind schüttelte den Kopf.

»Aber einen Vater?«

Endlich versuchte die Kleine zu sprechen. »Großvater«, wisperte sie schüchtern.

»Aber … er ist wohl schon alt?«

Eli nickte. »Krank«, piepste sie.

»Ja, aber wer hat sich denn um dich gekümmert?«

»Ich habe mich gekümmert, um die Nygård-Bäuerin«, flüsterte sie. »Aber dann … ich konnte nicht mehr so, wie sie wollte. Sie wurde böse auf mich.«

Gabriella schloss die Augen. »Hier wird niemand böse auf dich«, sagte sie mit dem schlechtesten Gewissen der Welt. »Du musst mir verzeihen, wenn ich grantig zu dir war. Ich habe es im Moment nicht besonders leicht, weißt du.«

Eli sah sie fragend an. »Hast du auch keinen, der dich liebhat?«

»Ach, im Grunde ist es nicht der Rede wert«, sagte Gabriella beschämt. Sie sah auf einmal ihren eigenen Kummer in einem ganz anderen Licht. »Ich habe viele, viele. Da war nur ein Einziger, der mich nicht haben wollte.«

Eine kleine, abgemagerte Hand schloss sich tröstlich um die ihre. Gabriella holte tief und bebend Atem, um die Fassung zu bewahren. Herr im Himmel, dachte sie. Dieses kleine Mädchen tröstet *mich*!

»Du sollst dich jetzt einfach ausruhen und ordentlich essen, ja?«

»Ja«, wisperte Eli. »Das ist sehr schlimm. Wenn einen keiner liebhat.«

»Das ist wirklich wahr! Man fühlt sich ganz wertlos.«

Das Mädchen nickte.

Gabriella behielt die kleine Hand in ihrer großen, es war wie ein schwesterlicher Händedruck. Eine Erinnerung tauchte vage vor ihrem geistigen Auge auf. Eine Treppe ... Die Außentreppe hier auf Gråstensholm. Ein großer Junge, der ihr warme Worte sagte – als sie einem kleinen Jungen half, der sich das Knie aufgeschlagen hatte. Sie erinnerte sich nicht mehr im Einzelnen daran, was er gesagt hatte, aber es war etwas in der Art gewesen, dass sie ein Talent dafür habe, sich um andere zu kümmern, dass dies ihre Lebensaufgabe werden sollte. Und sie hatten alle beide herausgefunden, dass sie gerne anderen Menschen halfen.

Kaleb ...

Mit einem Ruck tauchte sie wieder in der bitteren Gegenwart auf. »Hat die Nygård-Bäuerin dich nicht gut behandelt?«

Die Kleine presste die Lippen zusammen und schüttelte den Kopf. Sie wandte den Blick ab.

»Wie bist du überhaupt dorthin gekommen?«

»Sie ist zu Großvater gegangen und hat gesagt, dass sie sich um mich kümmern will. Wie eine Mutter.«

»Und stattdessen hast du arbeiten müssen?«

»Ja.«

»Ohne Bezahlung, kann ich mir denken. Hast du nichts zu essen bekommen?«

»Essen habe ich mich nicht getraut. Sie hat gesagt, dass ich ihr alles wegesse. Aber das habe ich nicht getan. Ich habe fast nichts bekommen. Und das Wenige, was sie mir gegeben hat, habe ich nicht anzurühren gewagt.«

Gabriella dachte an all das gute Essen, all die Liebe und Fürsorge daheim in Gabrielshus …

»Wie heißt du?«, wisperte es schüchtern aus den Kissen.

»Gabriella«, erwiderte sie und ließ sich nicht anmerken, dass keine Fremde eine Markgräfin duzen durfte.

Eli zögerte, sicher wollte sie etwas sagen.

»Ja? Hast du etwas auf dem Herzen?«

Ein ängstliches Flüstern: »Kannst du nicht hier schlafen? Bei mir?«

Gabriella war gerührt. Sie sah die kleine Kindernase an und lachte hilflos. »Ich habe wohl nicht genug Platz hier. Fürchtest du dich im Dunkeln?«

Das kleine Geschöpf nickte verlegen. »Es ist so einsam hier. Und so groß!«

»Aber es kommt sicher bald noch ein Mädchen, Eli.«

»Ist sie lieb?«

»Das weiß ich nicht. Ich kenne sie ja nicht. Du, jetzt muss ich aber gehen. Ich werde Bescheid sagen, dass du dich einsam fühlst. Dann wollen wir sehen, was wir tun können. Ich bin auch bald zurück.«

Eli sah ihr lange sehnsüchtig nach. Gabriella lächelte ihr aufmunternd zu.

Draußen auf dem Flur blieb sie einen Moment stehen.

Zum ersten Mal seit vielen Wochen hatte sie ihre eigene Situation vergessen. Mehrere Minuten lang.

In Großmutters Salon sprach sie mit den anderen über Elis Einsamkeit.

Die drei stellten insgeheim fest, dass eine Andeutung von Leben in Gabriellas Augen getreten war.

Mattias sagte zögernd: »Ich wüsste da tatsächlich ein Mädchen ... Der Pastor fragte, ob wir uns nicht einer kleinen Zehnjährigen annehmen könnten. Aber sie passt wohl nicht ganz in unseren Rahmen.«

»In welcher Hinsicht?«, wollte Liv wissen.

»Sie ist hier aus dem Kirchspiel. Aber als ihre Eltern starben, zog sie zu ihrer Schwester nach Christiania. Und das war offenbar keine gute Lösung.«

»Wieso nicht?«, fragte Kaleb scharf.

»Nun, weil die Schwester sie in einen üblen Sumpf hineingezogen hat. Tatsächlich ist die Kleine mit ihren zehn Jahren schon so verdorben, dass sie kaum eine gute Gesellschaft für Eli wäre.«

»Weißt du, wo die beiden Schwestern wohnen?«

»Ja, der Pastor gab mir die Adresse. Die Ältere soll unglaublich verkommen sein. Wandert durch die Straßen und sammelt Männer auf, stiehlt, betrügt und macht sonst was, um an Geld zu kommen. Und die kleine Schwester geht bei ihr in die Lehre.«

»Aber *natürlich* müssen wir versuchen, der Kleinen zu helfen«, sagte Liv.

»Ja. Wir fahren, und zwar alle beide«, entschied Kaleb. »Derartige Mädchen können sehr unangenehm werden. Ein Mann allein richtet da nicht viel aus, denn wir werden vermutlich zu recht harten Mitteln greifen müssen.«

Liv lächelte. »Nehmt auch Gabriella mit! Sie soll eure Anstandsdame sein – damit euch nicht die große Schwester noch am Ende verführt!«

Die Männer grinsten.

»Kaleb doch nicht«, neckte Mattias. »Sein Ideal ist ein gesundes, unverfälschtes Mädel, blond und stark und reinen Herzens, das mit beiden Beinen fest auf der Erde steht. Ist es nicht so?«

»Jedenfalls habe ich nicht das Geringste übrig für Nachtfalter oder neurotische Zicken«, brummte Kaleb und machte ein ziemlich unwirsches Gesicht, weil Mattias so eine Plaudertasche war.

Liv versuchte die Wogen zu glätten. »Wenn ihr gleich losfahrt, könntet ihr bis zum Abendessen zurück sein.«

»Aber Eli kann doch nicht mit einem so verderbten Ding in einem Zimmer schlafen«, sagte Gabriella erschrocken.

»Das überlass getrost mir«, lächelte Liv. »Wenn ihr nur das Mädchen holt, dann …«

»Aber Großmutter, ich habe Eli versprochen, bald zurückzukommen. Kann ich …«

»Ich werde gehen«, sagte Liv.

Kurz darauf waren sie mit dem Schlitten unterwegs. Gabriella saß zwischen den beiden Männern, ein wenig aufgeregt, dass sie sich in die schlimmsten Tiefen der Großstadt begeben sollte, aber gleichzeitig war ihr seltsam leicht zumute.

Simon hat mich sitzen gelassen, na und? Ich pfeife drauf, dass Männer mich nicht anziehend finden, ich pfeife drauf, dass ich niemals heiraten werde. Was bedeute ich denn schon? Das einzig Wichtige ist doch wohl, dass man für andere etwas tun kann. Sich selbst hintanstellt.

Eli wollte, dass ich in ihrem Zimmer schlafe. Gott, wie das mein eingefrorenes Herz erwärmt hat!

Soll Kaleb mich doch neurotisch und zickig nennen. Denn ich weiß wohl, dass seine Worte auf mich gemünzt waren!

Mattias war voller Pläne und redete die ganze Zeit. Kaleb war skeptischer. Inkonsequent, wie sie war, gefiel Gabriella seine pessimistische Haltung Menschen gegenüber nicht. Genauso wie ihm diese Einstellung an ihr missfiel.

Der kann sich seine blonden, prallen Bauernmädel sonst wohin stecken, dachte Gabriella. Was das mit alldem zu tun hatte, wusste sie allerdings selber nicht.

Die Adresse, die Mattias vom Pastor bekommen hatte, war wohl ziemlich alt. Ein übles Frauenzimmer kreischte ihnen entgegen, dass sie diese Hure schon vor langer Zeit an die Luft gesetzt hätte.

»Wo sollen wir denn dann suchen?«, sagte Mattias ratlos.

»Zuletzt hat dieses Luder in einem Treppenhaus in der nächsten Querstraße gehaust! Aber dass so feine Herren sich mit einer wie der abgeben wollen, das geht über meinen Verstand. Die hat die Krätze und den Tripper dazu, bei meiner Seel'!«

»Wir wollen nur ihre kleine Schwester«, lächelte Mattias.

»So, aha. Ja, die schleppt so ein junges Balg mit sich rum, das hab ich gesehn.«

Sie erhielten die neue Adresse und versuchten es dort. Ganz oben am Ende des Treppenaufgangs, gleich neben der Tür zum Dachboden, lag ein Haufen zerlumpter Kleider. Mattias sprach diesen Kleiderhaufen an, und ein Mädchen mit zotteligen Haaren setzte sich auf.

Sie sah unglaublich schmutzig und heruntergekommen aus. Und verblüffend reif für ihre zehn Jahre ...

»Hallo«, sagte Mattias. »Wir sind hier, um dich zu fragen, ob du ein neues Zuhause haben willst. Ein gutes Zuhause, wo du dich jeden Tag sattessen kannst ...«

»Satan auch, was bist du denn für ein Scheißpfaffe, häh?«, fragte das Wesen grob, mit der heisersten Stimme, die die Männer jemals gehört hatten. »Verpiss dich!«

Gabriella spürte den fast unbezähmbaren Drang, sich die Ohren zuzuhalten oder davonzulaufen. In ihrem behüteten Leben waren Kreaturen wie diese vollständig unbekannt. Ihr blieb vor Verblüffung und Entsetzen beinahe die Luft weg.

Im selben Moment schälte sich noch eine Gestalt aus dem Lumpenhaufen – sie wirkte in dem dünnen Licht, das durch einen Riss in der Bretterwand fiel, so zerzaust, breitwangig und schlauäugig wie ein Troll.

»Aber ...«, rief Mattias verblüfft. »Wer von euch beiden ist denn nun zehn Jahre alt?«

Sie starrten ihn abwehrend an, dann sagte die größere Gestalt: »Was zum Henker schert es dich? Willst 'ne Nummer schieben, dann sag's, aber komm mir bloß nich mit dem Schmus von wegen feines Zuhause und so. Den Köder schluck ich nich, is das so weit klar? Und lass ja die Pfoten von meiner kleinen Schwester, um die kümmer ich mich!«

»Wie alt bist du?«, fragte Gabriella schockiert.

Die desillusionierten, alten Kinderaugen wandten sich ihr zu. »Was bist du denn für eine alte Schachtel, häh? Haste noch keinen Macker rangelassen, dass du so unbefriedigt aussiehst? Scher dich vom Acker, die Kerle hier sind meine Sache!«

»Wie alt du bist, habe ich gefragt!«, sagte Kaleb in scharfem Ton.

Sie grinste ihn an, mit einer schamlosen, hässlichen Grimasse.

»Bestes Lammfleisch, Süßer, willste mal naschen?«

»Nein, danke. Du interessierst mich nicht, ich will deine kleine Schwester.«

»Aha, so welche seid ihr also! Was der Vogt wohl dazu sagen würde ...?«

»Red keinen Unsinn! Also! Wie alt bist du?«

»Das geht dich einen Scheißdreck an. Und ich bin fünfzehn, aber zart und fest wie ein frisches Lamm, dass du es nur weißt!«

Kaleb wandte sich zu den anderen um. »Hat einer von euch eine Zange bei sich, dass ich das Kind von diesem Kadaver befreien kann?«

Das halbwüchsige Mädchen wurde fuchsteufelswild. Der Wortschwall, der sich nun über Kaleb ergoss, war so entsetzlich, dass es Gabriella beinahe übel geworden wäre. Sie wandte sich ab und ging ein Stück die Treppe hinunter.

Ohne ein weiteres Wort hoben die Männer das kleine Mädchen hoch, das um sich schlug und trat und vor Schreck markerschütternd brüllte. Kaleb trug sie fort, während Mattias die fluchende und spuckende große Schwester in Schach hielt.

»Was wollt ihr mit der Kleinen, häh? Ihr verdammten Kinderschänder, ich zeig euch an, ich …«

»Nein, das wirst du nicht tun«, sagte Mattias und stöhnte auf, als das kleine Biest ihn biss. »Willst du deiner kleinen Schwester verwehren, dass sie ein ordentliches Zuhause bekommt, wo sie Schulunterricht erhält und mit der Zeit zu einer richtigen Dame heranwachsen kann?«

»Ihr verdammten, widerlichen Schweinepriester!«

»Ich bin kein Priester. Ich bin Arzt. Du solltest dich auch einmal gründlich untersuchen lassen und dann mit diesem unwürdigen Leben aufhören …«

»Mir geht es hervorragend, ich würde mit niemandem tauschen wollen! Was habt ihr mit Freda vor, was …«

»Wir nehmen sie mit zum Gut Gråstensholm. Dort wohnen bereits drei andere elternlose Kinder, die ihr Gesellschaft leisten werden«, presste Mattias hervor, während er mit der Furie kämpfte und die kleine Freda draußen auf der Straße brüllte. »Sie bekommt drei Mahlzeiten am Tag und all die Liebe und Fürsorge, die du ihr nicht geben kannst.«

Die Furie gab auf. »Gut, dann nimm sie mit, du

scheinheiliger Hurenbock! Nehmt sie ruhig mit, dann habe ich endlich Ruhe vor ihrem ewigen Gequengel nach Essen. Ich hab bloß versucht, sie gut zu behandeln, aber alleine geht es mir besser. Viel besser! Die Kerle mögen es nicht, wenn sie dabei ist.«

»Gut«, sagte Mattias. »Und jetzt gib mir meinen Geldbeutel zurück.«

»Du Miststück, willst du etwa behaupten, ich hätte dich bestohlen, oder was?«

»Ja, das will ich. Los, her mit dem Geldbeutel!«

»Ich habe dich nicht ...«

Mattias nahm ihr seine Börse mit Gewalt ab. »Hier hast du einen Schilling, damit du heute nicht mehr auf die Straße gehen musst.«

Sie schleuderte die Münze mit einer kräftigen Bewegung fort, so dass sie die ganze Treppe hinabsprang. »Ich brauch dein Scheißgeld nicht, du verdammter Heiliger!«

»Wie du willst«, sagte Mattias sanft und ging die Treppe hinab.

Er war noch nicht unten, da war sie schon wie ein Pfeil an ihm vorbeigeschossen und hatte die Münze aufgesammelt. Mattias nickte ihr einen freundlichen Abschiedsgruß zu. Sie streckte ihm die Zunge heraus.

»Beeil dich«, zischte Kaleb, der eine Hand auf Fredas Mund gepresst hielt, als Mattias den Schlitten erreichte. »Wir erregen Aufsehen, und ich kann ihr nicht viel länger den Mund zuhalten.«

Rasch verließen sie den Ort. Alle drei versuchten,

die kleine zehnjährige Freda zu beruhigen, die glaubte, ihr letztes Stündlein habe geschlagen.

»Freda, du musst uns jetzt zuhören«, sagte Gabriella. »Wir wollen dir helfen. Du sollst nicht mehr in zugigen Treppenhäusern schlafen, nicht mehr hungern oder... unappetitliche Sachen mit ansehen müssen. Jetzt setz dich auf, und schau dich um! Wir fahren heim nach Gråstensholm. Du kennst doch sicher das Gut Gråstensholm, du bist doch aus der Gemeinde.«

»Blöde Kuh!«, rief Freda. Sie hatte viel gelernt bei ihrer Schwester.

Als sie den Gutshof erreichten, hatte die Kleine mehr oder weniger resigniert. Oder vielleicht hatte sie auch einfach keine Kraft mehr.

Die anderen legten ihre beschmutzten Mäntel ab. Sie befreiten Freda von ihren Lumpen und steckten sie kurzerhand in den Badezuber, den Liv vorbereitet hatte. Zu viert hielten und badeten sie das Kind, dessen markerschütterndes Gebrüll bis hinunter nach Lindenallee zu hören war. Nach kurzer Zeit waren sie alle nass bis auf die Haut, und der Fußboden war ein einziger See.

Nachdem sie die saubergeschrubbte Freda – die ihrem friedvollen Namen so gar keine Ehre machte – im Zimmer der großäugigen, verschreckten Eli zu Bett gebracht hatten, sagte Gabriella resolut:

»Ich schlafe heute Nacht bei den Mädchen. Sie sind einander fremd, Eli fürchtet sich, und Freda ist fest entschlossen auszureißen, glaube ich.«

»Eine gute Idee«, sagte Kaleb. »Wir werden Euer Bett dort hineinstellen, Markgräfin.«

Seine lobenden Worte taten ihrem nach Anerkennung dürstenden Herzen unglaublich wohl. Sie warf ihm einen raschen Blick zu, aber er hatte sie schon wieder vergessen und sich mehr praktischen Dingen zugewandt. Und außerdem wollte sie von einem so ungehobelten Mann auch gar kein Lob.

Aber als Gabriella den Gang hinunterlief, um ihre Sachen für die Nacht zu holen, blickten die anderen drei sich an und lächelten. Die Kur begann anscheinend zu wirken!

Für Gabriella wurde es eine unruhige Nacht. Freda war außer sich, sehnte sich nach der großen Schwester und wollte auf keinen Fall in dem feinen Bett liegen bleiben. Sie erschreckte die sensible Eli mit ihren Flüchen und ihrem unbändigen Trotz zu Tode.

Schließlich musste Gabriella Hilfe holen.

Liv rief Mattias und Kaleb, die sich zu Freda setzten, während Gabriella Eli die Hand hielt.

»Du musst jetzt Ruhe geben, Freda, Eli ist sehr schwach«, erklärte Mattias.

»Diese Rotzgöre«, rief Freda. »Ich will nicht mit Kleinkindern zusammenwohnen.«

»Du wirst es hier gut haben.«

»Da scheiß ich drauf! Ich komm auch allein zurecht. Ich verdiene mehr Geld an einem Tag als du in einem ganzen Jahr!«

»Und warum hast du dann in einem dreckigen Treppenhaus gewohnt?«

»Weil ich das wollte.«

»Hast du nicht gefroren? Ich musste deine Füße verbinden, so verfroren waren sie.«

»Ich kann deinen Scheißverband jederzeit abnehmen.«

»Das kannst du, aber das wäre dumm von dir, meine ich. Du weißt, dass du hier beinahe alle Freiheiten hast. Und du darfst in die Schule gehen.«

»Schule«, schnaubte Freda voll grenzenloser Verachtung. »Die ist doch nur was für Dummköpfe.«

»Ganz im Gegenteil, die ist für alle, die klug genug sind, etwas lernen zu wollen«, sagte Kaleb ein wenig belehrend. »Und die, die etwas im Kopf haben, lernen natürlich am meisten. Aber du lernst ja sowieso nichts, da ist es wohl am besten, du lässt es von vornherein bleiben.«

»Was weißt du schon davon, was ich lerne? Ich bin viel klüger als du!«

»Das höre ich«, sagte Kaleb trocken. »An deiner Sprache.«

Als die Erwachsenen einen Moment schwiegen, sagte Freda herausfordernd:

»Wollt ihr hier etwa die ganze Nacht hocken bleiben?«

»Das kommt ganz auf dich an.«

»Auf *mich*? Ich will euch nicht hier haben, ihr sollt abhauen!«

»Das haben wir begriffen. Aber die kleine Eli muss schlafen. Man hat sie sehr schlecht behandelt, und nun hat sie vor allem möglichen Angst.«

»Was für ein Hasenfuß!«

Dann, nach einer kleinen Pause: »Was heißt schlecht behandelt?«

»Sie ist geschlagen worden. Hat nichts zu essen bekommen. Deshalb haben wir sie hierher geholt. Damit sie es gut bei uns hat.«

Freda dachte darüber nach. Entschlossen setzte sie sich hoch, um aufzustehen, und da sie jetzt einigermaßen ruhig wirkte, ließen die anderen sie gewähren.

Sie tapste hinüber zu Elis Bett.

»Womit haben sie dich geschlagen?«

»Mit dem Stock«, flüsterte Eli.

»Lass sehen!«

Eli sah fragend zu Gabriella, die beruhigend nickte. Es war sicher am besten, sich nicht einzumischen, wo sie jetzt einen Anknüpfungspunkt gefunden hatten.

Also zeigte Eli ihr die langen blauen Striemen überall am Körper.

»Pest und Hölle, wie mager du bist«, sagte Freda. »Du siehst ja aus wie ein Gerippe! Hier, kuck mal, da hat mich einer mit der Kette geschlagen.«

»O«, sagte Eli bewundernd.

Die drei Erwachsenen hielten sich im Hintergrund, während die Mädchen ihre Erfahrungen auf dem Gebiet der Grausamkeiten austauschten.

»Musstest du für die Alte *arbeiten*?«, sagte Freda ungläubig. »Arbeiten ist das Dümmste, was man tun kann.«

O-o, jetzt war es sicher an der Zeit einzugreifen!

»Niemand kann leben, ohne zu arbeiten«, sagte Kaleb. »Aber dass Eli, die so klein ist, die Arbeit von zwei Erwachsenen machen musste, das geht zu weit.«

»Du da mit deinem blonden Haarschopf«, sagte Freda spitz. »Du bist so was von dumm, dass du besser den Mund hältst! Hast du kapiert?«

Dann drehte sie sich wieder zu Eli um.

Gabriella verbarg ein Lächeln. Und Kaleb grinste breit.

»Danke euch beiden«, sagte Gabriella zu den Männern. »Ich glaube, ich komme jetzt allein zurecht. Die zwei haben sich gefunden.«

Erstaunt sah sie, wie Kaleb zu Freda hinüberging und ihr über die Haare strich. Als Antwort fauchte das Mädchen ihn an:

»Nimm sofort deine dreckigen Finger weg! Halt dich lieber an die magere Krähe da drüben, was Besseres bist du nämlich nicht wert. Aber pass auf, dass du dich an der nicht schneidest!«

Und dann zeigte sie auf Gabriella, deren Selbstvertrauen durch die Worte nicht gerade gestärkt wurde.

»Das war ungerecht, Freda«, sagte Mattias ruhig. »Ich finde, Gabriella ist sehr hübsch. Die Menschen müssen nicht alle gleich aussehen, weißt du.«

Freda schnaubte höhnisch. Kaleb sagte kein Wort.

12. Kapitel

Das härteste Stück Arbeit war, Freda auf den rechten Weg zu bringen. Die kleine Eli erholte sich von Tag zu Tag mehr, und nach einer Woche konnte sie eingehüllt in ein Umschlagtuch am Unterricht teilnehmen, zusammen mit Freda und den *ziemlich* artigen Jungen.

Aber Livs Schulstunden wurden durch Freda entsetzlich gestört. Mal wollte sie nicht gehorchen, mal musste sie unbedingt auf die Toilette, mal hielt sie das alles für Unfug. Und sie steckte die Jungen an mit ihrer Widerborstigkeit gegen die Versuche der Erwachsenen, ihnen ein besseres Leben zu ermöglichen.

»Sehnst du dich zurück zu deinem Treppenhaus?«, fragte Mattias sie eines Tages.

Freda sah auf einmal resigniert und verloren aus. »Klar tu ich das«, erwiderte sie keck, aber ihre Stimme klang jämmerlich dünn.

Sie machte auch keinen Versuch mehr auszureißen. Gabriella, die die Verantwortung für die Mädchen übernommen hatte, kämpfte hart darum, dass Elis guter Einfluss über den schlechten von Freda siegen sollte, und nicht umgekehrt. Es gab leichtere Aufgaben auf dieser Welt.

Mattias überwachte die Gesundheit der Kinder. Eli war natürlich die Schwächste, aber alle vier hatten etwas zurückbehalten von der grausamen Behandlung, die das Leben ihnen hatte zuteil werden lassen.

Mattias war der einzige Erwachsene, den Freda akzeptierte. Die anderen hatten den Verdacht, dass sie eine Schwäche für ihn hatte, aber das hätte sie niemals zugegeben. Sie neckte ihn und gab ihm alle möglichen grotesken Spitznamen, aber allein schon die Tatsache, dass sie ihm ihre Aufmerksamkeit schenkte, sagte genug.

Eines Tages wollten die Männer Eli zu einem Besuch bei ihrem Großvater mitnehmen. Da erhielt Mattias im letzten Moment die Nachricht, dass er auf Eikeby gebraucht werde, bei seinem Großvater, der inzwischen ziemlich alt war. Er machte sich sofort auf den Weg.

So blieb es Kaleb überlassen, sich um das Mädchen zu kümmern. Aber Eli, die eine große Bewunderin von Gabriella war, bestand darauf, dass sie auch mitkommen sollte. Sofort wurde Gabriella von Minderwertigkeitsgefühlen befallen und lehnte kategorisch ab.

»Was ist denn jetzt in Eure Durchlaucht gefahren?«, fragte Kaleb ärgerlich.

»Ich glaube, Ihr möchtet gar nicht, dass ich mitkomme«, murmelte sie schüchtern.

»Ach du meine Güte!«, stöhnte er resigniert. »Es ist doch vollkommen unwesentlich, was ich will! Könnt Ihr nicht ein einziges Mal aufhören, nur an Euch selbst zu denken, Markgräfin? Und stattdessen Eli eine Freude machen?«

Kleinlaut und beschämt bestieg sie den Schlitten. Eli strahlte.

Das Schweigen lag wie eine Barriere zwischen ihnen, als sie so fuhren, zwischen sich das kleine Mädchen. Gabriella fand Kaleb ungemein grob und ruppig und hatte keine Lust, mit ihm zu reden. Sie merkte, wie sehr die Stimmung darunter litt, deshalb nahm sie Elis Hand und drückte sie aufmunternd.

Das Mädchen lächelte dankbar zurück.

»Sieh an, Ihr Hochwohlgeboren kann ja, wenn sie will«, sagte Kaleb mit einem Seitenblick auf Gabriella.

»Es ist nicht einfach, wenn sich einer das Herz innerlich verschlossen hat«, verteidigte sie sich kleinlaut.

»Und Eure Eltern?«

»Meine Eltern?«

»Habt Ihr nie daran gedacht, wie sie sich bei alldem gefühlt haben müssen?«

Sie blickte ihn fragend an.

»Sie erhalten ihre einzige Tochter zurück – abgewiesen, mit dem Urteil bedacht, als Ehefrau nicht zu taugen. Könnt Ihr Euch in ihren Kummer hineinversetzen, Durchlaucht? Stellt Euch vor, Ihr hättet selbst eine Tochter, der eine solche Schmach angetan würde!«

Gabriella versuchte es.

»Sie haben Euch alle Unannehmlichkeiten ferngehalten, war es nicht so, Markgräfin?«, fuhr Kaleb unbarmherzig fort. »Ihr konntet Euch in Ruhe Eurem Kummer und Eurem Selbstmitleid hingeben, während Eure

Frau Mutter sich hinsetzen und vielleicht Hunderte von demütigenden Briefen schreiben musste, dass die Hochzeit abgesagt sei. Weil der Bräutigam ihre Tochter nicht haben wollte, der ihre ganze Fürsorge galt, und auf die sie gewiss sehr stolz war. Euer Herr Vater musste alles abbestellen, alles rückgängig machen, was er für das junge Paar disponiert hatte. Haus, Mitgift, alles. Ohne ein Wort der Klage, habe ich recht? Ihre ganze Sorge galt Euch, ihrer einzigen Tochter. Und wie stand es mit Eurer Rücksichtnahme auf sie?«

Gabriella schluckte. »Ich werde sofort nach Hause schreiben und ihnen danken. Erzählen, dass es mir hier gutgeht und dass ich die ganze Geschichte mit Simon vergessen habe.«

»*Habt* Ihr sie vergessen?«

Sie wägte ihre Worte ab. »Ich habe Simon vergessen. Aber ich glaube nicht, dass ich es wage, jemals wieder einem Mann zu vertrauen.«

»Nicht alle sind wie er.«

»Nein. Aber ich bin immer noch dieselbe. Unattraktiv, flachbrüstig, unerwünscht. Überhaupt nicht anziehend. So etwas vergisst man nicht.«

»Wenn Ihr Euch mit jemandem unterhaltet, denkt Ihr also die ganze Zeit daran, wie *Ihr* ausseht? Wie wäre es, einmal die eigene unbedeutende Person zu vergessen und an andere zu denken? Sich für *deren* Leben und *deren* Probleme zu interessieren?«

Darauf hatte sie keine Antwort, wusste nichts zu ihrer Verteidigung zu sagen.

Eli beklagte sich: »Du sollst nicht so streng zu Gabriella sein! Sie ist so lieb. Und sie wird ganz traurig, wenn niemand sie mag. Genau wie ich.«

»Ich will ihr nur helfen, Eli«, sagte Kaleb und trieb das Pferd an. »Ihr könnt es doch, Markgräfin! Wenn Ihr mit den Kindern zusammen seid, denkt Ihr nur an deren Wohl, das haben wir gesehen. Dann seid Ihr aufmerksam und sanft. Warum solltet Ihr nicht versuchen, Euch auch Männern gegenüber so zu verhalten, wenn Ihr in Eure Kreise bei Hofe zurückkehrt?«

»Zurück«, sagte Gabriella leise und wandte den Kopf fort. »Ich möchte schon zurück nach Gabrielshus und zu meiner Familie, aber in die Kreise bei Hofe? Die können bleiben, wo der Pfeffer wächst! Hier bei euch gefällt es mir viel besser.«

»Das hört sich ja schon mal nicht schlecht an«, sagte Kaleb bissig. »Aber Ihr habt noch einen langen, langen Weg vor Euch. Zum Beispiel haben wir jetzt die ganze Zeit von Euch gesprochen. Ihr habt Euch mit keinem Wort für mein Leben oder das von Eli interessiert.«

»O«, sagte Gabriella und wurde flammend rot im Gesicht. »Vergebt mir! Kaleb, ich weiß praktisch nichts über Euer Leben, seitdem Ihr die Grube verlassen habt.«

»Da gibt es auch nicht viel zu erzählen.«

»Aber ich *möchte* es hören!«

»Ein andermal. Wenn Eure Bitte etwas spontaner kommt als gerade jetzt.«

Sie war wieder einmal zurückgewiesen worden. Aber diesmal hatte sie es verdient.

Seltsamerweise machte der Gedanke an die bodenständige, blonde Traumfrau des ungehobelten Kaleb sie noch beklommener.

Aber sie bekam neuen Mut, als sie bei Elis bettlägerigem Großvater eintrafen. Es war ein wunderbares Gefühl für Gabriella und Kaleb, als sie das Mädchen von dem Märchenschloss berichten hörten, in dem sie wohnte, und wie herrlich alles zusammen war.

Da schien ihnen, dass ihnen ein großer Fortschritt gelungen war.

Wie Kaleb gesagt hatte: Ihr kleiner Rettungsversuch konnte nicht das schlimme Dasein aller notleidenden Kinder in Norwegen erleichtern. Aber vier Kindern konnten sie die Möglichkeit eines menschenwürdigen Lebens geben. Damit mussten sie zufrieden sein. Kaleb hatte aufgehört, gegen die Behörden zu kämpfen. Das war doch nur vergeudete Zeit. Hier sahen sie jedenfalls ein Ergebnis – wenn auch ein winzig kleines.

Andreas kam oft herauf und besuchte sie. Denn es war Winter und nicht so schrecklich viel zu tun auf Lindenallee. Wenn alle Kinder abends im Bett lagen, setzten die jungen Leute sich zusammen und erzählten. Hin und wieder gesellte Liv sich zu ihnen, und niemandem von ihnen fiel auf, dass eine Zweiundsechzigjährige in ihrem Kreis saß. Liv hatte schon immer ein jugendliches, offenes Wesen gehabt.

Aber an diesem Tag kurz vor Weihnachten wirkte sie bekümmert. Sie versank oft in Gedanken. Schließlich sagte Kaleb:

»Was ist los, Großmutter?«

Sie schrak auf. »Ach, nein, es ist nichts.«

»Doch, nun sagt schon! Sorgt Ihr Euch um die Kinder?«

»Nein, nein. Ich glaube, ich werde langsam alt. Ich höre manchmal schon *Geräusche.*«

Gabriella, die sich auf diese täglichen gemütlichen Runden freute, bei denen sie *dazuzugehören* schien, schauderte es ein wenig bei den Worten der Großmutter.

»Geräusche?«

»Ja. Unheimliche Geräusche. Ich weiß nicht, woher sie kommen oder was für eine Art Geräusche es sind. Sie sind so diffus.«

»Das hört sich gruselig an«, lächelte Mattias. »Doch wohl keine Gespenster?«

»Nein, auf Gråstensholm hat es nie vorher gespukt.«

»Vorher?«, sagte Gabriella. »Heißt das, bis jetzt?«

»Nein, vergiss es, ich habe es nicht so gemeint. Lasst uns nicht mehr davon sprechen! Gabriella, ich habe gesehen, dass du heute etwas für die Kinder gezeichnet hast. Du bist ja wirklich begabt, das habe ich gar nicht gewusst.«

»Danke«, lächelte Gabriella glücklich und errötete unter Kalebs erstauntem Blick.

Aber sie hatte sein Erstaunen falsch gedeutet. Andreas' Worte machten ihr das klar.

»Aber Gabriella, was für ein wunderschönes Lächeln du hast«, sagte ihr kleiner Verwandter von Lindenallee. »Es kommt irgendwie von ganz tief drinnen und leuchtet so, dass du ganz verändert aussiehst. Wo du sonst immer ein so mürrisches Gesicht machst«, sagte er eher aufrichtig als höflich.

»Nicht mürrisch, Andreas«, wies Liv ihn sanft zurecht. »Unglücklich ist wohl das treffendere Wort.«

Gabriella war ganz verlegen geworden und hatte sich wieder in ihr Schneckenhaus zurückgezogen.

»Ich habe deine Zeichnungen auch gesehen«, sagte Mattias. »Von wem hast du das Talent dazu geerbt?«

»Das hat sie von meiner Mutter Silje«, sagte Liv. »Ihr habt ja ihre Tapeten gesehen. In meiner Jugend habe ich selbst auch ein wenig gemalt. Aber mein erster Mann hat mein ganzes Selbstvertrauen zerstört, so dass ich mich später nie wieder darangewagt habe.«

Gabriella begegnete ihrem Blick. Sie wussten beide, was es hieß, das Selbstvertrauen zu verlieren.

Die jungen Männer baten darum, ein Beispiel von Livs Zeichenkünsten sehen zu dürfen. Verwirrt und verlegen wie ein junges Mädchen ging sie, um ein paar Bilder herauszusuchen.

»Großmutter ist so rührend«, sagte Mattias, als sie fort war. »Ich glaube, dieses Projekt mit den Kindern bedeutet ihr unendlich viel.«

»Uns allen«, sagte Gabriella.

Die Männer nickten.

Sie waren beinahe sprachlos, als sie Livs kleine Aquarelle zu Gesicht bekamen.

»Aber Mutter!«, sagte Tarald, den sie hinzugeholt hatten. »Warum hast du nie etwas davon gesagt? Und warum hast du nicht weitergemalt?«

»Das habe ich doch erzählt«, sagte Liv. »Ich war zu unsicher.«

»Sie sind ganz fantastisch«, sage Yrja.

»Erlaubst du, dass ich sie mitnehme nach Lindenallee und sie Vater und Mutter und Großvater zeige?«, bat Andreas.

»Aber ihr Lieben«, sagte Liv überwältigt. »Das ist doch gar nichts!«

»Gar nichts?«, fragte Kaleb.

»Das hier ist das Schönste«, sagte Gabriella und deutete auf ein Bild.

Livs Augen wurden traurig. »Meinst du wirklich? Das finde ich selbst auch. Mit diesem Bild wollte ich meinen ersten Mann überraschen. Und bekam eine niederschmetternde Antwort. Frauen sollten die Finger von der Kunst lassen, sagte er. Das sei unweiblich. Frauen seien nur dazu da, es dem Mann angenehm zu machen.«

»Das ist das Unsinnigste, was ich jemals gehört habe«, sagte Kaleb. »Ein Mann und eine Frau sollten in der Ehe doch wohl gleichwertig sein. Sonst ist die Ehe nichts wert.«

Die anderen stimmten ihm zu. Gabriella sah ihn nachdenklich an.

»Ja, heute weiß ich das natürlich«, sagte Liv. »Aber damals war ich jung und sehr empfindlich. Deshalb kann ich Gabriellas gegenwärtige Unausgeglichenheit auch verstehen. Sie ist genauso verletzlich, wie ich es damals war. Mit den Jahren wird man robuster, mein Kind.«

»Ich hoffe es«, lächelte Gabriella. »Außerdem muss ich sagen, dass ich immer seltener an Simon denke. Immer öfter entdecke ich, dass er nicht mehr wichtig ist. O, Entschuldigung«, flüsterte sie und warf Kaleb einen erschrockenen Blick zu.

»Warum entschuldigst du dich denn?«, fragte Mattias.

»Kaleb hat mir verboten, von mir selbst zu sprechen.«

»Aber natürlich dürft Ihr das«, brauste Kaleb auf. »Gibt es denn keinen Mittelweg für Euch? Nur ein Entweder-oder?«

Sie zuckte unter seinem scharfen Tonfall zusammen.

Er war jetzt ärgerlich und bedachte seine Worte nicht. »Ich habe viele Jahre lang die schrecklichste Not und das grausamste Elend unter den Unglücklichen der Großstadt erlebt. Ich habe ihre Probleme in mich aufgesogen, und ich bin krank und müde vor lauter Ohnmacht, ihnen nicht helfen zu können! Und dann kommt man her und soll Rücksicht nehmen auf eine kleine, verletzte Eitelkeit! Und das bei einer Dame, die alles besitzt, was man sich in diesem Leben nur wünschen kann. Die bei einer einzigen Mahlzeit mehr verzehrt als die armen Kreaturen in einer ganzen Woche! Na, ich danke!«

Gabriella senkte den Kopf, eingeschüchtert und unglücklich.

»Aber Gabriella«, sagte Mattias. »Du hast doch wohl keine Angst vor Kaleb? Willst du dich nicht verteidigen?«

»Ich will nicht, dass er böse auf mich ist«, flüsterte sie, und zu ihrem Ärger merkte sie, dass ihr das Weinen im Hals saß. Wo sie doch keine Träne mehr vergossen hatte seit der schrecklichen Geschichte mit Simon.

»Entschuldigt mich«, wisperte sie und lief aus dem Zimmer.

»Aber ich bin doch gar nicht …«, setzte Kaleb bestürzt an.

»In ihren Augen bist du böse auf sie«, sagte Liv ruhig. »Ich weiß, dass du nur versuchen willst, sie wachzurütteln, aber du warst wirklich ziemlich heftig! Du findest, dass sie sich schrecklich wichtig nimmt, nicht wahr? Ich glaube, du begreifst nicht, was für ein Gefühl das ist, auf eine solche Art verschmäht zu werden. Es ist nicht so, dass man sich selbst in den Mittelpunkt stellt, man ist nur so aufgewühlt, dass jede Nervenfaser bis zum Zerreißen gespannt ist und man nur darauf wartet, dass alle Menschen einem zurufen: ›Fort mit dir!‹ Glaub mir, ich weiß es, ich habe einmal dasselbe durchgemacht. War so am Boden zerstört durch die Verachtung eines Mannes, dass ich eine unendlich lange Zeit und Dags ganze Geduld brauchte, um wieder zu mir selbst zu finden. Gabriella hat sich noch nicht wieder gefunden. Im Übrigen ist sie ein liebenswertes und einfühlsames Mädchen, das sich nicht wichtiger nimmt als andere Mädchen in ihrem Alter. Ganz im Gegenteil.«

»Es tut mir leid«, sagte Kaleb dumpf. »Soll ich …«

»Nein, lass sie jetzt«, sagte Liv. »Sie möchte sicher

nicht, dass jemand sie weinen sieht. Schau, da kommt sie schon. Sie hat sich wieder gefangen.«

Danach plauderten sie nur über leichte und unverfängliche Dinge.

An diesem Abend bemerkte auch Gabriella, dass auf Gråstensholm merkwürdige Dinge vor sich gingen.

Sie war längst wieder in ihr eigenes Zimmer gezogen, und nachdem sie zu Bett gegangen war, hörte sie Flüstern und tapsende Schritte auf dem Flur.

Dann klopfte es ängstlich an ihre Tür.

»Gabriella«, flüsterte es durchs Schlüsselloch. »Bist du noch wach?«

Sie stand auf, zündete eine Kerze an und öffnete.

Vier Paar erschrockene Augen schimmerten im Schein der Kerzenflamme.

»Wir haben Geräusche gehört«, sagte Nikodemus.

»Kommt herein«, sagte Gabriella.

Alle vier tapsten in ihr Zimmer.

»Ah, wie gut es hier riecht«, sagte Eli.

»Hoho!«, sagte Per, das »Drosselküken«, und zog eine Grimasse. »Es riecht nach Dame. Parfüm!«

Gabriella lachte.

»Was habt ihr denn gehört?«

»Über unseren Köpfen hat sich etwas bewegt«, sagte Nikodemus.

»Schwere, schlurfende Schritte«, sagte Freda dramatisch.

»Pah«, sagte Per. »Das waren doch keine schweren Schritte. Da ist etwas geschlichen – wie ein ruheloser Geist.«

Gabriella schauderte.

»Wir trauen uns nicht, im Bett zu bleiben«, flüsterte Eli.

»Na, dann kriecht mal in mein Bett, Mädels! Ihr Jungen könnt das andere nehmen. Ich bleibe eine Weile wach und werde lauschen.«

Sie gehorchten, schnell wie der Blitz.

»Kannst du nicht Kaleb und Mattias holen?«, fragte Freda.

»Nein, nicht mitten in der Nacht«, erwiderte sie rasch und wollte sich nicht eingestehen, dass der Gedanke sie erschreckte. Der lange Weg über finstere Flure und Treppen.

Gabriella blieb auf, während die Kinder in den Betten kicherten und schwatzten.

»Schht! Wie soll ich etwas hören, wenn ihr solchen Lärm macht?«, mahnte sie.

Sie verstummten augenblicklich.

Ihr gefiel der Gedanke nicht, dass es auf Gråstensholm spuken könnte.

Den großen Dachboden kannte sie nicht, sie hatte nur einmal vor einigen Jahren einen kurzen Blick hineingeworfen. Er war ihr unheimlich erschienen.

Wie kam man noch dort oben hinauf? War da nicht irgendwo eine Treppe?

Die Kinder schliefen schließlich ein. Gabriella, nun ohne Bett, rollte sich im Sessel zusammen und versuchte zu schlafen.

Es war unmöglich, eine bequeme Stellung zu finden, so sehr sie sich auch drehte und wendete. Aber in das

Zimmer der Mädchen zu gehen – das wagte sie einfach nicht.

Feigling, schalt sie sich selbst.

Plötzlich fuhr sie entsetzt zusammen. Merkte, dass ihr Gesicht glühend heiß wurde.

Auf dem Dachboden bewegte sich etwas.

Es hörte sich nicht nach einem Menschen an. Es hörte sich an wie… Unsinn! Gabriella war wütend über ihre eigene makabre Fantasie. Und doch… es hörte sich an, als ob ein *Ding* oder eine Leiche oder sonst etwas Undefinierbares sich mühselig über den Fußboden schleppte, um die Treppe zu erreichen. Und in den Flur hinunterzukommen.

Entsetzen, Panik überfiel sie. Die Tür? War sie verschlossen? Konnte man sie überhaupt verschließen?

O Gott, was soll ich nur tun?, dachte sie. Kaleb holen?

Wieso gerade Kaleb? Weil er der Größte und Stärkste war, natürlich.

Nein, sie wagte sich nicht auf den Flur hinaus. Niemals im Leben!

Wie hatte Großmutter gesagt? Merkwürdige Geräusche?

Es musste das hier gewesen sein, was sie gehört hatte.

Dann – genauso plötzlich, wie sie begonnen hatten, genauso plötzlich verstummten die Geräusche.

Auf dem Dachboden war alles still.

Totenstill.

Himmel, konnte sie nicht endlich aufhören, so makaber zu denken?

In dieser Nacht machte Gabriella kein Auge zu. Als es Morgen wurde, erschien sie den drei anderen am Frühstückstisch selber wie ein ruheloses Gespenst, bleich, hohläugig und übernächtigt.

Kaleb sah sie forschend an, sagte aber nichts.

Das tat allerdings Mattias: »Du siehst aus, als hättest du eine schlimme Nacht hinter dir.«

»Das kann man getrost so sagen. Ich hatte alle vier Kinder in meinem Zimmer und habe die ganze Nacht im Sessel zugebracht.«

Liv blickte zu ihr herüber. »Hast du etwas gehört?«

Gabriella nickte. »Die Kinder auch. Es hörte sich furchtbar an.«

»Bevor unsere süßen kleinen Lämmer hier auftauchen, sollten wir die Sache klären«, sagte Kaleb. »Was habt Ihr gehört?«

Sie versuchte, seinem Blick gelassen zu begegnen, ohne fortzusehen.

»Die Kinder hörten Schritte. Von schleichenden, ruhelosen Gespensterschritten bis hin zu schwerem, kettenschleifendem Getrampel – je nach Fantasie.«

»Und Ihr, Markgräfin?«

Sie beschrieb die unheimlichen Eindrücke, die sie gehabt hatte. Von einem *Etwas*, das herunterzukommen versuchte.

»Das hört sich nicht sehr lustig an«, gab Mattias zu, aber seine sanften Augen funkelten vor Spannung. »Und was habt Ihr gehört, Großmutter?«

»Heute Nacht habe ich nichts gehört. Da habe ich geschlafen. Aber gestern Nacht. Da habe ich so diffuse Geräusche vernommen, wie ich schon sagte.«

»Es scheint, als ob es jedes Mal auf Eurer Seite des Dachbodens war – denn wir haben nichts gehört. Was ist da oben eigentlich?«

»Jede Menge Gerümpel. Gråstensholm ist ja sehr alt, müsst ihr wissen. Es hat den von Meidens schon lange vor unserer Zeit gehört. Ich weiß nicht ... nichts Besonderes ... eigentlich ...« Ihre Stimme verlor sich, sie war in Gedanken versunken.

»Woran denkt Ihr, Großmutter?«

»Ach, nichts, nur so eine dumme Idee ...«

»Sagt es, bitte!«, riefen alle drei.

»Nein, es hat sicher nichts damit zu tun, aber erinnert ihr euch an das Jahr, in dem Tarjei und Kolgrim gestorben sind?«

»Das war vor zehn Jahren«, sagte Kaleb. »Das Jahr vergisst wohl niemand, der das miterlebt hat.«

Unsicher fuhr Liv fort: »Sie erzählten beide von etwas, das sie auf dem Dachboden entdeckt hatten. Und beide waren lange oben gewesen. Kolgrim zwei Tage lang, Tarjei eine ganze Nacht.«

»Was haben sie dort gefunden?«

»Ich weiß es nicht. Keiner von ihnen hatte noch die Zeit, es zu sagen. Aber ich glaube ... ich glaube, es hatte etwas mit dem Eisvolk zu tun. Mit dem geheimen Schatz, wisst ihr.«

Gabriella wandte sich an Mattias. »Wo bewahrst du den Vorrat auf?«

»Jedenfalls nicht auf dem Dachboden. Da es derzeit keinen Grund gibt, ihn vor irgendjemandem zu verbergen, habe ich die Sachen ganz normal in meiner Arztausrüstung. Natürlich verschlossen, es sind ja tödliche Gifte darunter, aber nicht irgendwie versteckt.«

»Also Kolgrim und Tarjei waren beide auf dem Dachboden? Und beide starben kurz darauf«, sagte Gabriella. »Ich glaube nicht, dass ich hinaufgehen möchte.«

»Unsinn«, sagte Kaleb. »Ich war bei ihrem Tod dabei, bei beiden. Dass sie starben, ist allein darauf zurückzuführen, dass Kolgrim irgendein berauschendes Mittel genommen und seinen Verstand verloren hatte.«

»Aber das löst noch nicht das Rätsel auf dem Dachboden«, sagte Mattias. »Sollen wir hinaufgehen und nachsehen?«

Er ist wirklich kaltblütig, dachte Gabriella. Aber er hatte die entsetzlichen Geräusche ja auch nicht gehört.

»Das geht im Moment nicht«, sagte Liv. »Dein Großvater auf Eikeby hat eine Nachricht geschickt, dass du kommen sollst, Mattias. Und Gabriella muss erst einmal ausschlafen – du kannst ein Zimmer hier unten nehmen, da hast du Ruhe. Und Kaleb und ich müssen uns um die Kinder kümmern. Vielleicht heute Nachmittag.«

Aber später an dem Tag wurden alle nach Lindenallee eingeladen, zum Adventsschmaus.

Und anschließend war es dunkel.

Andreas kam mit ihnen zurück, denn er war neugierig auf das Rätsel und begierig, es aufzuklären.

Tarald und Yrja dagegen nicht. Sie glaubten nicht an geheimnisvolle Dinge auf dem Dachboden. Ein altes Haus entwickelt im Laufe der Jahre viele Geräusche.

Sie brachten alle Kinder in einem Zimmer im Erdgeschoss unter und beauftragten eine Magd, bei ihnen zu bleiben und aufzupassen. Sie trauten Freda immer noch nicht so ganz. Sie fürchteten, dass sie einen schlechten Einfluss auf die Jungen haben könnte.

Liv wollte gerne bei den jungen Leuten sein, aber sie war sich nicht sicher, ob sie Lust hatte, auf den Dachboden mitzukommen.

Gabriella auch nicht, aber sie wagte nicht, das laut zu sagen. Sie wollte sich nicht noch einmal Kalebs Verachtung aussetzen.

Es musste ungefähr Mitternacht sein. Niemand von ihnen hatte sich ausgezogen, sie hatten sich in Gabriellas Zimmer versammelt und saßen im Sessel und auf dem Bett. In ihrem Zimmer waren die Geräusche von oben offenbar am deutlichsten zu hören. Sie wagten nicht, laut zu sprechen, denn dann würden sie vielleicht nichts hören. So unterhielten sie sich flüsternd.

Gabriella betrachtete Kaleb heimlich. Im spärlichen Licht der Kerze wirkte er fantastisch stark und aufregend. Ein Mann aus einer anderen Welt als der ihren. Eine unerwartete Regung durchzuckte sie – und instinktiv wusste sie, dass es ein Alarmsignal war, dass es zu den gefährlichen Empfindungen gehörte, vor denen die Mutter sie gewarnt hatte. Gabriella hatte nie richtig verstanden, wieso, aber gehorsam hatte sie eine freundliche, doch kühle Distanz zu Männern gehalten – auch zu Simon.

Nun begann sich in ihr eine winzige Ahnung zu regen, woraus diese Gefahr bestand. Rasch senkte sie den Blick.

Andreas sagte: »Vater hat von einer Alraune erzählt, die zu dem Schatz gehörte, die aber jetzt verschwunden ist. Es kann doch wohl nicht sein, dass sie …«

»Du meinst, weil sie eine menschenähnliche Form hatte?«, sagte Liv. »Und weil es heißt, dass Alraunen Wunder bewirken können? Ich finde, das hört sich nicht sehr beruhigend an.«

Gabriella dachte dasselbe, sagte aber nichts.

»Nein«, sagte Kaleb, und seine raue Stimme klang anziehend auf eine Weise, die Gabriella beunruhigte. »Nein, wir glauben, dass Kolgrim die Alraune bei sich hatte, als er begraben wurde. Zu dem Schluss sind wir später gekommen.«

Liv sagte nachdenklich: »Eine der Mägde behauptet, sie habe etwas Sonderbares in der Speisekammer neben der Küche gesehen.«

»Und was war das?«

»Das konnte sie nicht sagen. Sie hatte nur das Gefühl, dass sie nicht alleine im Raum war. Dass etwas sie aus den dunklen Ecken heraus beobachtete.«

»Wie angenehm«, murmelte Gabriella.

»Sie kann doch wohl nicht zurückgekommen sein?«, flüsterte Andreas. »Die Alraune, meine ich? Um Rache zu nehmen?«

»Es wird zwar gesagt, Alraunen seien lebendig und hätten eine Seele, aber das kann ich mir beim besten Willen nicht vorstellen«, sagte Mattias. »Wie sollte sie …«

Er erstarrte.

Sie hörten es alle gleichzeitig.

Ein schwaches, undefinierbares Geräusch.

»Ratten?«, flüsterte Gabriella.

»Auf Gråstensholm gibt es keine Ratten«, sagte Liv. »Höchstens die eine oder andere kleine Maus.«

Als Antwort polterte es dumpf.

»Das war aber eine ziemlich große Maus«, sagte Kaleb trocken.

»Sollen wir hinaufgehen?«, flüsterte Andreas.

Die Männer erhoben sich. Gabriella sah fragend zur Großmutter, aber Liv blieb sitzen.

»Nun, Gabriella«, sagte Mattias. »Willst du nicht mitkommen?«

»Ihre Durchlaucht traut sich nicht«, murmelte Kaleb.

Das ging ihr nun wirklich der Ehre zu nahe. »*Selbstverständlich* traue ich mich«, fauchte sie, und bevor sie selbst wusste, wie ihr geschah, war sie draußen auf dem Flur und schlich sich auf Zehenspitzen mit den anderen zur Treppe.

Sie bereute es bitterlich. Aber jetzt war es zu spät zur Umkehr.

13. Kapitel

Liv lag in ihrem Bett und hörte, wie der Wind auffrischte. Hagelkörner peitschten gegen die Fensterscheiben. Sie grübelte darüber nach, was sich dort auf dem Dachboden verbergen mochte. Was Tarjei und Kolgrim dort entdeckt hatten. Aber Liv fand keine Erklärung.

Und dabei war sie die Einzige, die es hätte wissen müssen. Aber das, was sie vor fünfundzwanzig Jahren getan hatte, das hatte sie längst vergessen.

Die vier jungen Leute befanden sich auf dem Weg die Bodentreppe hinauf, die im Grunde nicht viel mehr war als eine schmale, steile Leiter. Sie versuchten, so geräuschlos wie möglich zu gehen, aus Furcht, die Treppenstufen könnten knarren.

Gabriella hatte bereits ihre Aufgabe erhalten. Sie sollte an der Bodenluke stehen und aufpassen, dass dieses Unbekannte nicht den Weg nach unten nahm.

Sie hielt das nicht für eine angenehme Aufgabe.

Noch weniger gefiel ihr, dass man ihr ein scharfes Eisenwerkzeug zugesteckt und dass auch alle anderen sich mit einem eisernen Gegenstand bewaffnet hatten.

Um ihn nach dem Ungeheuer zu werfen, falls es nötig sein sollte.

Dann waren sie alle oben. Der große, unbekannte Dachboden lag vor ihnen.

Niemand kannte sich hier aus, nicht einmal Mattias. Und Kerzen hatten sie nicht mitnehmen können. Alles musste in größter Heimlichkeit vonstattengehen.

Der Schneesturm peitschte gegen das Dach über ihnen und pfiff durch die Ritzen und unter den Dachbalken hindurch. Ein klagender, jammernder Trauergesang, der alle Geräusche übertönte, die sie hätten hören sollen.

Ein Dachboden hat etwas Wehmütiges an sich. Dort häufen sich vergangene Zeiten auf, in einem Sammelsurium von Dingen, die gebraucht und benutzt und geliebt worden sind, vielleicht mehrere Generationen hindurch. Bis man sie hierher verbannt und dem Vergessen anheimgibt.

So dachte Gabriella mit einem schwermütigen Ziehen im Herzen.

Schlimmer aber war das Gefühl kriechenden Unbehagens, beinahe von Furcht, das sie auf einem Dachboden ergriff. All das Unbekannte, Geheimnisvolle, das sich hier verbarg …

Und diese Nacht war besonders unheimlich.

Denn sie wussten, dass etwas sich dort in dem finsteren Raum befand, der schwarz und undurchdringlich vor ihnen gähnte.

Gabriella spürte, wie die Männer ihr in der Dunkelheit davonliefen. Voller Panik griff sie nach einer Hand und versuchte, jedenfalls einen von ihnen festzuhalten.

Er trat einen Schritt zurück und legte ihr sekundenlang beruhigend den Arm um die Schultern. An seiner Größe merkte sie, dass es Kaleb war.

Dann war er fort.

Seltsam, das war die erste freundliche Geste, die er ihr entgegengebracht hatte! Gabriella war so überwältigt, dass sie ihre Furcht vollkommen vergaß.

Ihr Herz fühlte sich wieder warm an. Eine neue Art von Wärme. Nicht so unsicher wie bei Simon – ob er sie mögen würde oder nicht. Das hier war neu.

Das war das Empfinden einer *erwachsenen* Frau.

Stark und gut – und nicht wenig erregend.

Kaleb seinerseits war ebenso überrascht.

Gabriella hatte seine Kühle nie verstanden. Sie erkannte nicht, dass sie selbst es war, die ihn so aggressiv machte. Er fand, dass sie sich herablassend und verächtlich ihm gegenüber benahm, den Standesunterschied zwischen ihnen extra betonte. All seine barschen Worte sollten sie »von ihrem hohen Ross« holen.

Und jetzt hatte sie plötzlich seine Hand gesucht.

Seine Hand!

Dass es nur zufällig seine Hand war, das kam ihm nicht in den Sinn. Stattdessen wurde er von einer heftigen Zärtlichkeit erfüllt; auf einmal sah er Gabriellas Schmach mit ihren Augen. Und er sah sie überhaupt nicht mehr als mürrische, ichbezogene Hochwohlgeborene, sondern als ein furchtsames, unsicheres und nach Zuneigung dürstendes Geschöpf, das von irgendeinem tölpelhaften Junker in ein finsteres Loch gestoßen worden war.

Er bezähmte seinen Drang, zurückzugehen und ihr all das zu sagen.

An all den Missverständnissen zwischen ihnen war Cecilie wohl nicht ganz unschuldig. Sie hatte eine Heidenangst, dass ihrer Tochter Ähnliches widerfahren könnte, wie ihr selbst in ihrer Jugend – dass das heiße Blut des Eisvolks sie in eine Situation bringen könnte, die sie nicht beherrschte. Cecilie hatte sich einst einem Mann hingegeben, der ihr gleichgültig war – nur weil sie schier verbrannte vor leidenschaftlicher Sehnsucht und unstillbarem Verlangen nach einem anderen Mann, den sie nicht haben konnte. Etwas Derartiges sollte Gabriella nicht passieren. Deshalb hatte sie, ohne es zu wollen, die Tochter zu einer Frau erzogen, die sich Männern gegenüber unnahbar und steif gab.

Von all dem wusste Kaleb nichts. Er spürte nur einen heftigen Schmerz in der Brust, wie von Wehmut oder Kummer darüber, dass sie die war, die sie war, und er immer nur Kaleb bleiben würde.

Er schloss die Augen für einen Moment und atmete tief durch, um sich wieder auf den Dachboden zu konzentrieren.

Man konnte die Hand nicht vor Augen sehen. Deshalb blieb er stehen und lauschte.

Durch das Heulen des Schneesturms hörte er die vorsichtigen, schlurfenden Schritte der anderen jungen Männer, die sich Zoll um Zoll vorwärtstasteten. Einer stieß sich den Fuß an etwas, er hörte einen halberstickten Fluch. Es musste Andreas sein, denn Mattias fluchte niemals.

Plötzlich hörten sie alle ein Poltern aus einer Ecke. Dann ein schleifendes Geräusch.

Gabriella presste eine Hand vor den Mund, um nicht aufzuschreien. Was können Kolgrim und Tarjei nur hier oben gefunden haben?, dachte sie. Welche Geheimnisse aus der Vergangenheit des Eisvolks verbergen sich auf diesem Dachboden?

Die Alraune …?

Nein, das wäre allzu makaber – so makaber, dass es einfach lächerlich war.

Aber Gabriella verspürte in diesem Augenblick keinerlei Drang zu lachen. Ganz und gar nicht!

Die Männer schlichen rasch und lautlos auf die Ecke zu, aus der das Geräusch gekommen war. Einer von ihnen stolperte über etwas, das sich wie eine Blechkiste oder etwas Ähnliches anhörte. Kaleb, der die Ecke erreicht hatte, stand mucksmäuschenstill.

An seinem einen Bein spürte er etwas Weiches, wie Stoff. Er bewegte sein Bein ein wenig und stellte fest, dass es ein Sessel sein musste, über den eine Decke geworfen war.

Dann sah er die Silhouette von Mattias vor einer Dachluke. Sie zeichnete sich schwarz vor dem Schneehimmel ab. Und Andreas stand rechts von ihm, das wusste er.

Gabriella hielt drüben an der Treppe Wache.

Wer zum Teufel befand sich dann links neben ihm? Links in der Ecke …

Es lief ihm kalt den Rücken hinunter. Sein eigener Atem ging flach, fast lautlos, aber dicht neben sich hörte er jemanden atmen. Er spürte die Wärme eines lebendigen Wesens …

Seine Hand schnellte vor und erwischte eine Schulter. Eine kleine, schmale Gestalt, die sich rasch losriss. Groteske Gedanken schossen Kaleb durch den Kopf – über die Stimmen von Tarjei und Kaleb oben im Tal des Eisvolks. Worte, die der Wind ihm zugetragen hatte – Worte, die nicht für ihn bestimmt gewesen waren. Kolgrim, der über eine kleine, schmale, unheimliche Gestalt mit einer schnabelähnlichen Nase sprach, und Tarjei, der erklärte, das sei nicht Satan, sondern Tengel der Böse – der seit vierhundert Jahren tot war!

Blitzschnell war dieser Gedanke durch seinen Kopf gehuscht, aber doch langsam genug, dass er ängstlich den Griff gelockert hatte. Etwas fegte wie ein Wirbelwind über den Dachboden, und alle sprangen hinterher. Kaleb fiel über diesen Eisenkasten, der offenbar hier im Wege war, und hörte das Etwas über den Fußboden huschen und unter einer Kommode oder etwas Ähnlichem hindurchkriechen und mit einem dumpfen Laut gegen die Wand prallen. Er hatte sich gerade wieder aufgerappelt, da hörte er Gabriella aufschreien.

Er überließ den anderen die Verfolgung der Gestalt, die jetzt die Treppe hinunterhastete, und konzentrierte sich auf Gabriella, die schluchzend auf dem Boden lag.

»Wie geht es Euch?«, fragte er besorgt und half ihr auf. Er nahm sie tröstend in die Arme, und sie lehnte sich dankbar an ihn.

»Ist ja gut«, flüsterte er mit den Lippen an ihrem Haar. »Jetzt ist alles vorbei.«

Wie schwindelerregend schön das war …

Ihr wurde bewusst, wo sie sich befand, und sie machte sich frei. »Verzeihung«, wisperte sie.

Er wachte auf. »Keine Ursache, Durchlaucht. Kommt, wir müssen den anderen helfen.«

Kaleb half ihr fürsorglich die Treppe hinunter. Es war ein gutes Gefühl, seine starke und zuverlässige Hand zu halten. Gabriella fühlte ihr Herz heftig pochen – vor doppelter Erregung.

Schon auf der Treppe hörten sie einen mächtigen Tumult unten im Flur. Sie liefen den anderen hinterher – und direkt hinein in eine wilde Rangelei. Gabriella spürte einen Biss am Handgelenk und schrie vor Schreck und Schmerzen auf. Da die Männer nicht wussten, gegen wen oder was sie kämpften, hielten sie sich ein wenig zurück, und das verlängerte den Kampf.

Aber dann hatten sie die Kontrolle über das Biest gewonnen.

Das fauchte und spuckte und überschüttete sie mit den abscheulichsten Flüchen, mit einem Sturzbach von hässlichen Worten in einer grotesken Mischung.

Etwas Derartiges hatten sie noch nie gehört.

Oder vielleicht doch? Diese heisere, freche Stimme …

»So! Jetzt immer schön mit der Ruhe«, sagte Kaleb kalt. »Und erkläre uns, was du hier tust?«

»Ich hab ja wohl ebenso ein Recht darauf, hier zu sein wie Freda. Ich war immer gut zu ihr, aber trotzdem war sie es, die ihr mitgenommen habt, damit sie Essen und ein gutes Zuhause kriegt. Bin ich vielleicht kein Mensch, oder was?«

Liv und die anderen Bewohner des Hauses waren inzwischen hinzugekommen, schlaftrunken und in Nachtkleidern, aber mit den höchst notwendigen Kerzen in den Händen.

»Natürlich bist du das«, sagte Gabriella, die in einer Stimmung war, dass sie am liebsten die ganze Welt umarmt hätte. »Wir haben einfach nicht so weit gedacht. Du bist ja selbst noch ein Kind. Helft ihr aufzustehen, Männer!«

»Aber wir haben keinen Platz«, wandte Kaleb ein. »Außerdem würde sie die anderen Kinder vollkommen verderben. Besonders Freda natürlich!«

»Aber sicher haben wir Platz«, sagte Liv ruhig. »Sie kann das Bett mit ihrer Schwester teilen. Wie heißt du, mein Kind?«

»Was geht dich das an, du alte Schachtel«, begann das liebenswürdige Wesen aus alter Gewohnheit, besann sich aber schnell. Sie sah wohl ein, dass die Entscheidung auf der Kippe stand. »Oline«, murmelte sie. »Ein Scheißname, den sie mir da angehängt haben. Angelina oder Mariana hätte viel besser zu mir gepasst, so viel steht fest. Wo habt ihr Freda versteckt, ihr verdammten …«

»Freda schläft«, unterbrach Liv sie.

Sie gab dem Dienstmädchen Anweisung, den Badezuber bereitzustellen. Denn der war wohl noch nie so dringend nötig gewesen wie jetzt.

»Du sollst ein schönes Bett bekommen, in dem du heute Nacht schlafen kannst«, versprach Mattias. »Und morgen früh werde ich dich von Kopf bis Fuß untersuchen.«

»Du alter Bock!«, grinste Oline.

»Hast du Hunger?«, fragte Liv.

»Blöde Frage! In eurer Speisekammer war ja kaum was zu finden. Die guten Sachen habt ihr weggeschlossen, ihr Geizhälse!«

Doch schau an, baden wollte sie ganz und gar nicht! Sie stellte sich mit dem Rücken zur Wand und bespuckte alle, die sich ihr näherten.

Liv versuchte es mit guten Worten: »Freda musste auch baden, als sie hier ankam. Alle Kinder haben gebadet, das ist eine Voraussetzung, um hierbleiben zu können. Und es werden nur Frauen dabei sein.«

»Was? Soll ich mich etwa von euch Weibern anglotzen lassen, häh? Nee, nee, besten Dank auch! Jedenfalls nicht von der da«, keifte sie und zeigte auf Gabriella. »Die ist ja so was von hässlich und klapperdürr und langweilig, die nimmt sich doch gleich 'nen Strick, wenn die sieht, wie ein *richtiges* Frauenzimmer auszusehen hat! Ich will nicht schuld sein, wenn die sich umbringt, damit ihr's nur wisst! Und anfassen soll sie mich mit ihren Skelettfingern auch nicht! Igitt!«

Das Weinen, das Gabriella so viele Wochen lang zurückgehalten hatte, würgte sie im Hals. Sie hörte Kalebs beißendes »War das jetzt nötig, du boshaftes kleines Biest?«, als sie aus der Waschküche stürzte und auf ihr Zimmer lief. Dort verbarg sie sich hinter der Tür, lehnte sich an die Wand und kämpfte gegen das Schluchzen.

Alle sagen es, dachte sie. Hässlich und mager und langweilig. Kein Wunder, dass Simon mich verlassen hat!

Aber gerade jetzt wollte ich das nicht hören. Nicht jetzt, wo ich einen kleinen Moment voller Glück erlebte.

Sie spürte zwei freundliche Hände um ihre Schulter.

»Markgräfin Gabriella …«

Kalebs Stimme war so zärtlich, so weich. Da war es ja ganz unmöglich, die Tränen zurückzuhalten!

»Ich glaube, es ist höchste Zeit, dass Ihr Euren Tränen freien Lauf lasst. Das habt Ihr bisher nicht getan, nicht wahr? Das ist auf die Dauer ungesund.«

Sie schluckte und schluckte.

»Begreift Ihr nicht, dass Oline nur eifersüchtig ist? Ihr wohnt hier unter einem Dach mit so vielen jungen Männern. Oline hat eine so verquere Vorstellung vom Leben, dass sie sicher dachte, wir alle wären Eure Liebhaber.«

Gabriella musste lachen. Ein kleines, merkwürdiges, erregendes Gefühl entzündete sich in ihr bei dem Gedanken an Kaleb …

Nein, liebe Güte, woran dachte sie nur?

Aber seine Worte hatten auch noch eine andere Wirkung. Sie gab den Kampf auf, lehnte sich an seine Schulter und ließ die bitteren Tränen strömen, die sie so lange verdrängt hatte.

Kaleb war viel verständnisvoller, als sie geglaubt hatte. Während sie in der Ferne das erschütternde Gebrüll von Oline hörte, die nun offenbar im Badezuber gelandet war, flüsterte er ihr sachte ins Ohr:

»Liebe kleine Markgräfin! Ihr kommt aus einer anderen Welt als ich, aber ich kann mir nicht helfen: Ich finde, Ihr seid das feinste und hübscheste Geschöpf auf Gottes Erde. Verzeiht mir, dass ich mich erdreiste, Euch das zu sagen!«

Unter Weinen und Lachen sagte Gabriella: »Sagt mir mehr solche Sachen, Kaleb. Ich kann gar nicht genug davon hören. Gerade jetzt habe ich diese Worte so gebraucht.«

Sie hörte auf zu weinen und versuchte, zu ihm aufzusehen, aber in der Dunkelheit konnte sie nichts erkennen. »Und dabei war ich so unglücklich, weil Ihr mich nicht mochtet!«

»Dieselben unglücklichen Gedanken hatte ich, was Euch betraf, Markgräfin. Fühlt Ihr Euch jetzt besser?«

»Ja, danke, viel besser. Es war gut, ein wenig weinen zu können. Und so freundliche Worte zu hören.«

»Ihr habt wohl bisher nicht sehr viel Freundliches von mir zu hören bekommen, fürchte ich. Ich schäme mich aufrichtig darüber, dass ich so grob gewesen bin, und ich kann es nicht anders erklären, als dass ich mich gegen meine eigene unbescheidene Zuneigung zu Euch wehren wollte. Ich habe mit aller Kraft dagegen angekämpft und versucht, tausend Fehler bei Euch zu finden. Ich *wollte* einfach glauben, dass Ihr hochmütig und eingebildet wärt. Und das seid Ihr ja nun wirklich nicht! Verzeiht mir, wenn Ihr könnt!«

Gabriella nickte heftig mit gesenktem Kopf.

»Gut«, sagte er. »Sollen wir hinuntergehen und helfen? Da nun unflätige Beschimpfungen das Geschrei abgelöst haben, können wir wohl davon ausgehen, dass Oline inzwischen saubergeschrubbt ist?«

»Ja«, lächelte sie und löste sich widerwillig aus seiner behaglichen Nähe. »Kaleb, wie sollen wir nur mit ihr fertigwerden?«

»Sie ist ein schwieriger Fall. Aber Eure Großmutter war ganz optimistisch. Lasst uns die Probleme eins nach dem anderen angehen, so wie sie kommen.«

Gabriella seufzte. »Ich fürchte, sie werden alle auf einmal über uns hereinbrechen.«

Wie herrlich, wie unendlich herrlich es war, Probleme mit Kaleb besprechen zu können und zu wissen, dass er ihr Freund war, dass sie einander verstanden!

Wenn sie bisher auch viel Arbeit mit den Kindern gehabt hatten, bekamen sie nun doppelt so viel Mühe mit Oline. Unaufhörlich schockierte das Mädchen sie mit ihren groben Ausdrücken, mit ihren schamlosen Angriffen auf die Männer und mit all ihren Krankheiten. Mattias musste sein ganzes Können aufbieten, um sie von all den üblen Infektionen zu befreien.

Sie bekamen auch eine Erklärung für die unheimlichen schleifenden Geräusche, die sie auf dem Dachboden gehört hatten. Oline erklärte ihnen verärgert, dass es allzu kalt dort oben gewesen sei, deshalb habe sie ein altes Bettgestell hervorgezogen und sich dort mit Decken einigermaßen komfortabel eingerichtet.

Aber sonderbarerweise schien sie willig zur Mitarbeit zu sein – bis zu einem gewissen Grad. Und sie fühlte sich ausgesprochen wohl! Yrja fand sie in ihrem Ankleidezimmer, wo sie eifrig damit beschäftigt war, Yrjas schöne Seidenkleider anzuprobieren. Und aus alter Gewohnheit mopste sie heimlich von dem Essen, das wenige Minuten später sowieso serviert wurde. Ihre ganze Zuneigung galt Andreas, der einen weiten Bogen um das kleine freche Luder machte. Sie stank nach dem Teer, mit dem Mattias sie gegen die Krätze eingerieben hatte, und sie behauptete, das sei der Grund, warum Andreas sie nicht anfassen wollte.

»Wartet nur, bis ich das elende Zeug los bin«, sagte sie. »Dann wird er mir nachgelaufen kommen mit seinem …«

»Danke, das reicht!«, unterbrach Kaleb sie scharf. »Es sind schließlich auch Damen anwesend.«

Dieser kleine Seitenhieb entging Oline völlig.

Sie beteiligte sich eifrig am Schulunterricht und war alles andere als dumm. Schnell hatte sie die anderen eingeholt, was das Lesen betraf. Rechnen fand sie langweilig – so wie man immer das langweilig findet, was man nicht begreift –, und diesen Unterricht störte sie nach Kräften. Also beschränkte Liv sich bei ihr auf das Allerwichtigste, wie etwa das Geldzählen. Was sollte sie auch mit höherer Mathematik?

Vor Mattias' sanften Augen hatte sie Respekt. Sie spürte, dass sie ihn als Frau nicht reizen konnte.

»Der ist kastriert, das merkt doch ein Blinder«, tröstete sie sich kichernd.

Am Tag vor Heiligabend, als ganz Gråstensholm Kopf stand vor lauter hektischen Vorbereitungen, traf ein Weihnachtsgast ein. Gabriella, die mit den Kindern draußen gewesen war, hörte die Stimme, als sie die Eingangshalle betrat, und sie lief flammend rot an.

Simon? Hier?

Sie befanden sich alle im großen Salon, wo sie steif herumstanden – Simon, Liv, Mattias, Kaleb, Tarald und Yrja. Gabriella übergab die Kinder der Obhut einer Dienstmagd und schickte sie fort. Kaleb war ziemlich blass, wie sie bemerkte.

Simon kam mit ausgestreckten Armen auf sie zu.

»Gabriella, Liebste, ich habe ihnen allen gerade erklärt, dass das Ganze ein schreckliches Missverständnis war. Wie konnte jemand annehmen, ich sei mit einer anderen Frau nach Deutschland geflohen? Ich wurde mit allerhöchster Dringlichkeit zum Sterbelager eines Verwandten gerufen, deshalb blieb mir keine Möglichkeit, jemandem Bescheid zu sagen …«

Gabriella betrachtete seine herausgeputzte Erscheinung. Sie war innerlich vollkommen gefühllos.

»Und die junge Dame? Wurde sie auch zum Sterbelager eines Verwandten gerufen?«

Simon warf mit einer kurzen Kopfbewegung sein prachtvolles goldbraunes Haar zurück. »Es war purer Zufall, dass sie zur selben Zeit abreiste. Wir kannten uns ja nicht einmal, bevor wir uns in der Kutsche nach Süden begegneten.«

Das war nicht eben die Version, die er einem Offizierskameraden aufgetischt hatte …

Es entstand eine kleine Pause.

»Hast du mit meinen Eltern gesprochen?«, fragte Gabriella tonlos.

»Bisher noch nicht. Ich erfuhr von Freunden, dass du hierher gereist bist, und ich war bestürzt über die Gerüchte, die aufgekommen waren, deshalb schien es mir vordringlich, zu dir zu eilen und dich meiner treuen Ergebenheit zu versichern.«

»Also habt Ihr sie sitzen lassen … die andere?«, bemerkte Kaleb trocken.

Simon wandte sich ärgerlich zu ihm um. »Ich weiß wirklich nicht, was Unbeteiligten das Recht gibt, sich in diese Angelegenheit einzumischen. Auf derartige Unterstellungen antworte ich nicht. Gabriella, können wir unter vier Augen miteinander sprechen?«

»Das ist nicht nötig«, sagte sie und versteifte den Nacken. »Man hat dich in Unehren entlassen, ist es nicht so? Dein Rang als Offizier wurde dir aberkannt, deine Familie hat dir den Rücken gekehrt, und Geld hast du auch keines mehr. Mit anderen Worten, du bist am Ende. Was du mit deiner Geliebten gemacht hast, weiß ich nicht, aber Kaleb wird wohl recht haben mit seiner Vermutung. Falls die Leidenschaft nicht ganz von selbst erloschen ist, so etwas soll ja auch vorkommen. Jetzt kommst du zu mir, weil ich eine hässliche, dumme Gans bin, die dich dankbar wieder aufnimmt und allen erzählt, wie übel man dir mitgespielt hat. So hast du es dir doch vorgestellt, oder? Dann erhältst du deine Offiziersehre zurück und die ganze große Mitgift, die mein Vater uns versprochen hatte. All das wiegt schwer genug, dein Leben einer reizlosen, langweiligen Ehefrau zu opfern, nicht wahr?«

»Aber Gabriella«, rief er bestürzt. »Wie kannst du so etwas nur *glauben*? Ich will doch nur dein Bestes, und es schmerzt mich, dass du so schlecht von mir denkst! Können wir denn nicht allein miteinander sprechen?«, rief er mit einem verärgerten Blick auf die anderen, die ihn weiterhin regungslos umstanden.

Livs Stimme war sanft, hatte aber einen scharfen Unterton. »Ich glaube nicht, dass Gabriella mit Euch allein sein möchte, Herr Graf. Sie hat kein Verlangen danach zu sehen, wie Ihr sie mit schönen Worten und zärtlichen Gesten zu betören versucht. Denn in der schweren Zeit der Demütigungen, nachdem Ihr sie auf diese unerhört feige Art und Weise verlassen hattet, ist es Gabriella gelungen, wieder zu sich selbst zu finden.«

Simon erwiderte ärgerlich: »Ich sagte doch, dass ich niemals daran gedacht habe, sie zu demütigen!«

Mattias schaltete sich in den Wortwechsel ein. »Ihr habt lange gebraucht, sie von dem Missverständnis in Kenntnis zu setzen. Im Übrigen haben sich Gabriellas Interessen inzwischen anderweitig orientiert.«

Simons Blick richtete sich unsicher auf sie.

»Das stimmt«, sagte Gabriella ernst. »Was ich für dich fühlte, war kindische Bewunderung. Inzwischen weiß ich, was es heißt, wirklich zu lieben.«

»Gabriella! Bist du dir klar darüber, was du mir

jetzt antust? Du stößt mich in die äußerste Dunkelheit!«

»Das hättest du dir früher überlegen müssen. Heute bin ich aus tiefstem Herzen froh darüber, dass alles so gekommen ist. Im Grunde müsste ich dir also dankbar sein für dein schäbiges Benehmen! Und jetzt kannst du gehen. Der Kutscher wird dich nach Christiania zurückbringen.«

Er war einen Moment lang sprachlos. Dann machte er einen letzten, verzweifelten Versuch. »Du weist einem Weihnachtsgast die Tür? Das bringt Unglück, wie du weißt.«

»Also auch das hast du in deinen Plan einbezogen? Nein, ich werfe dich nicht hinaus. Du kannst zur Küchentür gehen und deine Hand ausstrecken. Dann wird die Küchenmagd ein Stück Brot hineinlegen, wie es sich gehört. Adieu, Simon. Du findest wohl selbst den Weg hinaus.«

Sie ging aus dem Zimmer und die Treppe hinauf, ohne sich umzudrehen. Aber Simon, der endlich eine Gelegenheit gekommen sah, sie allein zu sprechen, lief ihr rasch nach und packte ihren Arm. Seine Augen flackerten vor hysterischer Angst.

»Gabriella, begreifst du nicht?«, flüsterte er mit heiserer Stimme. »Sonst müsste ich mir doch die Kugel geben!«

Gabriella sah ihn mitleidig an, während sie seine Hand fortwischte, wie einen störenden Krümel.

»Du willst also mir die Schuld geben für das alles?«, sagte sie müde. »An mein Gewissen appellieren, damit ich dich gnädig wieder aufnehme? Wie tief kannst du eigentlich noch sinken?«

Dann setzte sie ihren Weg die Treppe hinauf fort.

Wenig später hörte sie die Schellen des Schlittengespanns, das sich den Weg hinunter entfernte.

Liv kam herein, zusammen mit Kaleb. Sie blieben an der Tür stehen und sahen sie an.

Liv sagte: »Wir haben Simons letzte Worte an dich auf der Treppe gehört. Es war gut, dass du dich nicht mit so einem simplen Trick hast erpressen lassen.«

»Und wenn er sich erschießt?«

»Wirkliche Selbstmörder kündigen ihre Tat nicht vorher an. Das war nur ein letzter verzweifelter Versuch. Du weißt, du warst die Einzige, die ihm seine Ehre hätte zurückgeben können.«

»Meinst du wirklich, dass ich kein schlechtes Gewissen haben muss?«

Die Großmutter seufzte. »Da siehst du mal, wie es ihm gelungen ist, die ganze Sache zu verdrehen! Jetzt sitzt du hier und bist unglücklich und voller Schuldgefühle! Nachdem er dich vollkommen vernichtet hatte. Sei froh und dankbar, mein Kind, dass du dieser Sorte Mann entkommen bist! Oder hegst du immer noch liebevolle Gefühle für ihn?«

»Nein, bewahre!« Sie richtete sich auf. »Ganz im Gegenteil! Ich entdecke gerade, wie herrlich es ist, von ihm befreit zu sein!«

»Kaleb hat mit mir gesprochen, Gabriella«, sagte Liv leise. »Wenn es irgend möglich wäre, würde er um deine Hand anhalten.«

»Und warum sollte das nicht möglich sein?«, fragte sie verzagt und kümmerte sich nicht im Mindesten darum, dass es schamlos klingen könnte.

Die Großmutter setzte sich an ihre Seite. »Weil du eine Markgräfin Paladin bist, mein Mädchen. Schon Simon wäre unter deinem Stand gewesen. Dein Vater kann keine Ehe gutheißen zwischen dir und einem Mann, der nicht aus dem Hochadel stammt. Er selbst musste den König um Erlaubnis bitten, um Cecilie heiraten zu dürfen, deine Mutter. Obwohl sie immerhin Baronesse war. Kaleb *bittet* nicht um deine Hand. Er will nur, dass du weißt, wie sehr du geliebt wirst.«

Gabriella sah zu ihm auf, begegnete seinen liebevollen Augen. Sie erhob sich und glitt in seine Arme, verbarg ihr Gesicht an seiner Brust.

»Auch er wird geliebt«, murmelte sie und lachte schüchtern.

Kalebs Hände streichelten sie sachte, während sein Blick den klugen Augen Livs begegnete.

Die Großmutter sagte: »Seid ihr bereit, für eure Liebe zu kämpfen? Ist diese Liebe stark genug, um das durchzustehen?«

»Meine schon«, sagte Gabriella hitzig. »Aber Kaleb meint das sicher nicht im Ernst? War er es nicht, der... der...«

Ihre Stimme erstarb, und beklommen ließ sie ihre Arme sinken. »Der ein dralles, hellblondes Bauernmädchen wollte, so ganz das Gegenteil von dem, was ich bin?«

»Aber Gabriella, Ihr dürft doch nicht auf ein solches Gerede hören«, sagte Kaleb verlegen. »Das waren doch nur unüberlegte Worte, die ich gesagt habe, als ich fünfzehn war und in der finsteren Grube arbeiten musste. Damals hatte ich doch kaum jemals ein Mädchen zu Gesicht bekommen, und ich hatte ganz unreife Vorstellungen davon, wie sie aussehen sollte. Inzwischen weiß ich, dass Liebe nicht nach Äußerlichkeiten fragt. Sie schlägt einfach zu, ganz gleich wie schwierig die Umstände sein mögen – so wie jetzt zwischen Euch und mir.«

Gabriella hatte sich noch nicht ganz von ihren Zwangsvorstellungen befreit. »Aber ich bin doch so unansehnlich!«

»Gabriella, Ihr seid alles andere als unansehnlich! Ich mag Euch genau so, wie Ihr seid, begreift Ihr das nicht? Ich habe Euch lieben gelernt. Reicht das nicht?«

»Doch, das reicht weit, sehr weit«, strahlte sie. »Was meintet ihr mit ›kämpfen‹, Großmutter?«

»Nun, das kann ich euch erzählen«, begann Liv. »Ich selbst war von *sehr* feiner Geburt, als ich die Frau von Baron Dag von Meiden wurde. Cecilie bekam Markgraf Paladin, trotz ihrer geringen Herkunft. Yrja war überhaupt nicht adelig, als sie sich mit Baron Tarald vermählte. Und Tarjei heiratete die hochadelige Cornelia. Deshalb können wir festhalten, dass Kaleb es auf jeden Fall versuchen sollte. Gabriellas Mutter wird sicher schnell einverstanden sein. Alles hängt davon ab, was ihr Vater dazu sagt.«

Gabriella biss sich auf die Lippen. »Vater ist der gütigste Mensch auf der Welt, er tut alles für Tancred und mich, aber er ist schrecklich darauf bedacht, dass wir unsere gesellschaftliche Position nicht vergessen … Wie sollten wir am besten vorgehen?«

»Zunächst einmal möchte ich euch Zeit geben, euch über eure Gefühle im Klaren zu werden. Denn die erste, aufflammende Verliebtheit *kann* kurzlebig sein. Aber seid bemüht, Situationen zu vermeiden, die euch in allzu große Versuchung führen könnten! Ihr versteht sicher, was ich meine.«

Kaleb nickte ernst, und Gabriella sagte eifrig: »Keine Sorge, Großmutter! In dieser Hinsicht hat Mutter mich unablässig ermahnt. Ich selbst bin fest entschlossen, mich auf keine Dummheiten einzulassen, bevor ich verheiratet bin.«

Liv und Kaleb mussten beide über ihre Worte lächeln.

»Gut«, sagte Liv. »Und danach reisen wir alle drei nach Gabrielshus und sprechen mit deinen Eltern, Gabriella. Ich komme mit, denn ich möchte meine dänische Familie auch gern einmal wiedersehen. Es ist schon so lange her seit dem letzten Mal.«

Das war ein vernünftiger Vorschlag, gegen den sie nichts einzuwenden hatten.

Und dann kam endlich der Heilige Abend. Rund um die üppig gedeckte, herrlich geschmückte Tafel saßen alle zusammen, Groß und Klein, festlich angezogen und in Feiertagsstimmung. Die Augen der fünf Kinder glänzten, und Gabriella fragte sich beklommen, wie ihre bisherigen Weihnachtsabende wohl ausgesehen haben mochten.

Oder wie Oline es aus ehrlichem Herzen formulierte, nachdem Tarald das Weihnachtsevangelium vorgelesen hatte:

»Ja Scheiße, wie schön das alles ist!«

14. Kapitel

Kaleb und Gabriella besuchten mit dem Schlitten alle Häuslerhöfe rund um Gråstensholm mit Weihnachtsgeschenken. Überall wurden sie auf ein Glas Branntwein oder Punsch hereingebeten, und obwohl Gabriella nur zaghaft daran nippte, wurde ihr langsam schwindelig im Kopf. Alle waren so freundlich, es war Weihnachten, und sie selbst war so glücklich wie nie zuvor in ihrem Leben. Frei! Frei und geliebt!

Konnte die Welt etwas Schöneres bereithalten?

Das sollte sie sehr bald erfahren!

Auf dem Heimweg saß sie behaglich und sorglos an Kaleb gekuschelt unter der Felldecke. Beide sagten nichts, sie waren einfach nur strahlend glücklich.

Kaleb hatte deutlich mehr von den starken Getränken genossen als sie. Und als sie nach dem letzten Häuslerhof durch den Wald fuhren, kroch seine Hand reichlich tief ihren Leib hinunter. Gabriella räkelte sich träge und schmiegte sich noch enger an ihn.

Er ließ das Pferd anhalten. Die Dämmerung senkte sich herab, und außer ihnen war niemand an diesem Weihnachtsabend in der freien Natur unterwegs.

Kaleb zog die hochwohlgeborene Markgräfin an sich und vergrub sein Gesicht an ihrem Hals. Sie gab einen kleinen Seufzer des Wohlbehagens von sich, endlich befreit von all den Hemmungen, die ihre jugendliche

Selbstkritik ihr auferlegt hatte. Ihre Hände versenkten sich leidenschaftlich in seinem Haarschopf.

Ganz von allein hatten ihre Lippen sich gefunden. Gabriella, die noch nie zuvor geküsst worden war, und gewiss nicht auf diese Weise, glaubte, auf wunderbar warmen Wellen zu segeln. Sie erwiderte seine Küsse mit der ganz vorbehaltlosen Offenheit, die ein leichter Rausch verleiht, und protestierte auch nicht, als Kalebs Hände sich weiter vortasteten, ganz im Gegenteil.

Er war es, der als Erster aufhörte.

»Wir müssen weiter«, keuchte er atemlos. »Bevor ich etwas Unverzeihliches tue.«

Gabriella setzte sich auf und richtete ihre Kleidung.

»Himmel, ja!«

Sie wurde schlagartig nüchtern. Lieber Gott, war es so leicht, einer Versuchung zu erliegen? Und so schwer, ihr zu widerstehen? Wäre Kaleb nicht beizeiten zur Besinnung gekommen, hätte sie all ihre Prinzipien über Keuschheit und Tugend über Bord geworfen, und die Ermahnungen ihrer lieben Frau Mutter wären vollkommen vergebens gewesen.

Gabriella hatte keine Ahnung gehabt, dass sie im Besitz so starker natürlicher Triebe war.

»Und ich habe mich nicht im Mindesten gewehrt!«, sagte sie leise und beklommen.

Kaleb konnte ohne weiteres erraten, welche Gedanken sie zu diesem offenherzigen Bekenntnis verleitet hatten. Er legte eine Hand über die ihre.

»Auch ich hätte beinahe alle Selbstkontrolle vergessen. Du bist ungeheuer anziehend, Gabriella, weißt du das?«

Sie lachte schüchtern. »Du auch«, flüsterte sie und umklammerte seine Hand, als wollte sie sie nie mehr loslassen. Sie akzeptierte es als ganz selbstverständlich, dass Kaleb sie jetzt duzte. Alles andere wäre absurd gewesen – schließlich hatten seine Hände schon den größten Teil ihres Körpers erforscht.

Der Schlitten glitt durch die herabsinkende Weihnachtsnacht.

»Morgen hat Mattias Geburtstag«, sagte Gabriella.

»Ja. Er ist ein feiner Kerl, der Mattias. Mein allerbester Freund. Seltsam, wie Not und Unglück Menschen zusammenschweißen können. Seit der schrecklichen Zeit in der Grube gibt es ein unsichtbares Band zwischen Mattias und mir, geknüpft aus den gemeinsamen Schwierigkeiten, die wir durchlebt haben.«

»Das kann ich gut verstehen«, sagte Gabriella still.

Kaleb schwieg eine Weile, dann sagte er: »Dieser Simon ist wirklich ein gutaussehender Mann. Warst du in ihn verliebt?«

»Darauf kann ich aufrichtig antworten: nein«, sagte Gabriella. »Ich war damals ganz benommen von dem Gedanken, dass ein Mann wie Simon *mich* haben wollte. Ich war ängstlich und aufgeregt zugleich, ich konnte nicht glauben, dass ich fähig wäre, eine Ehe zu führen, und ich hatte nicht die mindeste Ahnung, was Liebe ist. Ich wusste nicht einmal, dass es solche Gefühle gibt.«

»Was für Gefühle?«

»Wie unse… wie meine, wollte ich sagen. Für dich.«

»Warum nicht: Wie unsere?«

Sie antwortete nicht.

»Wagst du immer noch nicht, zu glauben, dass es jemanden gibt, der dich liebt?«

»Es erscheint mir so anmaßend. So eingebildet.«

Kaleb schwieg eine Weile. »Hättest du es gern, wenn ich an deinen Gefühlen zweifelte?«

»Nein«, sagte sie leise. »Verzeih mir.«

Und dann, noch leiser: »Ich liebe dich so über alle Maßen, Kaleb. Es ist so überwältigend!«

»Sag es lauter!«, lachte er. »Kannst du nicht du selbst sein und genau das sagen, wozu du Lust hast?«

Da lächelte sie über das ganze Gesicht. »Nein, aber ich kann tun, wonach mir gerade der Sinn steht!«

Sie schlang die Arme um seinen Hals und zog sein Gesicht herunter zu dem ihren. Kaleb überließ es dem Pferd, den richtigen Weg zu finden. Aber da waren sie auch schon fast daheim auf dem Hof.

Als die drei kurz vor Neujahr in Gabrielshus ankamen – Gabriellas jungfräuliche Ehre war tatsächlich noch recht unversehrt –, hatte Markgraf Alexander zu ihrer aller Erstaunen nicht das Mindeste gegen die Verbindung einzuwenden.

»Aber nein, das ist überhaupt kein Problem«, sagte er. »Ich sehe, dass meine Gabriella so glücklich und ausgeglichen ist wie niemals zuvor. Und dass Kaleb ein guter Kerl ist, das wissen wir seit vielen Jahren. Norwegen hat ja selbst keine Adeligen mehr. Deswegen müssen wir doch wohl nicht jeden Norweger für minderwertig halten! Weil das junge Paar am liebsten in Norwegen leben möchte, werden wir ihnen einen Gutshof schenken, nicht wahr, Cecilie? Falls also irgendein Snob bei Hofe danach fragt, sage ich einfach, dass meine Tochter einen norwegischen Gutsbesitzer geheiratet hat. Alles andere geht niemanden etwas an.«

Kaleb lachte. Er war überwältigt. Und Gabriella umarmte ihre verständnisvollen Eltern aufs Herzlichste.

Sie beschlossen, noch eine Weile auf Gråstensholm zu bleiben, um sich um die fünf Kinder zu kümmern. Und Mattias war begeistert, dass sein Freund Kaleb nun zur Familie gehörte.

Mattias wurde als Arzt im ganzen Kirchspiel tief verehrt. Er hatte sich entschieden, seine Arbeit in den Dienst der Allgemeinheit zu stellen, obwohl er zweifellos eine vornehme Position hätte bekleiden können, vielleicht sogar als Hofmedicus, wenn er gewollt hätte. Aber er zog es vor, auf Gråstensholm zu bleiben, denn seine Eltern hatten keinen anderen Erben für das Gut. Und er wollte für seine Patienten da sein, die einfachen, geringen Mitglieder der Gesellschaft, denen sonst kaum jemals geholfen wurde. So wie sie einst von weit her zu Tengel gekommen waren, kamen sie nun zu Mattias, wegen seiner Güte und seinen sanften Augen. Es tat so gut, über all die Plagen und

Kümmernisse mit einem Menschen zu reden, der verstand...

Nikodemus und Per, das Drosselküken, wurden zu einem Handwerker in die Lehre gegeben, und die Erwachsenen achteten sorgsam darauf, dass sie keine Not litten. Mit den beiden wilden Schwestern war die Sache schon schwieriger. Liv und die anderen wagten nicht, sie ins Arbeitsleben hinauszulassen, also blieben sie weiterhin auf Gråstensholm wohnen, nun als Dienstmägde. Zumindest Oline. Freda war noch so jung, dass ihr nur leichtere Aufgaben übertragen wurden, gerade genug, dass sie etwas zu tun hatte und nicht auf dumme Gedanken kam. Und weil es dem Gesinde auf dem Gutshof besser ging als auf anderen Höfen, wollten die Mädchen gerne bleiben. Natürlich hatte Oline nichts Eiligeres zu tun, als den Sohn des Kutschers zu verführen, und um einen Skandal zu vermeiden, wurden die beiden in aller Hast verheiratet. Aber der Kutschersohn war bis über beide Ohren verliebt und fand nichts Anstößiges an seiner leichtlebigen Braut.

Oline wurde eine tüchtige, wenn auch ziemlich temperamentvolle Hausfrau. Sie gab sich Mühe, sich wie eine feine Dame zu benehmen, aber wenn sie zornig wurde, war Livs ganze Erziehung vergessen, und die Schimpfworte gellten nur so zwischen den Häusern von Gråstensholm.

Auch die kleine Eli blieb auf dem Gutshof, nachdem durch den Tod ihres Großvaters die letzte Verbindung zu ihrer Familie abgerissen war. Sie war ein geschicktes kleines Mädchen, das die feinsten Näharbeiten und Ähnliches auf dem Hof übernahm. Nie machte sie viel Aufhebens um ihre eigene Person, sondern versuchte, es allen recht zu machen, eifrig und fleißig wie eine kleine Waldmaus.

Es sah nicht so aus, als sollten Gabriella und Kaleb Kinder bekommen. Drei Jahre mussten sie warten, ehe es endlich so weit war. Da hatten sie damit begonnen, ihren eigenen Hof zu bauen, nicht allzu weit von Gråstensholm. Es war natürlich Alexander Paladin, der die Bauarbeiten bezahlte, aber auch Großmutter Liv steuerte ihr Teil dazu bei.

Aber noch war das Anwesen bei weitem nicht fertig, deshalb wohnten sie weiterhin auf Gråstensholm. Die Geburt stand nun unmittelbar bevor.

Eines Tages saßen Liv, Are und Gabriella im Salon und plauderten, während Kaleb mit den Stallknechten unterwegs war, um das Vieh für den Herbst von der Alm ins Tal zu treiben. Mattias war auf Krankenbesuch und Yrja und Tarald auf Eikeby. Das Gesinde befand sich in der Kirche zur Abendandacht.

Sie waren also allein im Haus.

Da setzten urplötzlich bei Gabriella heftige Wehen ein.

»Liebe Güte«, sagte Liv. »Das geht aber schnell! Es bleibt keine Zeit mehr, um die Hebamme zu holen! Das kommt davon, dass du heute unbedingt den schweren Waschbottich heben musstest, du Dummerchen!«

Sie hatten noch nicht mit der Niederkunft gerechnet, aber jetzt mussten sie alles stehen und liegen lassen, um ihr zu helfen. Are sorgte für einen Zuber voll Wasser, während Liv in aller Eile Gabriellas und Kalebs Schlafzimmer herrichtete und die Enkelin ins Bett brachte.

Das Ganze ging erschreckend schnell und schmerzhaft vor sich. Liv wurde schneeweiß im Gesicht, als ihr aufging, was da eigentlich passierte.

»Are! Hilfe!«, rief sie, beinahe wahnsinnig vor Schreck. Gabriella, die nie besonders stark gewesen war, hatte unter den entsetzlichen Schmerzen das Bewusstsein verloren.

Und das war nur gut so.

Liv starrte auf das neugeborene Kind, das so unerwartet schnell zur Welt gekommen war. Sie schloss die Augen.

»Nein!«, wisperte sie entgeistert. »Nein! Nein! *Nein!*«

Als Are herbeigelaufen kam, sah er seine Schwester regungslos und mit geschlossenen Augen am Bett stehen.

»Liv! Bist du von Sinnen? Nimm das Kind, und schlag ihm auf den Po! Es atmet doch noch nicht!«

»Are«, murmelte sie nur verschwommen.

Er sah das kleine Mädchen an, das dort schlaff und offenbar leblos lag.

»O mein Gott«, flüsterte er. »Also *hier* hat der Fluch diesmal zugeschlagen!«

»Es ist die Wiedergeburt der Hexe Hanna, Are«, sagte Liv am Boden zerstört. »Jetzt erinnere ich mich mit schrecklicher Deutlichkeit, wie sie ausgesehen hat. Und das bei Kaleb und Gabriella!«, jammerte sie. »Wo sie so lange gewartet haben und so froh und erwartungsvoll waren!«

»Nein, das haben sie wahrlich nicht verdient«, sagte Are heiser.

Liv presste hervor: »Weißt du noch, wie wir um Kolgrims Leben gebettelt haben? Als Vater den neugeborenen Jungen töten wollte? *Wir* haben ihm das Leben gerettet. Und er versuchte Mattias das Leben zu nehmen, er tötete unseren geliebten Tarjei und trieb meinen Dag ins Grab.«

Sie flüsterte mit geschlossenen Augen: »Nicht noch einmal, Are! *Nicht noch einmal!* O Gott, was soll ich nur tun?«

Are blickte hinunter auf das regungslose, entsetzliche, lebensgefährliche kleine Geschöpf, das dort lag.

»Sie wurde zu früh geboren, nicht wahr? Geh hinaus, Liv, geh, das ist das Kind deiner Enkelin, nicht meiner. Geh jetzt, bevor Gabriella aufwacht, ich kümmere mich darum.«

Mit intensiven Bemühungen würden sie das kleine Mädchen wohl zum Atmen bringen. Mit aufopfernder Pflege würde es wohl gedeihen, würde groß werden …

»Are …«, begann sie mit Tränen in den Augen. Dann ging sie hinaus.

Gabriella und Kaleb bekamen ihre kleine Tochter nie zu Gesicht. Aber das tote Kind wurde in einen Sarg gelegt und erhielt seinen Platz auf dem Friedhof. Und die ganze Familie erfuhr, dass das Mädchen tot geboren worden – und eine der Verfluchten des Eisvolks gewesen war. So konnten die anderen aus Gabriellas Generation sich sicher fühlen, normale, willkommene Kinder zu bekommen.

Es dauerte lange, bis Gabriella den Kummer überwand. Nur Kaleb durfte die ersten Tage bei ihr am Wochenbett sein. Das hier war ihrer beider ganz privater Kummer, und ihr einziger Trost war: »Es war wohl am besten so. Wenn es denn schon so schlimm kommen musste.« Diese Worte sagten sie sich immer wieder, wiederholten sie die ganze Zeit.

Als Gabriella sich einigermaßen erholt hatte, konnte sie mit ihm etwas offener darüber sprechen. »Glaub mir, Kaleb, was geschehen ist, war wirklich am besten so, ich weiß, wovon ich spreche. Die Verfluchten bringen nicht nur Unglück über andere, sie sind auch selbst zutiefst unglücklich. Unsere kleine Tochter hat es jetzt gut, sie ist bei Gott, der nicht zwischen Gut und Böse unterscheidet.«

Ausnahmsweise machte Kaleb sich nicht darüber lustig, dass jemand auf eine höhere, barmherzige Macht vertraute.

Are und Liv gingen zusammen zur Kirche und knieten dort nieder zum innigen Gebet, lange, lange. Sie hatten eine unmenschliche Wahl treffen müssen. Nun mussten sie leben mit dem, was sie getan hatten – oder besser gesagt, *nicht* getan hatten –, bis ans Ende ihrer Tage. Sie hätten versuchen können, dem neugeborenen Mädchen Leben einzuhauchen. Aber das hatten sie nicht getan.

Und sie hatten niemand anderen als Gott, mit dem sie darüber sprechen konnten. Denn niemand wusste, was sie an jenem Abend entschieden hatten …

Auf dem Heimweg gingen sie langsam die Lindenallee hinauf. Der Wind sang ein Requiem in den herbstlichen, nackten Bäumen.

Are seufzte: »Jedenfalls kann die nächste Generation nun in Frieden leben.«

»Ja«, sagte Liv und straffte getröstet die Schultern. »Ich glaube, wir sollten dankbar sein, dass es zu diesem Zeitpunkt passierte. Dass wir da waren – und niemand etwas davon wusste.«

»Ja. Ich muss immer daran denken, dass es Mattias hätte widerfahren können. Dann hätte es wieder einmal Taralds Familie getroffen. Und Tarald hat wahrhaftig genug leiden müssen! Stattdessen schlug der Fluch in Cecilies Familienzweig zu, und der ist bisher verschont geblieben.«

»Das ist wahr. Es hätte auch Andreas treffen können, und das wäre ungerecht, denn niemand hat wohl die Geißel des Fluchs so zu spüren bekommen wie du und deine Familie, Are.«

Er nickte. »Tancred hätte auch so ein verfluchtes Kind bekommen können. Aber am schlimmsten wäre gewesen, wenn es Mikael widerfahren wäre, wo er doch von nichts weiß. Ach, Mikael, mein Enkelkind, Sohn meines geliebten Tarjei, wo magst du jetzt sein? Es gibt so vieles, was du wissen solltest. Über das Eisvolk.«

Liv schauderte. »Hör nur, wie der Wind klagt, Are! Es wird Winter.«

Er blieb stehen und blickte hinauf zu den beiden ältesten Bäumen. »Ja, wohl wahr. Aber unsere Bäume sind immer noch stark, Schwester.«

»Ich sehe sie niemals mehr an«, sagte sie. »Nein, ich denke eher an den anderen, den großen Fluch. Wann wird unsere arme Sippe davon erlöst sein?«

Are lachte. »Der Sage zufolge soll ja der Fluch nur dadurch aufgehoben werden können, dass man den Ort findet, an dem Tengel der Böse irgendwann im 13. Jahrhundert den unheimlichen Kessel vergraben hat. Und indem man ihn wieder ausgräbt. Wenn man denn an all das glauben will.«

»Bei all dem Merkwürdigen, was in unserer Familie geschieht, sollte man wohl daran glauben, so grotesk es sich auch anhört«, erwiderte Liv. »Aber wie sollte man einen solchen Ort finden können? Er kann überall in Norwegen sein.«

Sie gingen weiter. Es kam Liv nicht in den Sinn, dass sie ja einmal, vor mehr als einem Vierteljahrhundert, die Antwort in den Händen gehalten – und sie in eine eiserne Kiste auf dem Dachboden gelegt hatte.

Kolgrim hatte die Kiste gefunden und alles begriffen. Tarjei hatte es auch begriffen. Aber sie waren beide tot.

Und Liv hatte vergessen, dass sie das Tagebuch ihrer Mutter in die Kiste gelegt hatte, das schöne, hübsch bemalte Tagebuch, das der Maler Benedikt Silje geschenkt hatte. In dem sie ausführlich über das Leben im Tal des Eisvolks berichtete. In das sie eine Karte des

Tals gezeichnet hatte – und eine Karte des Weges dorthin. Und Silje hatte ebenso präzise wie nichtsahnend die Stelle beschrieben, wo Sol einem »gefährlichen Mann« begegnet war. Aber Tarjei hatte die Karte mit dem Weg zum Tal nicht gesehen, denn die Reste des Kuchens, den Kolgrim bei seiner Lektüre aß, hatten die Seite verklebt …

Und inzwischen war die Kiste durch einen Tritt unter einen mächtigen Schrank gerutscht.

»Der Krieg ist endlich vorbei«, sagte Are. »Dreißig Jahre hat er gedauert. Und zu welchem Zweck? Tausende von Menschen sind tot – zehntausende Behausungen zerstört. Irgendein kleiner Herrscher hat sich vielleicht noch ein weiteres kleines Stück Land einverleibt. Aber auch er wird bald gestorben sein. Also zu welchem Zweck?«

»Ja, das Christentum hat mit diesem Krieg nichts gewonnen. Im Gegenteil, die Spaltung ist größer als je zuvor, und viele haben ihren Glauben verloren«, sagte Liv nachdenklich. »Dieses Jahr, 1648, wird einmal ein Jahr sein, an das man sich erinnert, glaub mir! Der Friede mischt Grenzen und Reiche neu. Seine Majestät König Christian ist gestorben, und er hat wohl das Beste für seine beiden Reiche gewollt. Wir haben schlechtere Könige gehabt, vermutlich auch bessere. Will Andreas nicht bald heiraten?«, fügte sie im selben Atemzug hinzu.

Sie blieben stehen und sahen zu dem jungen Mann hinüber, der auf einem Acker in einiger Entfernung arbeitete.

»Er muss wohl erst eine Frau finden«, lächelte Are. »Und dein Mattias ist ja bedeutend älter. Ob er wohl ewig ein Junggeselle bleiben wird?«

»Das wäre schade«, sagte Liv.

Aber es sollte noch viel passieren, bis Andreas und Mattias jeweils ihre »bessere Hälfte« fanden.

Wie in dem Jahr, als Andreas den unheimlichen Fund auf dem Ackerland von Lindenallee machte ...

Das wurde ein aufregendes – und ein schönes – Jahr für Andreas Lind vom Eisvolk.

Aber von all dem ahnten Liv und Are nichts, wie sie dort langsam über den Hofplatz von Lindenallee gingen ...

Oben auf Gråstensholm riefen Kaleb und Gabriella die kleine Eli zu sich, die scheu und leichtfüßig zu ihnen ins Zimmer trat.

Kaleb setzte sich auf die Fensterbank und legte seine Hände auf ihre schmalen Schultern.

»Eli, du weißt, dass wir unsere kleine Tochter verloren haben ...«

Eli nickte verständig.

»Und es ist nicht sicher, dass ich noch mehr Kinder bekomme«, sagte Gabriella, die neben ihm stand. Sie hatte ein leichtes Glänzen in den Augen, und beide machten ein feierliches Gesicht.

Kaleb fuhr fort: »Du weißt auch, dass unser neues Zuhause bald fertig ist und dass wir dann dorthin ziehen ...«

»Ach, ich wünschte, ihr würdet hierbleiben!«, flüsterte Eli unglücklich.

Sie lächelten sie geheimnisvoll an.

»Eli«, sagte Kaleb. »Willst du uns die Freude machen, mit uns zusammen umzuziehen? Willst du unsere Tochter sein?«

Elis kleines, feingeschnittenes Gesicht überzog sich mit einer flammenden Röte.

»Unsere eigene Tochter«, lächelte Gabriella unsicher. »Wir möchten dich gerne zu uns nehmen – für immer. Wir haben dich so sehr lieb, weißt du.«

Das Kinn des Mädchens zitterte. »Bei euch wohnen? Für immer?«

»Auf jeden Fall so lange du willst«, lachte Kaleb. »Vielleicht findest du irgendwann einen Mann, und dann willst du sicher zu ihm ziehen.«

»O nein, das werde ich *niemals*!«, versicherte Eli atemlos. »Ach, ich werde alles tun, um eine gute Tochter zu sein! Ich weiß natürlich, dass ich eure eigene, die ihr verloren habt, niemals ersetzen kann, aber ich werde mein Allerbestes tun, das verspreche ich«, sagte sie, ohne Atem zu holen.

»Danke, Eli, danke, dass du zu uns kommen willst«, sagte Gabriella mit erstickter Stimme und umarmte sie. Da schlang das Mädchen seine Arme schüchtern auch um Kaleb und wurde herzhaft gedrückt.

Eli rannte aus dem Zimmer und die Treppe hinunter. In der Halle traf sie auf Liv und Are. Kaleb und Gabriella hörten ihre dünne Stimme durch die Halle gellen:

»Habt ihr das gehört? Gabriella und Kaleb haben mich zu sich genommen, als ihre Tochter! Ich habe eine eigene Mutter und einen eigenen Vater gekriegt, und ich werde mit ihnen in ihr neues Haus ziehen, und ich werde arbeiten wie eine *Sklavin*, damit sie zufrieden mit mir sind…«

Kaleb trat schnell hinaus ans Geländer: »Nein, nein, Eli, du sollst nicht für uns *arbeiten*! Du bist unsere Tochter, begreifst du nicht?«

Das Mädchen stand unten und schlug die Hände vor der Brust zusammen. »Ach, ich bin ja so glücklich, so glücklich, ich glaube, ich halte das nicht aus!«

Liv holte tief Luft. »Das ist das Beste, was seit langer Zeit passiert ist! Wir wollen es mit einem großen Fest feiern! Das haben wir verdient, alle zusammen!«

Und das war das Ende einer langen und schwierigen Zeit für die Familie. Anschließend folgten sechs ruhige, schöne Jahre – bis zum Jahr 1654.

Aber auch das war kein schlechtes Jahr. Obwohl es ziemlich erschreckend begann.

Das betraf allerdings nur die Familie in Norwegen. Denn in der kleinen dänischen Kolonie von Eisvolk-Angehörigen passierte in der Zwischenzeit eine Reihe seltsamer Dinge.

Margit Sandemo –
die unbekannte Bestsellerautorin

Die Überschrift wirkt vielleicht wie ein Widerspruch an sich – eine Bestsellerautorin kann doch kaum unbekannt sein? Und wirklich zählt Margit Sandemo mit über vierzig Millionen verkaufter Bücher zu den erfolgreichsten Autorinnen aller Zeiten, aber in Deutschland muss sie eben noch entdeckt werden. Und nicht nur hier... Ihre großen Erfolge hatte sie bisher in den skandinavischen Ländern und in Osteuropa, von Island bis Russland reißt das Publikum sich um ihre Werke, aber auf Englisch oder Französisch gibt es noch nichts von ihr. Und auf Deutsch bisher nur wenig. In den Neunzigerjahren versuchte ihr norwegischer Verlag, die ersten Eisvolk-Bücher in deutscher Übersetzung herauszubringen, ein in Dänemark ansässiger Vertrieb jedoch, von seltener Unfähigkeit und ohne die geringsten Kenntnisse des deutschen Buchmarktes, sorgte dafür, dass dieses Unternehmen zum Fiasko wurde.

Wenn auch nicht ganz. Einige Bücher erreichten die deutschen Ladentische, und seither gibt es eine eingeschworene Eisvolkgemeinde auch in Deutschland, die im Internet eifrig diskutiert, verzweifelt nach weiteren Bänden sucht (die es aber bisher nicht gibt), sogar eigene Lösungsvorschläge macht, z. B. die polnische Übersetzung ins Deutsche zu übersetzen. Was ja nun glücklicherweise nicht mehr nötig sein wird. Die deutsche Fangemeinde kann sich allerdings an Umfang nicht mit ihren Pendants in den skandinavischen Ländern messen, wo es mitgliederstarke Eisvolkvereine gibt, bei denen sich jedes Mitglied nach einer Figur aus den Büchern benennt, bei den Vereinstreffen werden Szenen aus den Büchern nachgestellt, und natürlich tragen alle die passenden Kostüme ... Dies alles kann hierzulande auch noch passieren, und wir warten gespannt. In den ersten Jahren nahm Margit Sandemo noch sehr persönlich teil an der Entwicklung der Vereine, aber als der Erfolg ihr über den Kopf wuchs, musste damit Schluss sein – als sie 1990 an die zwanzigtausend Fanbriefe persönlich beantwortet hatte, konnte sie einfach nicht mehr, ein Zusammenbruch war die Folge dieser Überanstrengung, und auf Anraten ihres Arztes musste sie auf diesen direkten Kontakt verzichten – wer also an Margit Sandemo schreibt und keine Antwort erhält: Es ist nicht böse gemeint!

Bei so viel Erfolg sind natürlich auch die Neider nicht weit. Das zeigte sich schon früh, als Margit Sandemo um Aufnahme in den norwegischen Schriftstellerverband ersuchte. Der schließlich gegründet worden war, um die Interessen der Leute in Norwegen zu vertreten, die vom Schreiben leben. Aber nein, meinte der Verband, Frau Sandemo können wir nicht aufnehmen, die schreibt ja Unterhaltungsliteratur, und ihre Bücher verkaufen sich viel zu gut. Über ein Jahrzehnt später war es dem neuen Vorstand dann doch zu peinlich, und Margit Sandemo wurde die Mitgliedschaft angeboten – aber nun wollte sie nicht mehr, und in einem viel diskutierten Rundfunkinterview zum Thema sagte sie: »Ich habe mit dem Schriftstellerverband keine Probleme, aber der Verband hat das Problem, dass zu viele Männer darin sitzen, die keine Bücher schreiben.« Eine wunderschöne Antwort, die beweist, dass sie auch vor laufendem Mikrofon ihre Worte zu setzen weiß. Was auch nötig ist, wenn wir noch einen Moment bei den Neidern bleiben.

Vor einigen Jahren ließ *Verdens Gang,* Norwegens auflagenstärkste Tageszeitung, bei den Lesern eine Umfrage vornehmen, um die meistgelesenen Autoren bzw. Autorinnen Norwegens zu ermitteln. Auf Platz 1 und 2 lagen die mit dem Literaturnobelpreis ausgezeichneten Genies Knut Hamsun und Sigrid Undset. Wobei die skeptische Betrachterin sich fragt, ob diese illustren Namen nicht auch genannt wurden, weil die Befragten einen guten Eindruck machen wollten. Dass Henrik Ibsen auf Platz 5 landete, verstärkt diesen Verdacht noch, die Vorstellung, dass halb Norwegen nicht mit einem Krimi ins Bett geht, sondern mit einem Theaterstück, ist nicht so ganz überzeugend. Auf Platz 3 kam Margit Sandemo, gefolgt von Anne Karin Elstad auf Platz 4. Was sich gut verkauft, kann nichts taugen, das ist nicht nur in Norwegen eine Überzeugung vieler intellektueller Professoren und Literaturkritiker. Der am häufigsten vorgebrachte Einwand gegen Sandemo – wie auch gegen Anne Karin Elstad in Norwegen und Marianne Fredriksson in Schweden – lautet denn auch: »Es kann keine gute Literatur sein, dazu verkauft sie sich zu gut.« Das ist auch über Karl

May und Johannes Mario Simmel gesagt worden, doch bei Sandemo und ihren Kolleginnen kommt noch strafverschärfend dazu: »Es kann keine gute Literatur sein, denn sie wird ja hauptsächlich von Frauen gelesen.« Dass die Herren, die solche Urteile von sich geben, zumeist keine Zeile von ihr gelesen haben, brauchen wir vielleicht nicht zu erwähnen …

Margit Sandemos Stellung in der skandinavischen Literatur ist damit beschrieben. Aber wer ist diese unbekannte Bestsellerautorin? Besonders gern spricht sie nicht über sich, und das hat drei Gründe:

»1. Über das Wesentliche in unserem Leben sprechen wir nicht. Und der Rest wäre dann nur oberflächliches Geplapper.

2. Ich bin noch nicht senil genug, um mich an meine Kindheit zu erinnern.

3. Es wäre doch der Gipfel der Egomanie, sich einzubilden, andere interessierten sich für unser Leben.«

Aber manches kommt eben doch heraus, und im Rahmen der Festschrift zum 70. Geburtstag erzählte sie dann doch ein wenig mehr und legte Bilder aus ihrer Kindheit vor. Wir sehen ein pummeliges Mädchen in besticktem Kleidchen, das offenbar nicht fotografiert werden möchte und der Kamera wütend die Zunge herausstreckt.

Geboren wurde sie am 23. 4. 1924 (der 23. 4. ist ohnehin bei literarischen Genies ein beliebtes Geburtsdatum, denken wir nur an William Shakespeare oder Halldór Laxness).

Ihre Eltern hätten gegensätzlicher nicht sein können:

Der Vater stammte aus dem ostnorwegischen Valdres und hatte sich dort als Heimatdichter einen Namen gemacht, die Mutter war ein Spross des schwedischen Hochadels, und Margit Sandemos Ahnentafel weist beeindruckende Verbindungen zu gekrönten Häuptern in ganz Europa auf. Dass die Ehe dieser unterschiedlichen Persönlichkeiten nicht gutging, können wir uns denken, und Margit und ihre Geschwister wuchsen bei der Mutter in Schweden auf und besuchten den Vater nur in den Ferien. Dass der Vater aber Heimatdichter war, weist auf ein reiches Vorkommen von Talent in der Familie hin – kein Wunder, dass das Gerücht, Margit sei eine uneheliche Enkelin von Norwegens Nationaldichter und erstem Literaturpreisträger, Bjørnstjerne Bjørnson, niemals verstummen wollte, und im Alter hat sie dann endlich zugegeben: Ja, es war so. Wie jedoch der gefeierte Dichterhäuptling und ihre Großmutter zusammengekommen sind, behält sie für sich. Zweifler führen gern an, dass sich nicht nachweisen lässt, dass der reiselustige Bjørnson im fraglichen Zeitraum Zeit für eine Reise an den Wohnort der Großmutter gefunden hat. Doch dafür, dass auch Frauen weite Reisen nicht scheuen, wenn am Ziel der Geliebte wartet, liefern die Frauen aus dem Eisvolk ja Beweise genug.

Wie ihr champagnerseliger Großvater öffnet auch Margit Sandemo eine Flasche Sekt, wenn sie einen Roman vollendet hat – und wenn sie das erzählt, strahlt sie in die Kamera und fügt hinzu: »Deshalb schreibe ich doch so schnell und so viel.«

1946 heiratete sie den Bauernsohn Asbjørn Sandemo

aus dem norwegischen Idd, es folgten Wanderjahre mit der stetig wachsenden Familie, Musik, Theater, darstellende Kunst jeder Art sorgten für den Lebensunterhalt. Als die Kinder aus dem Haus waren, ließ sie sich mit Asbjørn im norwegischen Valdres nieder, der Heimat ihres Vaters. Seit Asbjørns Tod vor einigen Jahren lebt sie in der Nähe ihrer Tochter, in der schwedischen Heimat ihrer Mutter.

Im Alter von über vierzig Jahren verließ sie zum ersten Mal Schweden und Norwegen. Vierzehn europäische Länder wurden besucht, um für die weiteren Eisvolk-Bände zu recherchieren – und was nicht verwendet wurde, kam anderen Romanen außerhalb der Reihe zugute. Ein Bild in der Festschrift zeigt die recherchierende Autorin in Gehrenrode im Harz, auf einem anderen sitzt sie mit einer Flasche – Sekt? – in der Hand an der Weser – was die Recherchen im Harz und an der Weser ergaben, können wir in Band 38 der Saga vom Eisvolk nachlesen, »Verborgene Spuren«. Der Originaltitel hatte lauten sollen: »Kleine Männer werfen lange Schatten«, aber nicht immer konnte sie den Verlag von ihren Titelideen überzeugen, eigentlich schade. Einmal, als sie sich ganz besonders darüber geärgert hatte, dass die von ihr gewählten Titel so oft durch reichlich nichtssagende, banale ersetzt wurden, nannte sie einen neuen Roman »Fabians Braut« und dachte: Das ist so blöd, da kann kein Verlag etwas noch Blöderes ersinnen! Und dann staunte sie, als der Roman erschien – unter dem Titel »Das Opfer einer Frau«. Seither, sagt sie, denkt sie sich keine Romantitel mehr aus.

In den Siebzigerjahren schrieb Margit Sandemo zunächst alleinstehende Romane, die in Zeitschriften als Fortsetzungsromane erschienen – doch dann suchte ihr norwegischer Verlag eine historische Romanserie und fragte bei Margit Sandemo an. Die fand die Idee überhaupt nicht gut. Sich auf viele Jahre hinaus einem einzigen Projekt zu verpflichten, sagt sie, habe auf sie eher abschreckend gewirkt. Aber dann sah sie in einer schwedischen Kirche eine Wandmalerei, der Teufel verlockt eine Frau, die gerade am Butterfass steht. Und dieses Bild gab den Ausschlag, es spielt im ersten Eisvolkband eine wichtige Rolle, und in kurzer Zeit schrieb Margit Sandemo die ersten drei Bände. Als 1982 der erste Band erschien, hatte sie bereits zehn Bände vollendet und sich auch für den Namen »Eisvolk« entschieden. Der Verlag riet zuerst ab, es klinge zu kalt, aber da ließ sie nicht mit sich reden. Der Erfolg übertraf alle Erwartungen des Verlages, und in einer Festschrift zu Margit Sandemos 70. Geburtstag 1994 schreibt einer der damaligen Verlagsleiter:

»Die Bücher machten sie zur größten Steuerzahlerin ihrer Gemeinde, sicherten das Überleben des Verlages, sorgten in einer Druckerei für Arbeitsplätze, steigerten den Umsatz in Kiosken und Buchläden, gaben den Presseleuten etwas, worüber sie schreiben konnten, boten Literaturkritikern und anderen hochkulturellen Persönlichkeiten Grund, sich zu ärgern, lösten Diskussionen darüber aus, welche Bücher die Bibliotheken einkaufen sollten, und – ja, erschütterten sogar die norwegische Staatskirche.«

Denn lange vor Harry Potter wurde schon Sandemos Büchern vorgeworfen, zu Satanismus, Drogenkonsum, Homosexualität, sexueller Freizügigkeit und anderen gotteslästerlichen Schandtaten anzuregen, und ein frommer Pastor schlug dann auch vor, die Bücher lieber gleich zu verbrennen, doch da konterte die Autorin gelassen: »Wer hätte denn je von einem Teufel gehört, der Tiere liebt? Oder von einem Dämon, der für die Liebe sein Leben aufgibt?« Kritiker warfen ihr vor, ihre Bücher seien »Opium für das Volk«, sie wurde sogar als das Tier in der Offenbarung bezeichnet – aber das nimmt sie als Kompliment, denn jegliches Geschöpf mit Fell und vier Beinen ist ihr sympathischer als ein bestimmter Typ von zweibeinigen Trotteln.

Ansonsten lässt sie die Kritiker reden. Wenn sie selbst um eine Einschätzung ihres Werkes gebeten wird, dann sagt sie: »Ich schreibe Märchen für Erwachsene.« So umreißt sie ihre Bücher, und damit hat sie die Sache auf den Punkt gebracht.

Und jetzt, sozusagen als verspätetes Geschenk zum achtzigsten Geburtstag, gibt es diese Märchen für Erwachsene endlich auch auf Deutsch, und bestimmt wird sie eine Flasche Sekt aufmachen, wenn das erste Buch bei ihr eintrifft.

Die deutsche Fangemeinde im Internet:
de.groups.yahoo.com/group/Die_Saga_vom_Eisvolk/

Gabriele Haefs, Hamburg im Januar 2007

Wie alles begann …

Der Zauberbund

Silje ist erst siebzehn Jahre alt, als ihre gesamte Familie der Pest zum Opfer fällt. Ausgehungert, halb erfroren und mit zwei Waisenkindern auf dem Arm, sucht sie Hilfe nahe der Stadt Trondheim. Doch nur einer nimmt sich ihrer an, ein mysteriöser Mann aus der Sippe des Eisvolks, der von einem mystischen Geheimnis umgeben ist – und auf Silje beängstigend, aber zugleich seltsam anziehend wirkt …

Der fulminante Auftakt zur fesselnden historischen »Saga vom Eisvolk«!

Hexenjagd

Silje und Tengel haben Schutz gefunden im Tal des Eisvolks, und Silje ist glücklicher denn je – als Ehefrau an Tengels Seite. Trotzdem fühlt sie sich eingesperrt in dem engen Tal mit den seltsamen Menschen. Besonders die alte Hexe Hanna ist ihr unheimlich, voller Hingabe weiht sie Tengels Nichte Sol in all ihre dunklen Geheimnisse ein. Doch eine schlimmere Bedrohung entsetzlichen Ausmaßes steht dem Eisvolk bevor…

Band zwei der faszinierenden
»Saga vom Eisvolk«!

Der Abgrund

Silje und Tengel sorgen sich um Tengels Nichte Sol, die zu einer schönen jungen Frau herangereift ist und sich auf dem Weg in die große Welt befindet. Endlich ist sie frei … Frei, um auf die Suche nach anderen Hexen zu gehen. Frei, um den Fürsten der Dunkelheit anzubeten, und frei, um endlich ihre lang gehegten Träume zu verwirklichen. Aber Sol ist nicht nur vom Bösen besessen. Für ihre Familie würde sie durchs Feuer gehen – und sogar ihr eigenes Leben opfern …

Band drei der faszinierenden
»Saga vom Eisvolk«!

Sehnsucht

Yrja Mattiasdotter ist von einer schweren Krankheit gezeichnet, unförmig und linkisch – und dem beißenden Spott ihrer Mitmenschen ausgesetzt, die sie höhnisch »die Distel« nennen. Doch dies ist nicht Yrjas größter Kummer. Viel mehr Hilflosigkeit als ihr Körper bereiten ihr ihre verwirrenden Gefühle: Yrja ist verliebt – in Tarald, den reichen, gutaussehenden Sohn von Dag Meiden und Liv vom Eisvolk. Tarald hingegen hat nur Augen für seine Cousine Sunniva. Doch deren Verbindung steht unter keinem guten Stern, denn der böse, Unheil bringende Fluch lastet auch auf ihnen …

Band vier der faszinierenden
»Saga vom Eisvolk«!

Todsünde

Der Dreißigjährige Krieg rast in einer Spur der Verwüstung über Europa, von der auch das Eisvolk nicht verschont bleibt. Während die Männer ihr Volk verteidigen müssen, plagen die junge Cecilie von Meiden, Tengels Enkeltochter, ganz andere Sorgen: Sie ist schwanger – von einem verheirateten Mann, der obendrein noch Pastor ist. Auch Cecilies guter Freund Alexander Paladin ist in großer Not. Gerüchte verfolgen ihn und bringen sein Leben in Gefahr: Er soll eine unverzeihliche Sünde begangen haben, die mit dem Tod bestraft wird…

Band fünf der faszinierenden
»Saga vom Eisvolk«!